Fernando de Rojas

La Celestina

Prólogo

Todas las cosas ser criadas a manera de contienda o batalla, dize aquel gran sabio Eráclito en este modo: «Omnia secundum litem fiunt». Sentencia a mi ver digna de perpetua y recordable memoria. E como sea cierto que toda palabra del hombre sciente está preñada, desta se puede dezir que de muy hinchada y llena quiere rebentar, echando de sí tan crescidos ramos y hojas, que del menor pimpollo se sacaría harto fruto entre personas discretas. Pero como mi pobre saber no baste a mas de roer sus secas cortezas de los dichos de aquellos, que por claror de sus ingenios merescieron ser aprouados, con lo poco que de allí alcançare, satisfaré al propósito deste perbreue prólogo. Hallé esta sentencia corroborada por aquel gran orador e poeta laureado, Francisco Petrarcha, diziendo: «*Sine lite atque offensione nihil genuit natura parens*»: Sin lid e offensión ninguna cosa engendró la natura, madre de todo. Dize más adelante: «*Sic est enim, et sic propemodum universa testantur: rapido stellæ obviant firmamento; contraria inuicem elementa confligunt; terræ tremunt; maria fluctuant; aer quatitur; crepant flammæ; bellum immortale venti gerunt; tempora temporibus concertant; secum singula nobiscum omnia*». Que quiere dezir: «En verdad assí es, e assí todas las cosas desto dan testimonio: las estrellas se encuentran en el arrebatado firmamento del cielo; los aduersos elementos vnos con otros rompen pelea, tremen las tierras, ondean los mares, el ayre se sacude, suenan las llamas, los vientos entre si traen perpetua guerra, los tiempos con tiempos contienden e litigan entre si, vno a vno e todos contra nosotros». El verano vemos que nos aquexa con calor demasiado, el inuierno con frío y aspereza: assí que esto nos paresce reuolución temporal, esto con que nos sostenemos, esto con que nos criamos e biuimos, si comiença a ensoberuecerse más de lo acostumbrado, no es sino guerra. E quanto se ha de temer, manifiéstase por los grandes terremotos e toruellinos, por los naufragios y encendios, assí celestiales como terrenales; por la fuerça de los aguaduchos, por aquel bramar de truenos, por aquel temeroso ímpetu de rayos, aquellos cursos e recursos de las nuues, de cuyos abiertos mouimientos, para saber la secreta causa de que proceden, no es menor la dissension de los filósofos en las escuelas, que de las ondas en la mar.

Pues entre los animales ningún género carece de guerra: pesces, fieras, aues, serpientes, de lo qual todo, vna especie a otra persigue. El león al lobo, el lobo la cabra, el perro la liebre e, si no paresciesse conseja de tras el fuego, yo llegaría más al cabo esta cuenta. El elefante, animal tan poderoso e fuerte, se espanta e huye de la vista de vn suziuelo ratón, e avn de solo oyrle toma gran temor. Entre las serpientes el basilisco crió la natura tan ponçoñoso e conquistador de todas las otras, que con su siluo las asombra e con su venida las ahuyenta e disparze, con su vista las mata. La bíuora, reptilia o serpiente enconada, al tiempo del concebir, por la boca de la hembra metida la cabeça del macho y ella con el gran dulçor apriétale tanto que le mata e, quedando preñada, el primer hijo rompe las yjares de la madre, por do todos salen y ella muerta queda y él quasi como vengador de la paterna muerte. ¿Qué mayor lid, qué mayor conquista ni guerra que engendrar en su cuerpo quien coma sus entrañas?

Pues no menos dissensiones naturales creemos auer en los pescados; pues es cosa cierta gozar la mar de tantas formas de pesces, quantas la tierra y el ayre cría de aues e animalias e muchas más. Aristótiles e Plinio cuentan marauillas de un pequeño pece llamado Echeneis, quanto sea apta su propriedad para diuersos géneros de lides. Especialmente tiene vna, que si llega a vna nao o carraca, la detiene, que no se puede menear, avnque vaya muy rezio por las aguas; de lo qual haze Lucano mención, diziendo:

Non puppim retinens, Euro tendente rudentes,
In mediis Echeneis aquis.

«No falta allí el pece dicho Echeneis, que detiene las fustas, quando el viento Euro estiende las cuerdas en medio de la mar». ¡O natural contienda, digna de admiración; poder más vn pequeño pece que vn gran nauío con toda su fuerça de los vientos!

Pues si discurrimos por las aues e por sus menudas enemistades, bien affirmaremos ser todas las cosas criadas a manera de contienda. Las más biuen de rapina, como halcones e águilas e gauilanes. Hasta los grosseros milanos insultan dentro en nuestras moradas los domésticos pollos e debaxo las alas de sus madres los vienen a caçar. De vna aue llamada rocho, que nace en el índico mar de Oriente, se dize ser de grandeza jamás oyda e que lleva sobre su pico fasta las nuues, no solo vn hombre o diez, pero vn nauío cargado de todas sus xarcias e gente. E como los míseros navegantes estén assí suspensos en el ayre, con el meneo de su buelo caen e reciben crueles muertes.

¿Pues qué diremos entre los hombres a quien todo lo sobredicho es subjeto? ¿Quién explanará sus guerras, sus enemistades, sus embidias, sus aceleramientos e mouimientos e descontentamientos? ¿Aquel mudar de trajes, aquel derribar e renouar edificios, e otros muchos affectos diuersos e variedades que desta nuestra flaca humanidad nos prouienen?

E pues es antigua querella e uisitada de largos tiempos, no quiero marauillarme si esta presente obra ha seydo instrumento de lid o contienda a sus lectores para ponerlos en differencias, dando cada vno sentencia sobre ella a sabor de su voluntad. Unos dezían que era prolixa, otros breue, otros agradable, otros escura; de manera que cortarla a medida de tantas e tan differentes condiciones a solo Dios pertenesce. Mayormente pues ella con todas las otras cosas que al mundo son, van debaxo de la vandera desta notable sentencia: «Que avn la mesma vida de los hombres, si bien lo miramos, desde la primera edad hasta que blanquean las canas, es batalla». Los niños con los juegos, los moços con las letras, los mancebos con los deleytes, los viejos con mill especies de enfermedades pelean y estos papeles con todas las edades. La primera los borra e rompe, la segunda no los sabe bien leer, la tercera, que es la alegre juventud y mancebía, discorda. Vnos les roen los huessos que no tienen virtud, que es la hystoria toda junta, no aprouechándose de las particularidades, haziéndola cuenta de camino; otros pican los donayres y refranes comunes, loándolos con toda atención, dexando passar por alto lo que haze más al caso e vtilidad suya. Pero aquellos para cuyo verdadero plazer es todo, desechan el cuento de la hystoria para contar, coligen la suma para su prouecho, ríen lo donoso, las sentencias e dichos de philosophos guardan en su memoria para trasponer en lugares conuenibles a sus autos e propósitos. Assí que quando diez personas se juntaren a oyr esta comedia, en quien quepa esta differencia de condiciones, como suele acaescer, ¿quién negará que aya contienda en cosa que de tantas maneras se entienda? Que avn los impressores han dado sus punturas, poniendo rúbricas o sumarios al principio de cada aucto, narrando en breue lo que dentro contenía: vna cosa bien escusada según lo que los antiguos scriptores vsaron. Otros han litigado sobre el nombre, diziendo que no se auía de llamar comedia, pues acabaua en tristeza, sino que se llamase tragedia. El primer auctor quiso darle denominación del principio, que fue plazer, e llamóla comedia. Yo viendo estas discordias, entre estos extremos partí agora por medio la porfía, e llaméla tragicomedia. Assí que viendo estas contiendas, estos dissonos e varios juyzios, miré a donde la mayor parte acostaua, e hallé que querían que se alargasse en el processo de su deleyte destos amantes, sobre lo qual fuy muy importunado; de manera que acordé, avnque contra mi voluntad, meter segunda vez la pluma en tan estraña lauor e tan agena de mi facultad, hurtando algunos ratos a mi principal estudio, con otras horas destinadas para recreación, puesto que no han de faltar nueuos detractores a la nueua adición.

Síguese la comedia o tragicomedia de Calisto y Melibea, compuesta en reprehensión de los locos enamorados, que, vencidos en su desordenado apetito, a sus amigas llaman e dizen ser su dios. Assí mesmo fecha en auiso de los engaños de las alcahuetas e malos e lisonjeros siruientes.

Argumento de toda la obra

Calisto fue de noble linaje, de claro ingenio, de gentil disposición, de linda criança, dotado de muchas gracias, de estado mediano. Fue preso en el amor de Melibea, muger moça, muy generosa, de alta y sereníssima sangre, sublimada en próspero estado, vna sola heredera a su padre Pleberio, y de su madre Alisa muy amada. Por solicitud del pungido Calisto, vencido el casto propósito della (entreueniendo Celestina, mala y astuta muger, con dos seruientes del vencido Calisto, engañados e por esta tornados desleales, presa su fidelidad con anzuelo de codicia y de deleyte), vinieron los amantes e los que les ministraron, en amargo y desastrado fin. Para comienço de lo cual dispuso el aduersa fortuna lugar oportuno, donde a la presencia de Calisto se presentó la desseada Melibea.

Introdúcense en esta tragicomedia las personas siguientes:
CALISTO, mancebo enamorado.
PLEBERIO, padre de MELIBEA.
ALISA, madre de MELIBEA.
CELESTINA, alcahueta.
PÁRMENO, criado de CALISTO.
SEMPRONIO, criado de CALISTO.
TRISTÁN, criado de CALISTO.
SOSIA, criado de CALISTO.
CRITO, putañero.
LUCRECIA, criada de PLEBERIO.
ELICIA, ramera.
AREUSA, ramera.
CENTURIO, rofián.

Aucto primero

ARGUMENTO DEL PRIMER AUTO DESTA COMEDIA:

Entrando Calisto en una huerta empós de un falcón suyo, halló y a Melibea, de cuyo amor preso, començole de hablar. De la qual rigorosamente despedido, fue para su casa muy sangustiado. Habló con vn criado suyo llamado Sempronio, el qual, después de muchas razones, le endereçó a vna vieja llamada Celestina, en cuya casa tenía el mesmo criado vna enamorada llamada Elicia. La qual, viniendo Sempronio a casa de Celestina con el negocio de su amo, tenía a otro consigo, llamado Crito, al qual escondieron. Entretanto que Sempronio está negociando con Celestina, Calisto está razonando con otro criado suyo, por nombre Pármeno. El qual razonamiento dura hasta que llega Sempronio y Celestina a casa de Calisto. Pármeno fue conoscido de Celestina, la qual mucho le dize de los fechos e conoscimiento de su madre, induziéndole a amor e concordia de Sempronio.

PÁRMENO, CALISTO, MELIBEA, SEMPRONIO, CELESTINA, ELICIA, CRITO.

CALISTO.— En esto veo, Melibea, la grandeza de Dios.

MELIBEA.— ¿En qué, Calisto?

CALISTO.— En dar poder a natura que de tan perfeta hermosura te dotasse e facer a mí inmérito tanta merced que verte alcançasse e en tan conueniente lugar, que mi secreto dolor manifestarte pudiesse. Sin dubda encomparablemente es mayor tal galardón, que el seruicio, sacrificio, deuoción e obras pías, que por este lugar alcançar tengo yo a Dios offrescido, ni otro poder mi voluntad humana puede conplir. ¿Quién vido en esta vida cuerpo glorificado de ningún hombre, como agora el mío? Por cierto los gloriosos sanctos, que se deleytan en la visión diuina, no gozan más que yo agora en el acatamiento tuyo. Más ¡o triste!, que en esto diferimos: que ellos puramente se glorifican sin temor de caer de tal bienauenturança e yo misto me alegro con recelo del esquiuo tormento, que tu absencia me ha de causar.

MELIBEA.— ¿Por grand premio tienes esto, Calisto?

CALISTO.— Téngolo por tanto en verdad que, si Dios me diese en el cielo la silla sobre sus sanctos, no lo ternía por tanta felicidad.

MELIBEA.— Pues avn más ygual galardón te daré yo, si perseueras.

CALISTO.— ¡O bienauenturadas orejas mías, que indignamente tan gran palabra haueys oydo!

MELIBEA.— Más desauenturadas de que me acabes de oyr Porque la paga será tan fiera, qual meresce tu loco atreuimiento. E el intento de tus palabras, Calisto, ha seydo de ingenio de tal hombre como tú, hauer de salir para se perder en la virtud de tal muger como yo. ¡Vete!, ¡vete de ay, torpe! Que no puede mi paciencia tollerar que aya subido en coraçón humano comigo el ylícito amor comunicar su deleyte.

CALISTO.— Yré como aquel contra quien solamente la aduersa fortuna pone su estudio con odio cruel.

CALISTO.— ¡Sempronio, Sempronio, Sempronio! ¿Dónde está este maldito?

SEMPRONIO.— Aquí soy, señor, curando destos cauallos.

CALISTO.— Pues, ¿cómo sales de la sala?

SEMPRONIO.— Abatiose el girifalte e vínele a endereçar en el alcándara.

CALISTO.— ¡Assí los diablos te ganen! ¡Assí por infortunio arrebatado perezcas o perpetuo intollerable tormento consigas, el qual en grado incomparablemente a la penosa e desastrada muerte, que espero, traspassa! ¡Anda, anda, maluado! Abre la cámara e endereça la cama.

SEMPRONIO.— Señor, luego hecho es.

CALISTO.— Cierra la ventana e dexa la tiniebla acompañar al triste y al desdichado la ceguedad. Mis pensamientos tristes no son dignos de luz. ¡O bienauenturada muerte aquella, que desseada a los afligidos viene! ¡O si viniéssedes agora, Hipócrates e Galeno, médicos!, ¿sentiríades mi mal? ¡O piedad de silencio, inspira en el Plebérico coraçón, porque sin esperança de salud no embíe el espíritu perdido con el desastrado Píramo e de la desdichada Tisbe!

SEMPRONIO.— ¿Qué cosa es?

CALISTO.— ¡Vete de ay! No me fables; sino, quiçá ante del tiempo de mi rabiosa muerte, mis manos causarán tu arrebatado fin.

SEMPRONIO.— Yré, pues solo quieres padecer tu mal.

CALISTO.— ¡Ve con el diablo!

SEMPRONIO.— No creo, según pienso, yr comigo el que contigo queda. ¡O desuentura! ¡O súbito mal! ¿Quál fue tan contrario acontescimiento, que assí tan presto robó el alegría deste hombre e, lo que peor es, junto con ella el seso? ¿Dexarle he solo o entraré alla? Si le dexo, matarse ha; si entro alla, matarme ha. Quédese; no me curo. Más vale que muera aquel, a quien es enojosa la vida, que no yo, que huelgo con ella. Avnque por al no desseasse viuir, sino por ver mi Elicia, me deuría guardar de peligros. Pero, si se mata sin otro testigo, yo quedo obligado a dar cuenta de su vida. Quiero entrar. Mas, puesto que entre, no quiere consolación ni consejo. Asaz es señal mortal no querer sanar. Con todo, quiérole dexar vn poco desbraue, madure: que oydo he dezir que es peligro abrir o apremiar las postemas duras, porque mas se enconan. Esté vn poco. Dexemos llorar al que dolor tiene. Que las lágrimas e sospiros mucho desenconan el coraçón dolorido. E avn, si delante me tiene, más comigo se encenderá. Que el sol más arde donde puede reuerberar. La vista, a quien objeto no se antepone, cansa. E quando aquel es cerca, agúzase. Por esso quiérome sofrir vn poco. Si entretanto se matare, muera. Quiçá con algo me quedaré que otro no lo sabe, con que mude el pelo malo. Avnque malo es esperar salud en muerte agena. E quiçá me engaña el diablo. E si muere, matarme han e yrán allá la soga e el calderón. Por otra parte dizen los sabios que es grande descanso a los affligidos tener con quien puedan sus cuytas llorar e que la llaga interior más empece. Pues en estos estremos, en que estoy perplexo, lo más sano es entrar e sofrirle e consolarle. Porque, si possible es sanar sin arte ni aparejo, mas ligero es guarescer por arte e por cura.

CALISTO.— Sempronio.

SEMPRONIO.— Señor.

CALISTO.— Dame acá el laúd.

SEMPRONIO.— Señor, vesle aquí.

CALISTO
¿Qual dolor puede ser tal
que se yguale con mi mal?

SEMPRONIO.— Destemplado está esse laúd.

CALISTO.— ¿Cómo templará el destemplado? ¿Cómo sentirá el armonía aquel, que consigo está tan discorde? ¿Aquél en quien la voluntad a la razón no obedece? ¿Quién tiene dentro del pecho aguijones, paz, guerra, tregua, amor, enemistad, injurias, pecados, sospechas, todo a vna causa? Pero tañe e canta la más triste canción, que sepas.

SEMPRONIO:
Mira Nero de Tarpeya
a Roma cómo se ardía:
gritos dan niños e viejos
e el de nada se dolía.

CALISTO.— Mayor es mi fuego e menor la piedad de quien agora digo.

SEMPRONIO.— No me engaño yo, que loco está este mi amo.

CALISTO.— ¿Qué estás murmurando, Sempronio?

SEMPRONIO.— No digo nada.

7

CALISTO.— Di lo que dizes, no temas.

SEMPRONIO.— Digo que ¿cómo puede ser mayor el fuego, que atormenta vn viuo, que el que quemó tal cibdad e tanta multitud de gente?

CALISTO.— ¿Cómo? Yo te lo diré. Mayor es la llama que dura ochenta años, que la que en vn día passa, y mayor la que mata vn ánima, que la que quema cient mill cuerpos. Como de la aparencia a la existencia, como de lo viuo a lo pintado, como de la sombra a lo real, tanta diferencia ay del fuego, que dizes, al que me quema. Por cierto, si el del purgatorio es tal, más querría que mi spíritu fuesse con los de los brutos animales, que por medio de aquel yr a la gloria de los sanctos.

SEMPRONIO.— ¡Algo es lo que digo! ¡A más ha de yr este hecho! No basta loco, sino ereje.

CALISTO.— ¿No te digo que fables alto, quando fablares? ¿Qué dizes?

SEMPRONIO.— Digo que nunca Dios quiera tal; que es especie de heregía lo que agora dixiste.

CALISTO.— ¿Por qué?

SEMPRONIO.— Porque lo que dizes contradize la cristiana religión.

CALISTO.— ¿Qué a mí?

SEMPRONIO.— ¿Tú no eres cristiano?

CALISTO.— ¿Yo? Melibeo so e a Melibea adoro e en Melibea creo e a Melibea amo.

SEMPRONIO.— Tú te lo dirás. Como Melibea es grande, no cabe en el coraçón de mi amo, que por la boca le sale a borbollones. No es más menester. Bien sé de qué pie coxqueas. Yo te sanaré.

CALISTO.— Increyble cosa prometes.

SEMPRONIO.— Antes fácil. Que el comienço de la salud es conoscer hombre la dolencia del enfermo.

CALISTO.— ¿Quál consejo puede regir lo que en sí no tiene orden ni consejo?

SEMPRONIO.— ¡Ha!, ¡ha!, ¡ha! ¿Esto es el fuego de Calisto? ¿Éstas son sus congoxas? ¡Como si solamente el amor contra él asestara sus tiros! ¡O soberano Dios, quán altos son tus misterios! ¡Quánta premia pusiste en el amor, que es necessaria turbación en el amante! Su límite posiste por marauilla. Paresce al amante que atrás queda. Todos passan, todos rompen, pungidos e esgarrochados como ligeros toros. Sin freno saltan por las barreras. Mandaste al hombre por la muger dexar el padre e la madre; agora no solo aquello, mas a ti e a tu ley desamparan, como agora Calisto. Del qual no me marauillo, pues los sabios, los santos, los profetas por él te oluidaron.

CALISTO.— Sempronio.

SEMPRONIO.— Señor.

CALISTO.— No me dexes.

SEMPRONIO.— De otro temple está esta gayta.

CALISTO.— ¿Qué te paresce de mi mal?

SEMPRONIO.— Que amas a Melibea.

CALISTO.— ¿E no otra cosa?

SEMPRONIO.— Harto mal es tener la voluntad en vn solo lugar catiua.

CALISTO.— Poco sabes de firmeza.

SEMPRONIO.— La perseuerancia en el mal no es constancia; mas dureza o pertinacia la llaman en mi tierra. Vosotros los filósofos de Cupido llamalda como quisiérdes.

CALISTO.— Torpe cosa es mentir el que enseña a otro, pues que tú te precias de loar a tu amiga Elicia.

SEMPRONIO.— Haz tú lo que bien digo e no lo que mal hago.

CALISTO.— ¿Qué me reprobas?

SEMPRONIO.— Que sometes la dignidad del hombre a la imperfección de la flaca muger.

CALISTO.— ¿Muger? ¡O grossero! ¡Dios, Dios!

SEMPRONIO.— ¿E assí lo crees? ¿O burlas?

CALISTO.— ¿Que burlo? Por Dios la creo, por Dios la confiesso e no creo que ay otro soberano en el cielo; avnque entre nosotros mora.

SEMPRONIO.— ¡Ha!, ¡ah!, ¡ah! ¿Oystes qué blasfemia? ¿Vistes qué ceguedad?

CALISTO.— ¿De qué te ríes?

SEMPRONIO.— Ríome, que no pensaua que hauía peor inuención de pecado que en Sodoma.

CALISTO.— ¿Cómo?

SEMPRONIO.— Porque aquellos procuraron abominable vso con los ángeles no conocidos e tú con el que confiessas ser Dios.

CALISTO.— ¡Maldito seas!, que fecho me has reyr, lo que no pensé ogaño.

SEMPRONIO.— ¿Pues qué?, ¿toda tu vida auías de llorar?

CALISTO.— Sí.

SEMPRONIO.— ¿Por qué?

CALISTO.— Porque amo a aquella, ante quien tan indigno me hallo, que no la espero alcançar.

SEMPRONIO.— ¡O pusilánimo! ¡O fideputa! ¡Qué Nembrot, qué magno Alexandre, los quales no solo del señorío del mundo, mas del cielo se juzgaron ser dignos!

CALISTO.— No te oy bien esso que dixiste. Torna, dilo, no procedas.

SEMPRONIO.— Dixe que tú, que tienes mas coraçón que Nembrot ni Alexandre, desesperas de alcançar vna muger, muchas de las quales en grandes estados constituydas se sometieron a los pechos e resollos de viles azemileros e otras a brutos animales. ¿No has leydo de Pasife con el toro, de Minerua con el can?

CALISTO.— No lo creo; hablillas son.

SEMPRONIO.— Lo de tu abuela con el ximio, ¿hablilla fue? Testigo es el cuchillo de tu abuelo.

CALISTO.— ¡Maldito sea este necio! ¡E qué porradas dize!

SEMPRONIO.— ¿Escociote? Lee los ystoriales, estudia los filósofos, mira los poetas. Llenos están los libros de sus viles e malos exemplos e de las caydas que leuaron los que en algo, como tú, las reputaron. Oye a Salomón do dize que las mugeres e el vino hazen a los hombres renegar. Conséjate con Séneca e verás en qué las tiene. Escucha al Aristóteles, mira a Bernardo. Gentiles, judíos, cristianos e moros, todos en esta concordia están. Pero lo dicho e lo que dellas dixere no te contezca error de tomarlo en común. Que muchas houo e ay sanctas e virtuosas e notables, cuya resplandesciente corona quita el general vituperio. Pero destas otras, ¿quién te contaría sus mentiras, sus tráfagos, sus cambios, su liuiandad, sus lagrimillas, sus alteraciones, sus osadías? Que todo lo que piensan, osan sin deliberar. ¿Sus disimulaciones, su lengua, su engaño, su oluido, su desamor, su ingratitud, su inconstancia, su testimoniar, su negar, su reboluer, su presunción, su vanagloria, su abatimiento, su locura, su desdén, su soberuia, su subjección, su parlería, su golosina, su luxuria e suziedad, su miedo, su atreuemiento, sus hechizerías, sus embaymientos, sus escarnios, su deslenguamiento, su desvergüença, su alcahuetería? Considera, ¡qué sesito está debaxo de aquellas grandes e delgadas tocas! ¡Qué pensamientos so aquellas gorgueras, so aquel fausto, so aquellas largas e autorizantes ropas! ¡Qué imperfición, qué aluañares debaxo de templos pintados! Por ellas es dicho: arma del diablo, cabeça de pecado, destruyción de parayso. ¿No has rezado en la festiuidad de Sant Juan, do dize: Las mugeres e el vino hazen los hombres renegar; do dize: Ésta es la muger, antigua malicia que a Adán echó de los deleytes de parayso; esta el linaje humano metió en el infierno; a esta menospreció Helías propheta &c.?

CALISTO.— Di pues, esse Adán, esse Salomón, esse Dauid, esse Aristóteles, esse Vergilio, essos que dizes, ¿cómo se sometieron a ellas? ¿Soy más que ellos?

SEMPRONIO.— A los que las vencieron querría que remedasses, que no a los que dellas fueron vencidos. Huye de sus engaños. ¿Sabes que facen? Cosa, que es difícil entenderlas. No tienen modo, no razón, no intención. Por rigor comiençan el ofrescimiento, que de sí quieren hazer. A los que meten por los agujeros denuestan en la calle. Combidan, despiden, llaman, niegan, señalan amor, pronuncian enemiga, ensáñanse presto, apacíguanse luego. Quieren que adeuinen lo que quieren. ¡O qué plaga! ¡O qué enojo! ¡O qué fastío es conferir con ellas, más de aquel breue tiempo, que son aparejadas a deleyte!

CALISTO.— ¡Ve! Mientra más me dizes e más inconuenientes me pones, más la quiero. No sé qué s' es.

SEMPRONIO.— No es este juyzio para moços, según veo, que no se saben a razón someter, no se saben administrar. Miserable cosa es pensar ser maestro el que nunca fue discípulo.

CALISTO.— ¿E tú qué sabes?, ¿quién te mostró esto?

SEMPRONIO.— ¿Quién? Ellas. Que, desque se descubren, assí pierden la vergüença, que todo esto e avn más a los hombres manifiestan. Ponte pues en la medida de honrra, piensa ser más digno de lo que te reputas. Que cierto, peor estremo es dexarse hombre caer de su merescimiento, que ponerse en más alto lugar que deue.

CALISTO.— Pues, ¿quién yo para esso?

SEMPRONIO.— ¿Quién? Lo primero eres hombre e de claro ingenio. E más, a quien la natura dotó de los mejores bienes que tuuo, conuiene a saber, fermosura, gracia, grandeza de miembros, fuerça, ligereza. E allende desto, fortuna medianamente partió contigo lo suyo en tal quantidad, que los bienes, que tienes de dentro, con los de fuera resplandescen. Porque sin los bienes de fuera, de los quales la fortuna es señora, a ninguno acaece en esta vida ser bienauenturado. E más, a constelación de todos eres amado.

CALISTO.— Pero no de Melibea. E en todo lo que me as gloriado, Sempronio, sin proporción ni comparación se auentaja Melibea. Mira la nobleza e antigüedad de su linaje, el grandíssimo patrimonio, el excelentíssimo ingenio, las resplandescientes virtudes, la altitud e enefable gracia, la soberana hermosura, de la qual te ruego me dexes hablar vn poco, porque aya algún refrigerio. E lo que te dixere será de lo descubierto; que, si de lo occulto yo hablarte supiera, no nos fuera necessario altercar tan miserablemente estas razones.

SEMPRONIO.— ¡Qué mentiras e qué locuras dirá agora este cautiuo de mi amo!

CALISTO.— ¿Cómo es eso?

SEMPRONIO.— Dixe que digas, que muy gran plazer hauré de lo oyr. ¡Assí te medre Dios, como me será agradable esse sermón!

CALISTO.— ¿Qué?

SEMPRONIO.— Que ¡assí me medre Dios, como me será gracioso de oyr!

CALISTO.— Pues porque ayas plazer, yo lo figuraré por partes mucho por estenso.

SEMPRONIO.— ¡Duelos tenemos! Esto es tras lo que yo andaua. De passarse haurá ya esta importunidad.

CALISTO.— Comienço por los cabellos. ¿Vees tú las madexas del oro delgado, que hilan en Arabia? Más lindos son e no resplandescen menos. Su longura hasta el postrero assiento de sus pies; después crinados e atados con la delgada cuerda, como ella se los pone, no ha más menester para conuertir los hombres en piedras.

SEMPRONIO.— ¡Más en asnos!

CALISTO.— ¿Qué dizes?

SEMPRONIO.— Dixe que essos tales no serían cerdas de asno.

CALISTO.— ¡Veed qué torpe e qué comparación!

SEMPRONIO.— ¿Tú cuerdo?

CALISTO.— Los ojos verdes, rasgados; las pestañas luengas; las cejas delgadas e alçadas; la nariz mediana; la boca pequeña; los dientes menudos e blancos; los labios colorados e grosezuelos; el torno del rostro poco más luengo que redondo; el pecho alto; la redondez e forma de las pequeñas tetas, ¿quién te la podría figurar? ¡Que se despereza el hombre quando las mira! La tez lisa, lustrosa; el cuero suyo escurece la nieue; la color mezclada, qual ella la escojó para sí.

SEMPRONIO.— ¡En sus treze está este necio!

CALISTO.— Las manos pequeñas en mediana manera, de dulce carne acompañadas; los dedos luengos; las vñas en ellos largas e coloradas, que parescen rubíes entre perlas. Aquella proporción, que veer yo no pude, no sin duda por el bulto de fuera juzgo incomparablemente ser mejor, que la que Paris juzgó entre las tres Deesas.

SEMPRONIO.— ¿Has dicho?

CALISTO.— Quan breuemente pude.

SEMPRONIO.— Puesto que sea todo esso verdad, por ser tú hombre eres más digno.

CALISTO.— ¿En qué?

SEMPRONIO.— En que ella es imperfecta, por el qual defeto desea e apetece a ti e a otro menor que tú. ¿No as leydo el filósofo, do dize: Assí como la materia apetece a la forma, así la muger al varón?

CALISTO.— ¡O triste, e quando veré yo esso entre mí e Melibea!

SEMPRONIO.— Possible es. E avnque la aborrezcas, cuanto agora la amas, podrá ser alcançándola e viéndola con otros ojos, libres del engaño en que agora estás.

CALISTO.— ¿Con qué ojos?

SEMPRONIO.— Con ojos claros.

CALISTO.— E agora, ¿con qué la veo?

SEMPRONIO.— Con ojos de alinde, con que lo poco parece mucho e lo pequeño grande. E porque no te desesperes, yo quiero tomar esta empresa de complir tu desseo.

CALISTO.— ¡O! ¡Dios te dé lo que desseas! ¡Qué glorioso me es oyrte; avnque no espero que lo has de hazer!

SEMPRONIO.— Antes lo haré cierto.

CALISTO.— Dios te consuele. El jubón de brocado, que ayer vestí, Sempronio, vistétele tú.

SEMPRONIO.— Prospérete Dios por este e por muchos más, que me darás. De la burla yo me lleuo lo mejor. Con todo, si destos aguijones me da, traérgela he hasta la cama. ¡Bueno ando! Házelo esto, que me dio mi amo; que, sin merced, impossible es obrarse bien ninguna cosa.

CALISTO.— No seas agora negligente.

SEMPRONIO.— No lo seas tú, que impossible es fazer sieruo diligente el amo perezoso.

CALISTO.— ¿Cómo has pensado de fazer esta piedad?

SEMPRONIO.— Yo te lo diré. Días ha grandes que conosco en fin desta vezindad vna vieja barbuda, que se dize Celestina, hechicera, astuta, sagaz en quantas maldades ay. Entiendo que passan de cinco mill virgos los que se han hecho e deshecho por su autoridad en esta cibdad. A las duras peñas promouerá e prouocará a luxuria, si quiere.

CALISTO.— ¿Podríala yo fablar?

SEMPRONIO.— Yo te la traeré hasta acá. Por esso, aparéjate, seyle gracioso, seyle franco. Estudia, mientra vo yo, de le dezir tu pena tan bien como ella te dará el remedio.

CALISTO.— ¿Y tardas?

SEMPRONIO.— Ya voy. Quede Dios contigo.

CALISTO.— E contigo vaya. ¡O todopoderoso, perdurable Dios! Tú, que guías los perdidos e los reyes orientales por el estrella precedente a Belén truxiste e en su patria los reduxiste, humilmente te ruego que guíes a mi Sempronio, en manera que conuierta mi pena e tristeza en gozo e yo indigno merezca venir en el deseado fin.

CELESTINA.— ¡Albricias!, ¡albricias! Elicia. ¡Sempronio! ¡Sempronio!

ELICIA.— ¡Ce!, ¡ce!, ¡ce!

CELESTINA.— ¿Por qué?

ELICIA.— Porque está aquí Crito.

CELESTINA.— ¡Mét, elo en la camarilla de las escobas! ¡Presto! Dile que viene tu primo e mi familiar.

ELICIA.— Crito, retráete ay. Mi primo viene. ¡Perdida soy!

CRITO.— Plázeme. No te congoxes.

SEMPRONIO.— ¡Madre bendita! ¡Qué desseo traygo! ¡Gracias a Dios, que te me dexó ver!

CELESTINA.— ¡Fijo mío!, ¡rey mío!, turbado me has. No te puedo fablar. Torna e dame otro abraço. ¿E tres días podiste estar sin vernos? ¡Elicia! ¡Elicia! ¡Cátale aquí!

ELICIA.— ¿A quién, madre?

CELESTINA.— A Sempronio.

ELICIA.— ¡Ay triste! ¡Qué saltos me da el coraçón! ¿Es qué es dél?

CELESTINA.— Vesle aquí, vesle. Yo me le abraçaré; que no tú.

ELICIA.— ¡Ay! ¡Maldito seas, traydor! Postema e landre te mate e a manos de tus enemigos mueras e por crímines dignos de cruel muerte en poder de rigurosa justicia te veas. ¡Ay, ay!

SEMPRONIO.— ¡Hy!, ¡hy!, ¡hy! ¿Qué has, mi Elicia? ¿De qué te congoxas?

ELICIA.— Tres días ha que no me ves. ¡Nunca Dios te vea, nunca Dios te consuele ni visite! ¡Guay de la triste, que en ti tiene su esperança e el fin de todo su bien!

SEMPRONIO.— ¡Calla, señora mía! ¿Tú piensas que la distancia del lugar es poderosa de apartar el entrañable amor, el fuego, que está en mi coraçón? Do yo vó, comigo vas, comigo estás. No te aflijas ni me atormentes más de lo que yo he padecido. Mas di, ¿qué passos suenan arriba?

ELICIA.— ¿Quién? Vn mi enamorado.

SEMPRONIO.— Pues créolo.

ELICIA.— ¡Alahé!, verdad es. Sube allá e verle has.

SEMPRONIO.— Voy.

CELESTINA.— ¡Anda acá! Dexa essa loca, que ella es liuiana e, turbada de tu absencia, sácasla agora de seso. Dirá mill locuras. Ven e fablemos. No dexemos passar el tiempo en balde.

SEMPRONIO.— Pues, ¿quién está arriba?

CELESTINA.— ¿Quiéreslo saber?

SEMPRONIO.— Quiero.

CELESTINA.— Vna moça, que me encomendó vn frayle.

SEMPRONIO.— ¿Qué frayle?

CELESTINA.— No lo procures.

SEMPRONIO.— Por mi vida, madre, ¿qué frayle?

CELESTINA.— ¿Porfías? El ministro el gordo.

SEMPRONIO.— ¡O desaventurada e qué carga espera!

CELESTINA.— Todo lo leuamos. Pocas mataduras as tú visto en la barriga.

SEMPRONIO.— Mataduras no; mas petreras sí.

CELESTINA.— ¡Ay burlador!

SEMPRONIO.— Dexa, si soy burlador; muéstramela.

ELICIA.— ¡Ha don maluado! ¿Verla quieres? ¡Los ojos se te salten!, que no basta a ti vna ni otra. ¡Anda!, véela e dexa a mí para siempre.

SEMPRONIO.— ¡Calla, Dios mío! ¿E enójaste? Que ni la quiero ver a ella ni a muger nascida. A mi madre quiero fablar e quédate adiós.

ELICIA.— ¡Anda, anda!, ¡vete, desconoscido!, e está otros tres años, que no me bueluas a ver.

SEMPRONIO.— Madre mía, bien ternás confiança e creerás que no te burlo. Torna el manto e vamos, que por el camino sabrás lo que, si aquí me tardasse en dezirte, impediría tu prouecho e el mío.

CELESTINA.— Vamos. Elicia, quédate adiós, cierra la puerta. ¡Adiós paredes!

SEMPRONIO.— ¡O madre mía! Todas cosas dexadas aparte, solamente sey atenta e ymagina en lo que te dixere e no derrames tu pensamiento en muchas partes. Que quien junto en diuersos lugares le pone, en ninguno le tiene; si no por caso determina lo cierto. E quiero que sepas de mí lo que no has oydo e es que jamás pude, después que mi fe contigo puse, desear bien de que no te cupiesse parte.

CELESTINA.— Parta Dios, hijo, de lo suyo contigo, que no sin causa lo hará, siquiera porque has piedad desta pecadora de vieja. Pero di, no te detengas. Que la amistad, que entre ti e mí se affirma, no ha menester preámbulos ni correlarios ni aparejos para ganar voluntad. Abreuia e ven al fecho, que vanamente se dize por muchas palabras lo que por pocas se puede entender.

SEMPRONIO.— Assí es. Calisto arde en amores de Melibea. De ti e de mí tiene necessidad. Pues juntos nos ha menester, juntos nos aprouechemos. Que conoscer el tiempo e vsar el hombre de la oportunidad hace los hombres prósperos.

CELESTINA.— Bien has dicho, al cabo estoy. Basta para mí mescer el ojo. Digo que me alegro destas nuevas, como los cirujanos de los descalabrados. E como aquellos dañan en los principios las llagas e encarecen el prometimiento de la salud, assí entiendo yo facer a Calisto. Alargarle he la certenidad del remedio, porque, como dizen, el esperança luenga aflige el coraçón e, quanto él la perdiere, tanto gela promete. ¡Bien me entiendes!

SEMPRONIO.— Callemos, que a la puerta estamos e, como dizen, las paredes han oydos.

CELESTINA.— Llama.

SEMPRONIO.— Tha, tha, tha.

CALISTO.— Pármeno.

PÁRMENO.— Señor.

CALISTO.— ¿No oyes, maldito sordo?

PÁRMENO.— ¿Qué es, señor?

CALISTO.— A la puerta llaman; corre.

PÁRMENO.— ¿Quién es?

SEMPRONIO.— Abre a mí e a esta dueña.

PÁRMENO.— Señor, Sempronio e vna puta vieja alcoholada dauan aquellas porradas.

CALISTO.— Calla, calla, maluado, que es mi tía. Corre, corre, abre. Siempre lo vi, que por huyr hombre de vn peligro, cae en otro mayor. Por encubrir yo este fecho de Pármeno, a quien amor o fidelidad o temor pusieran freno, cay en indignación desta, que no tiene menor poderío en mi vida que Dios.

PÁRMENO.— ¿Por qué, señor, te matas? ¿Por qué, señor, te congoxas? ¿E tú piensas que es vituperio en las orejas desta el nombre que la llamé? No lo creas; que assí se glorifica en le oyr, como tú, quando dizen: ¡diestro cauallero es Calisto! E demás desto, es nombrada e por tal título conocida. Si entre cient mugeres va e alguno dize: ¡puta vieja!, sin ningún empacho luego buelue la cabeça e responde con alegre cara. En los conbites, en las fiestas, en las bodas, en las cofadrías, en los mortuorios, en todos los ayuntamientos de gentes, con ella passan tiempo. Si passa por los perros, aquello suena su ladrido; si está cerca las aues, otra cosa no cantan; si cerca los ganados, balando lo pregonan; si cerca las bestias, rebuznando dizen: ¡puta vieja! Las ranas de los charcos otra cosa no suelen mentar. Si va entre los herreros, aquello dizen sus martillos. Carpinteros e armeros, herradores, caldereros, arcadores, todo oficio de instrumento forma en el ayre su nombre. Cántanla los carpinteros, péynanla los peynadores, texedores. Labradores en las huertas, en las aradas, en las viñas, en las segadas con ella passan el afán cotidiano. Al perder en los tableros, luego suenan sus loores. Todas cosas, que son hazen, a do quiera que ella está, el tal nombre representan. ¡O qué comedor de hueuos asados era su marido! ¿Qué quieres más, sino, si vna piedra toca con otra, luego suena ¡puta vieja!?

CALISTO.— E tú ¿cómo lo sabes y la conosces?

PÁRMENO.— Saberlo has. Días grandes son passados que mi madre, muger pobre, moraua en su vezindad, la qual rogada por esta Celestina, me dio a ella por siruiente; avnque ella no me conoçe, por lo poco que la seruí e por la mudança, que la edad ha hecho.

CALISTO.— ¿De qué la seruías?

PÁRMENO.— Señor, yua a la plaça e trayale de comer e acompañáuala; suplía en aquellos menesteres, que mi tierna fuerça bastaua. Pero de aquel poco tiempo que la seruí, recogía la nueua memoria lo que la vejez no ha podido quitar. Tiene esta buena dueña al cabo de la ciudad, allá cerca de las tenerías, en la cuesta del río, vna casa apartada, medio cayda, poco compuesta e menos abastada. Ella tenía seys oficios, conuiene saber: labrandera perfumera, maestra de fazer afeytes e de fazer virgos, alcahueta e vn poquito hechizera. Era el primer oficio cobertura de los otros, so color del qual muchas moças destas siruientes entrauan en su casa a labrarse e a labrar camisas e gorgueras e otras muchas cosas. Ninguna venía sin torrezno, trigo, harina o jarro de vino e de las otras prouisiones, que podían a sus amas furtar. E avn otros furtillos de más qualidad allí se encubrían. Asaz era amiga de estudiantes e despenseros e moços de abades. A estos vendía ella aquella sangre innocente de las cuytadillas, la qual ligeramente auenturauan en esfuerço de la restitucion, que ella les prometía. Subió su fecho a más: que por medio de aquellas comunicaua con las más encerradas, hasta traer a execución su propósito. E aquestas en tiempo onesto, como estaciones, processiones de noche, missas del gallo, missas del alua e otras secretas deuociones. Muchas encubiertas vi entrar en su casa. Tras ellas hombres descalços, contritos e reboçados, desatacados, que entrauan allí a llorar sus pecados. ¡Qué tráfagos, si piensas, traya! Hazíase física de niños, tomaua estambre de vnas casas, dáualo a filar en otras, por achaque de entrar en todas. Las vnas: ¡madre acá!; las otras: ¡madre acullá!; ¡cata la vieja!; ¡ya viene el ama!: de todos muy conocida. Con todos esos afanes, nunca passaua sin missa ni bísperas ni dexaua monesterios de frayles ni de monjas. Esto porque allí fazía ella sus aleluyas e conciertos. E en su casa fazía perfumes, falsaua estoraques, menjuy, animes, ámbar, algalia, poluillos, almizcles, mosquetes. Tenía vna cámara llena de alambiques, de redomillas, de barrilejos de barro, de vidrio, de arambre, de estaño, hechos de mill faziones. Hazía solimán, afeyte cozido, argentadas, bujelladas, cerillas, llanillas, vnturillas, lustres, luzentores, clarimientes, alualinos e otras aguas de rostro, de rasuras de gamones, de cortezas de spantalobos, de taraguntia, de hieles, de agraz, de mosto, destiladas e açucaradas. Adelgazaua los cueros con çumos de limones, con turuino, con tuétano de corço e de garça, e otras confaciones. Sacaua agua para oler, de rosas, de azahar, de jasmín, de trébol, de madreselua e clauellinas, mosquetas e almizcladas, poluorizadas, con vino. Hazía lexías para enrubiar, de sarmientos, de carrasca, de centeno, de marrubios, con salitre, con alumbre e millifolia e otras diuersas cosas. E los vntos e mantecas, que tenía, es hastío de dezir: de vaca, de osso, de cauallos e de camellos, de culebra e de conejo, de vallena, de garça e de alcarauán e de gamo e de gato montés e de texón, de harda, de herizo, de nutria. Aparejos para baños, esto es vna marauilla, de las yeruas e rayzes, que tenía en el techo de su casa colgadas: mançanilla e romero, maluauiscos, culantrillo, coronillas, flor de sauco e de mostaza, espliego e laurel blanco, tortarosa e gramonilla, flor saluaje e higueruela, pico de oro e hoja tinta. Los azeytes que sacaua para el rostro no es cosa de creer: de estoraque e de jazmín, de limón, de pepitas, de violetas, de menjuy, de alfócigos, de piñones, de granillo, de açofeyfas, de neguilla, de altramuzes, de aruejas e de carillas e de yerua paxarera. E vn poquillo de bálsamo tenía ella en vna redomilla, que guardaua para aquel rascuño, que tiene por las narizes. Esto de los virgos, vnos facía de bexiga e otros curaua de punto. Tenía en vn tabladillo, en vna caxuela pintada, vnas agujas delgadas de pellejeros e hilos de seda encerados e colgadas allí rayzes de hojaplasma e fuste sanguino, cebolla albarrana e cepacauallo. Hazía con esto marauillas: que, quando vino por aquí el embaxador francés, tres vezes vendió por virgen vna criada, que tenía.

CALISTO.— ¡Así pudiera ciento!

PÁRMENO.— ¡Sí, santo Dios! E remediaua por caridad muchas huérfanas e cerradas, que se encomendauan a ella. E en otro apartado tenía para remediar amores e para se querer bien. Tenía huessos de coraçón de cieruo, lengua de bíuora, cabeças de codornizes, sesos de asno, tela de cauallo, mantillo de niño, haua morisca, guija marina, soga de ahorcado, flor de yedra, espina de erizo, pie de texó, granos de helecho, la piedra del nido del águila e otras mill cosas. Venían a ella muchos hombres e mugeres e a vnos demandaua el pan do mordían; a otros, de su ropa; a otros, de sus cabellos; a otros, pintaua en la palma letras con açafrán; a otros, con bermellón; a otros, daua vnos coraçones de cera, llenos de agujas quebradas e otras cosas en barro e en plomo hechas, muy espantables al ver. Pintaua figuras, dezía palabras en tierra. ¿Quién te podrá dezir lo que esta vieja fazía? E todo era burla e mentira.

CALISTO.— Bien está, Pármeno. Déxalo para más oportunidad. Asaz soy de ti auisado. Téngotelo en gracia. No nos detengamos, que la necessidad desecha la tardança. Oye. Aquélla viene rogada. Espera más que deue. Vamos, no se indigne. Yo temo e el temor reduze la memoria e a la prouidencia despierta. ¡Sus! Vamos, proueamos. Pero ruégote, Pármeno, la embidia de Sempronio, que en esto me sirue e complaze no ponga impedimento en el remedio de mi vida. Que, si para él houo jubón, para ti no faltará sayo. Ni pienses que tengo en menos tu consejo e auiso, que su trabajo e obra: como lo espiritual sepa yo que precede a lo corporal e que, puesto que las bestias corporalmente trabajen más que los hombres, por esso son pensadas e curadas; pero no amigas dellos. En la tal diferencia serás comigo, en respeto de Sempronio. E so secreto sello, pospuesto el dominio, por tal amigo a ti me concedo.

PÁRMENO.— Quéxome, señor, de la dubda de mi fidelidad e seruicio, por los prometimientos e amonestaciones tuyas. ¿Quándo me viste, señor, embidiar o por ningún interesse ni resabio tu prouecho estorcer?

CALISTO.— No te escandalizes. Que sin dubda tus costumbres e gentil criança en mis ojos ante todos los que me siruen están. Mas como en caso tan árduo, do todo mi bien e vida pende, es necessario prouer, proueo a los contescimientos. Como quiera que creo que tus buenas costumbres sobre buen natural florescen, como el buen natural sea principio del artificio. E no más; sino vamos a ver la salud.

CELESTINA.— Pasos oygo. Acá descienden. Haz, Sempronio, que no lo oyes. Escucha e déxame hablar lo que a ti e a mí me conuiene.

SEMPRONIO.— Habla.

CELESTINA.— No me congoxes ni me importunes, que sobrecargar el cuydado es aguijar al animal congoxoso. Assí sientes la pena de tu amo Calisto, que parece que tú eres él e él tú e que los tormentos son en vn mismo subjecto. Pues cree que yo no vine acá por dexar este pleyto indeciso o morir en la demanda.

CALISTO.— Pármeno, detente. ¡Ce! Escucha qué hablan estos. Veamos en qué viuimos. ¡O notable muger! ¡O bienes mundanos, indignos de ser poseydos de tan alto coraçón! ¡O fiel e verdadero Sempronio! ¿Has visto, mi Pármeno? ¿Oyste? ¿Tengo razón? ¿Qué me dizes, rincón de mi secreto e consejo e alma mía?

PÁRMENO.— Protestando mi innocencia en la primera sospecha e cumpliendo con la fidelidad, porque te me concediste, hablaré. Oyeme e el afecto no te ensorde ni la esperança del deleyte te ciegue. Tiémplate e no te apresures: que muchos con codicia de dar en el fiel, yerran el blanco. Avnque soy moço, cosas he visto asaz e el seso e la vista de las muchas cosas demuestran la experiencia. De verte o de oyrte descender por la escalera, parlan lo que estos fingidamente han dicho, en cuyas falsas palabras pones el fin de tu deseo.

SEMPRONIO.— Celestina, ruynmente suena lo que Pármeno dize.

CELESTINA.— Calla, que para la mi santiguada do vino el asno verná el albarda. Déxame tú a Pármeno, que yo te le haré vno de nos, e de lo que houiéremos, démosle parte: que los bienes, si no son conmunicados, no son bienes. Ganemos todos, partamos todos, holguemos todos. Yo te le traeré manso e benigno a picar el pan en el puño e seremos dos a dos e, como dizen, tres al mohíno.

CALISTO.— Sempronio.

SEMPRONIO.— Señor.

CALISTO.— ¿Qué hazes, llaue de mi vida? Abre. ¡O Pármeno!, ya la veo: ¡sano soy, viuo so! ¿Miras qué reuerenda persona, qué acatamiento? Por la mayor parte, por la philosomía es conocida la virtud interior. ¡O vejez virtuosa! ¡O virtud enuejecida! ¡O gloriosa esperança de mi desseado fin! ¡O fin de mi deleytosa esperança! ¡O salud de mi passión, reparo de mi tormento, regeneración mía, viuificación de mi vida, resurreción de mi muerte! Deseo llegar a ti, cobdicio besar essas manos llenas de remedio. La indignidad de mi persona lo embarga. Dende aquí adoro la tierra que huellas e en lo reuerencia tuya beso.

CELESTINA.— Sempronio, ¡de aquellas viuo yo! ¡Los huessos, que yo soy, piensa este necio de tu amo de darme a comer! Pues ál le sueño. Al freyr lo verá. Dile que cierre la boca e comience abrir la bolsa: que de las obras dudo, quanto más de las palabras. Xo que te estriego, asna coxa. Más hauías de madrugar.

PÁRMENO.— ¡Guay de orejas, que tal oyen! Perdido es quien tras perdido anda. ¡O Calisto desauenturado, abatido, ciego! ¡E en tierra está adorando a la más antigua e puta tierra, que fregaron sus espaldas en todos los burdeles! Deshecho es, vencido, es, caydo es: no es capaz de ninguna redención ni consejo ni esfuerço.

CALISTO.— ¿Qué dezía la madre? Parésceme que pensaua que le ofrescía palabras por escusar galardón.

SEMPRONIO.— Assí lo sentí.

CALISTO.— Pues ven comigo: trae las llaues, que yo sanaré su duda.

SEMPRONIO.— Bien farás e luego vamos. Que no se deue dexar crescer la yerua entre los panes ni la sospecha en los coraçones de los amigos; sino alimpiarla luego con el escardilla de las buenas obras.

CALISTO.— Astuto hablas. Vamos e no tardemos.

CELESTINA.— Plázeme, Pármeno, que hauemos auido oportunidad para que conozcas el amor mío contigo e la parte que en mi immérito tienes. E digo immérito, por lo que te he oydo dezir, de que no hago caso. Porque virtud nos amonesta sufrir las tentaciones e no dar mal por mal; e especial, quando somos tentados por moços e no bien instrutos en lo mundano, en que con necia lealtad pierdan a sí e a sus amos, como agora tú a Calisto. Bien te oy e no pienses que el oyr con los otros exteriores sesos mi vejez aya perdido. Que no solo lo que veo, oyo e conozco; mas avn lo intrínsico con los intellectuales ojos penetro. Has de saber, Pármeno, que Calisto anda de amor quexoso. E no lo juzgues por eso por flaco, que el amor imperuio todas las cosas vence. E sabe, si no sabes, que dos conclusiones son verdaderas. La primera, que es forçoso el hombre amar a la muger e la muger al hombre. La segunda, que el que verdaderamente ama es necessario que se turbe con la dulçura del soberano deleyte, que por el hazedor de las cosas fue puesto, porque el linaje de los hombres perpetuase, sin lo qual peresçería. E no solo en la humana especie; mas en los pesces, en las bestias, en las aues, en las reptilias y en lo vegetatiuo, algunas plantas han este respeto, si sin interposición de otra cosa en poca distancia de tierra están puestas, en que ay so determinación de heruolarios e agricultores, ser machos e hembras. ¿Qué dirás a esto, Pármeno? ¡Neciuelo, loquito, angelico, perlica, simplezico! ¿Lobitos en tal gestico? Llegate acá, putico, que no sabes nada del mundo ni de sus deleytes. ¡Mas rauia mala me mate, si te llego a mí, avnque vieja! Que la voz tienes ronca, las barbas te apuntan. Mal sosegadilla deues tener la punta de la barriga.

PÁRMENO.— ¡Como cola de alacrán!

CELESTINA.— E avn peor: que la otra muerde sin hinchar e la tuya hincha por nueue meses.

PÁRMENO.— ¡Hy!, ¡hy!, ¡hy!

CELESTINA.— ¿Ríeste, landrezilla, fijo?

PÁRMENO.— Calla, madre, no me culpes ni me tengas, avnque moço, por insipiente. Amo a Calisto, porque le deuo fidelidad, por criança, por beneficios, por ser dél honrrado e bientratado, que es la mayor cadena, que el amor del seruidor al seruicio del señor prende, quanto lo contrario aparta. Véole perdido e no ay cosa peor que yr tras desseo sin esperança de buen fin e especial, pensando remediar su hecho tan árduo e difícil con vanos consejos e necias razones de aquel bruto Sempronio, que es pensar sacar aradores a pala e açadón. No lo puedo sufrir. ¡Dígolo e lloro!

CELESTINA.— ¿Pármeno, tú no vees que es necedad o simpleza llorar por lo que con llorar no se puede remediar?

PÁRMENO.— Por esso lloro. Que, si con llorar fuesse possible traer a mi amo el remedio, tan grande sería el plazer de la tal esperança, que de gozo no podría llorar; pero assí, perdida ya toda la esperança, pierdo el alegría e lloro.

CELESTINA.— Llorarás sin prouecho por lo que llorando estoruar no podrás ni sanarlo presumas. ¿A otros no ha contecido esto, Pármeno?

PÁRMENO.— Sí; pero a mi amo no le querría doliente.

CELESTINA.— No lo es; mas avnque fuesse doliente, podría sanar.

PÁRMENO.— No curo de lo que dizes, porque en los bienes mejor es el acto que la potencia e en los males mejor la potencia que el acto. Así que mejor es ser sano, que poderlo ser e mejor es poder ser doliente que ser enfermo por acto e, por tanto, es mejor tener la potencia en el mal que el acto.

CELESTINA.— ¡O maluado! ¡Cómo, que no se te entiende! ¿Tú no sientes su enfermedad? ¿Qué has dicho hasta agora? ¿De qué te quexas? Pues burla o di por verdad lo falso e cree lo que quisieres: que él es enfermo por acto e el poder ser sano es en mano desta flaca vieja.

PÁRMENO.— ¡Mas, desta flaca puta vieja!

CELESTINA.— ¡Putos días biuas, vellaquillo!, e ¡cómo te atreues…!

PÁRMENO.— ¡Como te conozco…!

CELESTINA.— ¿Quién eres tú?

PÁRMENO.— ¿Quién? Pármeno, hijo de Alberto tu compadre, que estuue contigo vn mes, que te me dio mi madre, quando morauas a la cuesta del río, cerca de las tenerías.

CELESTINA.— ¡Jesú, Jesú, Jesú! ¿E tú eres Pármeno, hijo de la Claudina?

PÁRMENO.— ¡Alahé, yo!

CELESTINA.— ¡Pues fuego malo te queme, que tan puta vieja era tu madre como yo! ¿Por qué me persigues, Pármeno? ¡Él es, él es, por los sanctos de Dios! Allégate a mí, ven acá, que mill açotes e puñadas te di en este mundo e otros tantos besos. ¿Acuérdaste, quando dormías a mis pies, loquito?

PÁRMENO.— Sí, en buena fe. E algunas vezes, avnque era niño, me subías a la cabeçera e me apretauas contigo e, porque olías a vieja, me fuya de ti.

CELESTINA.— ¡Mala landre te mate! ¡E cómo lo dize el desuergonçado! Dexadas burlas e pasatiempos, oye agora, mi fijo, e escucha. Que, avnque a vn fin soy llamada, a otro so venida e maguera que contigo me aya fecho de nueuas, tú eres la causa. Hijo, bien sabes cómo tu madre, que Dios aya, te me dio viuiendo tu padre. El qual, como de mí te fueste, con otra ansia no murió, sino con la incertedumbre de tu vida e persona. Por la qual absencia algunos años de su vejez sufrió angustiosa e cuydosa vida. E al tiempo que della passó, embió por mí e en su secreto te me encargó e me dixo sin otro testigo, sino aquel, que es testigo de todas las obras e pensamientos e los coraçones e entrañas escudriña, al qual puso entre él e mí, que te buscasse e allegasse e abrigasse e, quando de complida edad fueses, tal que en tu viuir supieses tener manera e forma, te descubriesse adonde dexó encerrada tal copia de oro e plata, que basta más que la renta de tu amo Calisto. E porque gelo prometí e con mi promessa lleuó descanso e la fe es de guardar, más que a los viuos, a los muertos, que no pueden hazer por sí, en pesquisa e seguimiento tuyo yo he gastado asaz tiempo e quantías, hasta agora, que ha plazido aquel, que todos los cuydados tiene e remedia las justas peticiones e las piadosas obras endereça, que te hallase aquí, donde solos ha tres días que sé que moras. Sin duda dolor he sentido, porque has por tantas partes vagado, e peregrinado, que ni has hauido prouecho ni ganado debdo ni amistad. Que, como Séneca nos dize, los peregrinos tienen muchas posadas e pocas amistades, porque en breue tiempo con ninguno no pueden firmar amistad. E el que está en muchos cabos, está en ninguno. Ni puede aprouechar el manjar a los cuerpos, que en comiendo se lança, ni ay cosa que más la sanidad impida, que la diuersidad e mudança e variación de los manjares. E nunca la llaga viene a cicatrizar, en la qual muchas melezinas se tientan. Ni conualesce la planta, que muchas veces es traspuesta. Ni ay cosa tan prouechosa, que en llegando aproueche. Por tanto, mi hijo, dexa los ímpetus de la juuentud e tórnate con la doctrina de tus mayores a la razón. Reposa en alguna parte. ¿E dónde mejor, que en mi voluntad, en mi ánimo, en mi consejo, a quien tus padres te remetieron? E yo, assí como verdadera madre tuya, te digo, so las maldiciones, que tus padres te pusieron, si me fuesses inobediente, que por el presente sufras e siruas a este tu amo, que procuraste, hasta en ello hauer otro consejo mío. Pero no con necia lealtad, proponiendo firmeza sobre lo mouible, como son estos señores deste tiempo. E tú gana amigos, que es cosa durable. Ten con ellos constancia. No viuas en flores. Dexa los vanos prometimientos de los señores, los cuales deshechan la substancia de sus siruientes con huecos e vanos prometimientos. Como la sanguijuela saca la sangre, desagradescen, injurian, oluidan seruicios, niegan galardón.

»¡Guay de quien en palacio enuejece! Como se escriue de la probática piscina, que de ciento que entrauan, sanaua vno. Estos señores deste tiempo más aman a sí, que a los suyos. E no yerran. Los suyos ygualmente lo deuen hazer. Perdidas son las mercedes, las magnificencias, los actos nobles. Cada vno destos catiua e mezquinamente procuran su interesse con los suyos. Pues aquellos no deuen menos hazer, como sean en facultades menores, sino viuir a su ley. Dígolo, fijo Pármeno, porque este tu amo, como dizen, me parece rompenecios: de todos se quiere seruir sin merced. Mira bien, créeme. En su casa cobra amigos, que es el mayor precio mundano. Que con él no pienses tener amistad, como por la diferencia de los estados o condiciones pocas vezes contezca. Caso es ofrecido, como sabes, en que todos medremos e tú por el presente te remedies. Que lo al, que te he dicho, guardado te está a su tiempo. E mucho te aprouecharás siendo amigo de Sempronio.

PÁRMENO.— Celestina, todo tremo en oyrte. No sé qué haga, perplexo estó. Por vna parte téngote por madre; por otra a Calisto por amo. Riqueza desseo; pero quien torpemente sube a lo alto, más ayna cae que subió. No quería bienes malganados.

CELESTINA.— Yo sí. A tuerto o a derecho, nuestra casa hasta el techo.

PÁRMENO.— Pues yo con ellos no viuiría contento e tengo por onesta cosa la pobreza alegre. E avn mas te digo, que no los que poco tienen son pobres; mas los que mucho dessean. E por esto, avnque más digas, no te creo en esta parte. Querría passar la vida sin embidia, los yermos e aspereza sin temor, el sueño, sin sobresalto, las injurias con respuesta, las fuerças sin denuesto, las premias con resistencia.

CELESTINA.— ¡O hijo!, bien dizen que la prudencia s no puede ser sino en los viejos e tú mucho eres moço.

PÁRMENO.— Mucho segura es la mansa pobreza.

CELESTINA.— Mas di, como mayor, que la fortuna ayuda a los osados. E demás desto, ¿quién es, que tenga bienes en la república, que escoja viuir sin amigos? Pues, loado Dios, bienes tienes. ¿E no sabes que has menester amigos para los conseruar? E no pienses que tu priuança con este señor te haze seguro; que quanto mayor es la fortuna, tanto es menos segura. E por tanto, en los infortunios el remedio es a los amigos. ¿E a donde puedes ganar mejor este debdo, que donde las tres maneras de amistad concurren, conuiene a saber, por bien e prouecho e deleyte? Por bien: mira la voluntad de Sempronio conforme a la tuya e la gran similitud, que tú y él en la virtud teneys. Por prouecho: en la mano está, si soys concordes. Por deleyte: semejable es, como seays en edad dispuestos para todo linaje de plazer, en que más los moços que los viejos se juntan, assí como para jugar, para vestir, para burlar, para comer e beuer, para negociar amores, juntos de compañía. ¡O si quisiesses, Pármeno, qué vida gozaríamos! Sempronio ama a Elicia, prima de Areusa.

PÁRMENO.— ¿De Areusa?

CELESTINA.— De Areusa.

PÁRMENO.— ¿De Areusa, hija de Eliso?

CELESTINA.— De Areusa, hija de Eliso.

PÁRMENO.— ¿Cierto?

CELESTINA.— Cierto.

PÁRMENO.— Marauíllosa cosa es.

CELESTINA.— ¿Pero bien te paresce?

PÁRMENO.— No cosa mejor.

CELESTINA.— Pues tu buena dicha quiere, aquí está quién te la dará.

PÁRMENO.— Mi fe, madre, no creo a nadie.

CELESTINA.— Estremo es creer a todos e yerro no creer a niguno.

PÁRMENO.— Digo que te creo; pero no me atreuo: déxame.

CELESTINA.— ¡O mezquino! De enfermo coraçón es no poder sufrir el bien. Da Dios hauas a quien no tiene quixadas. ¡O simple! Dirás que a donde ay mayor entendimiento ay menor fortuna e donde más discreción allí es menor la fortuna. Dichos son.

PÁRMENO.— ¡O Celestina! Oydo he a mis mayores que vn exemplo de luxuría o auaricia mucho malhaze e que con aquellos deue hombre conuersar, que le fagan mejor e aquellos dexar, a quien él mejores piensa hazer. E Sempronio, en su enxemplo, no me hará mejor ni yo a él sanaré su vicio. E puesto que yo a lo que dizes me incline, solo yo querría saberlo: porque a lo menos por el exemplo fuese oculto el pecado. E, si hombre vencido del deleyte va contra la virtud, no se atreua a la honestad.

CELESTINA.— Sin prudencia hablas, que de ninguna cosa es alegre possessión sin compañía. No te retrayas ni amargues, que la natura huye lo triste e apetece lo delectable. El deleyte es con los amigos en las cosas sensuales e especial en recontar las cosas de amores e comunicarlas: esto hize, esto otro me dixo, tal donayre passamos, de tal manera la tomé, assí la besé, assí me mordió, assí la abracé, assí se allegó. ¡O qué fabla!, ¡o qué gracia!, ¡o qué juegos!, ¡o qué besos! Vamos allá, boluamos acá, ande la música, pintemos los motes, cantemos canciones, inuenciones, justemos, qué cimera sacaremos o qué letra. Ya va a la missa, mañana saldrá, rondemos su calle, mira su carta, vamos de noche, tenme el escala, aguarda a la puerta. ¿Cómo te fue? Cata el cornudo: sola la dexa. Dale otra buelta, tornemos allá. E para esto, Pármeno, ¿ay deleyte sin compañía? Alahé, alahé: la que las sabe las tañe. Éste es el deleyte; que lo al, mejor lo fazen los asnos en el prado.

PÁRMENO.— No querría, madre, me combidasses a consejo con amonestación de deleyte, como hizieron los que, caresciendo de razonable fundamiento, opinando hizieron sectas embueltas en dulce veneno para captar e tomar las voluntades de los flacos e con poluos de sabroso afeto cegaron los ojos de la razón.

CELESTINA.— ¿Qué es razón, loco?, ¿qué es afeto, asnillo? La discreción, que no tienes, lo determina e de la discreción mayor es la prudencia e la prudencia no puede ser sin esperimiento e la esperiencia no puede ser mas que en los viejos e los ancianos somos llamados padres e los buenos padres bien aconsejan a sus hijos e especial yo a ti, cuya vida e honrra más que la mía deseo. ¿E quando me pagarás tú esto? Nunca, pues a los padres e a los maestros no puede ser hecho seruicio ygualmente.

PÁRMENO.— Todo me recelo, madre, de recebir dudoso consejo.

CELESTINA.— ¿No quieres? Pues dezirte he lo que dize el sabio: Al varón, que con dura ceruiz al que le castiga menosprecia, arrebatado quebrantamiento le verná e sanidad ninguna le conseguirá. E assí, Pármeno, me despido de ti e deste negocio.

PÁRMENO.— (*Aparte.*) Ensañada está mi madre: duda tengo en su consejo. Yerro es no creer e culpa creerlo todo. Mas humano es confiar, mayormente en ésta que interesse promete, ado prouecho nos puede allende de amor conseguir. Oydo he que deue hombre a sus mayores creer. Ésta ¿qué me aconseja? Paz con Sempronio. La paz no se deue negar: que bienauenturados son los pacíficos, que fijos de Dios serán llamados. Amor no se deue rehuyr. Caridad a los hermanos, interesse pocos le apartan. Pues quiérola complazer e oyr.

»Madre, no se deue ensañar el maestro de la ignorancia del discípulo, sino raras vezes por la sciencia, que es de su natural comunicable e en pocos lugares se podría infundir. Por eso perdóname, háblame, que no solo quiero oyrte e creerte; mas en singular merced recibir tu consejo. E no me lo agradescas, pues el loor e las gracias de la ación, más al dante, que no al recibiente se deuen dar. Por esso, manda, que a tu mandado mi consentimiento se humilia.

CELESTINA.— De los hombres es errar e bestial es la porfía. Por ende gózome, Pármeno, que ayas limpiado las turbias telas de tus ojos e respondido al reconoscimiento, discreción e engenio sotil de tu padre, cuya persona, agora representada en mi memoria, enternece los ojos piadosos, por do tan abundantes lágrimas vees derramar. Algunas vezes duros propósitos, como tú, defendía; pero luego tornaua a lo cierto. En Dios e en mi ánima, que en veer agora lo que has porfiado e cómo a la verdad eres reduzido, no paresce sino que viuo le tengo delante. ¡O qué persona! ¡O qué hartura! ¡O qué cara tan venerable! Pero callemos, que se acerca Calisto e tu nueuo amigo Sempronio con quien tu conformidad para mas oportunidad dexo. Que dos en vn coraçón viuiendo son mas poderosos de hazer e de entender.

CALISTO.— Dubda traygo, madre, según mis infortunios, de hallarte viua. Pero más es marauilla, según el deseo, de cómo llego viuo. Recibe la dádiua pobre de aquel, que con ella la vida te ofrece.

CELESTINA.— Como en el oro muy fino labrado por la mano del sotil artífice la obra sobrepuja a la materia, así se auentaja a tu magnífico dar la gracia e forma de tu dulce liberalidad. E sin duda la presta dádiua su efeto ha doblado, por que la que tarda, el prometimiento muestra negar e arrepentirse del don prometido.

PÁRMENO.— ¿Qué le dio, Sempronio?

SEMPRONIO.— Cient monedas en oro.

PÁRMENO.— ¡Hy!, ¡hy!, ¡hy!

SEMPRONIO.— ¿Habló contigo la madre?

PÁRMENO.— Calla, que sí.

SEMPRONIO.— ¿Pues cómo estamos?

PÁRMENO.— Como quisieres; avnque estoy espantado.

SEMPRONIO.— Pues calla, que yo te haré espantar dos tanto.

PÁRMENO.— ¡O Dios! No ay pestilencia más eficaz, que'l enemigo de casa para empecer.

CALISTO.— Ve agora, madre, e consuela tu casa e después ven e consuela la mía, e luego.

CELESTINA.— Quede Dios contigo.

CALISTO.— Y él te me guarde.

El segundo aucto

Partida Celestina de Calisto para su casa, queda Calisto hablando con Sempronio, criado suyo; al qual, como quien en alguna esperança puesto está, todo aguijar le parece tardança. Embía de sí a Sempronio a solicitar a Celestina para el concebido negocio. Quedan entretanto Calisto e Pármeno juntos razonando.

CALISTO, PÁRMENO, SEMPRONIO.

CALISTO.— Hermanos míos, cient monedas di a la madre. ¿Fize bien?

SEMPRONIO.— ¡Hay!, ¡si fiziste bien! Allende de remediar tu vida, ganaste muy gran honrra. ¿E para qué es la fortuna fauorable e prospera, sino para seruir a la honrra, que es el mayor de los mundanos bienes? Que esto es premio e galardón de la virtud. E por esso la damos a Dios, porque no tenemos mayor cosa que le dar. La mayor parte de la qual consiste en la liberalidad e franqueza. A esta los duros tesoros comunicables la escurecen e pierden e la magnificencia e liberalidad la ganan e subliman. ¿Qué aprouecha tener lo que se niega aprouechar? Sin dubda te digo que mejor es el vso de las riquezas, que la possesión dellas. ¡O qué glorioso es el dar! ¡O qué miserable es el recebir! Quanto es mejor el acto que la possesión, tanto es mas noble el dante qu' el recibiente. Entre los elementos, el fuego, por ser mas actiuo, es mas noble e en las esperas puesto en mas noble lugar. E dizen algunos que la nobleza es vna alabança, que prouiene de los merecimientos e antigüedad de los padres; yo digo que la agena luz nunca te hará claro, si la propia no tienes. E por tanto, no te estimes en la claridad de tu padre, que tan magnifico fue; sino en la tuya. E assí se gana la honrra, que es el mayor bien de los que son fuera de hombre. De lo qual no el malo, mas el bueno, como tú, es digno que tenga perfeta virtud. E avn te digo que la virtud perfeta no pone que sea fecha con digno honor. Por ende goza de hauer seydo assí magnifico e liberal. E de mi consejo, tórnate a la cámara e reposa, pues que tu negocio en tales manos está depositado. De donde ten por cierto, pues el comienço lleuó bueno, el fin será muy mejor. E vamos luego, porque sobre este negocio quiero hablar contigo mas largo.

CALISTO.— Sempronio, no me parece buen consejo quedar yo acompañado e que vaya sola aquella, que busca el remedio de mi mal; mejor será que vayas con ella e la aquexes, pues sabes que de su diligencia pende mi salud, de su tardança mi pena, de su oluido mi desesperança. Sabido eres, fiel te siento, por buen criado te tengo. Faz de manera, que en solo verte ella a ti, juzgue la pena, que a mí queda e fuego, que me atormenta. Cuyo ardor me causó no poder mostrarle la tercia parte desta mi secreta enfermedad, según tiene mi lengua e sentido ocupados e consumidos. Tú, como hombre libre de tal passión, hablarla has a rienda suelta.

SEMPRONIO.— Señor, querría yr por complir tu mandado; querría quedar por aliuiar tu cuydado. Tu temor me aquexa; tu soledad me detiene. Quiero tomar consejo con la obediencia, que es yr e dar priessa a la vieja. ¿Mas como yré? Que, en viéndote solo, dizes desuaríos de hombre sin seso, sospirando, gimiendo, maltrobando, holgando con lo escuro, deseando soledad, buscando nueuos modos de pensatiuo tormento. Donde, si perseueras, o de muerto o loco no podrás escapar, si siempre no te acompaña quien te allegue plazeres, diga donayres, tanga cançiones alegres, cante romances, cuente ystorias, pinte motes, finja cuentos, juegue a naypes, arme mates, finalmente que sepa buscar todo género de dulce passatiempo para no dexar trasponer tu pensamiento en aquellos crueles desuíos, que rescebiste de aquella señora en el primer trance de tus amores.

CALISTO.— ¿Cómo?, simple. ¿No sabes que aliuia la pena llorar la causa? ¿Quanto es dulce a los tristes quexar su passión? ¿Quanto descanso traen consigo los quebrantados sospiros? ¿Quanto relieuan e disminuyen los lagrimosos gemidos el dolor? Quantos escriuieron consuelos no dizen otra cosa.

SEMPRONIO.— Lee mas adelante, buelue la hoja: fallarás que dizen que fiar en lo temporal e buscar materia de tristeza, que es ygual género de locura. E aquel Macías, ydolo de los amantes, del oluido porque le oluidaua, se quexava. En el contemplar está la pena de amor, en el oluidar el descanso. Huye de tirar cozes al aguijón. Finge alegría e consuelo e serlo ha. Que muchas vezes la opinión trae las cosas donde quiere, no para que mude la verdad; pero para moderar nuestro sentido e regir nuestro juyzio.

CALISTO.— Sempronio amigo, pues tanto sientes mi soledad, llama a Pármeno e quedará comigo e de aquí adelante sey, como sueles, leal, que en el seruicio del criado está el galardón del señor.

PÁRMENO.— Aquí estoy señor.

CALISTO.— Yo no, pues no te veya. No te partas della, Sempronio, ni me oluides a mí e ve con Dios.

CALISTO.— Tú, Pármeno, ¿qué te parece de lo que oy ha pasado? Mi pena es grande, Melibea alta, Celestina sabia e buena maestra destos negocios. No podemos errar. Tú me la has aprouado con toda tu enemistad. Yo te creo. Que tanta es la fuerça de la verdad, que las lenguas de los enemigos trae a sí. Assí que, pues ella es tal, mas quiero dar a ésta cient monedas, que a otra cinco.

PÁRMENO.— ¿Ya lloras? ¡Duelos tenemos! ¡En ella se haurán de ayunar estas franquezas!

CALISTO.— Pues pido tu parecer, seyme agradable, Pármeno. No abaxes la cabeça al responder. Mas como la embidia es triste, la tristeza sin lengua, puede más contigo su voluntad, que mi temor. ¿Qué dixiste, enojoso?

PÁRMENO.— Digo, señor, que yrían mejor empleadas tus franquezas en presentes e seruicios a Melibea, que no dar dineros aquella, que yo me conozco e, lo que peor es, fazerte su catiuo.

CALISTO.— ¿Cómo, loco, su catiuo?

PÁRMENO.— Porque a quien dizes el secreto, das tu libertad.

CALISTO.— Algo dize el necio; pero quiero que sepas que, quando ay mucha distancia del que ruega al rogado o por grauedad de obediencia o por señorío de estado o esquiuidad de género, como entre ésta mi señora e mí, es necessario intercessor o medianero, que suba de mano en mano mi mensaje hasta los oydos de aquella a quien yo segunda vez hablar tengo por impossible. E pues que así es, dime si lo fecho aprueuas.

PÁRMENO.— ¡Apruéuelo el diablo!

CALISTO.— ¿Qué dizes?

PÁRMENO.— Digo, señor, que nunca yerro vino desacompañado e que vn inconueniente es causa e puerta de muchos.

CALISTO.— El dicho yo le aprueuo; el propósito no entiendo.

PÁRMENO.— Señor, porque perderse el otro día el neblí fue causa de tu entrada en la huerta de Melibea a le buscar, la entrada causa de la ver e hablar, la habla engendró amor, el amor parió tu pena, la pena causará perder tu cuerpo e alma e hazienda. E lo que más dello siento es venir a manos de aquella trotaconuentos, después de tres vezes emplumada.

CALISTO.— ¡Assí, Pármeno, di más deso, que me agrada! Pues mejor me parece, quanto más la desalabas. Cumpla comigo e emplúmenla la quarta. Desentido eres, sin pena hablas: no te duele donde a mí, Pármeno.

PÁRMENO.— Señor, más quiero que ayrado me reprehendas, porque te dó enojo, que arrepentido me condenes, porque no te di consejo, pues perdiste el nombre de libre, quando cautiuaste tu voluntad.

CALISTO.— ¡Palos querrá este vellaco! Di, malcriado, ¿por qué dizes mal de lo que yo adoro? E tú ¿qué sabes de honrra? Dime ¿qué es amor? ¿En qué consiste buena criança, qué te me vendes por discreto? ¿No sabes que el primer escalón de locura es creerse ser sciente? Si tú sintiesses mi dolor, con otra agua rociarías aquella ardiente llaga, que la cruel frecha de Cupido me ha causado. Quanto remedio Sempronio acarrea con sus pies, tanto apartas tú con tu lengua, con tus vanas palabras. Fingiéndote fiel, eres un terrón de lisonja, bote de malicias, el mismo mesón e aposentamiento de la embidia. Que por disfamar la vieja, a tuerto o a derecho, pones en mis amores desconfiança. Pues sabe que esta mi pena e flutuoso dolor no se rige por razón, no quiere auisos, carece de consejo e, si alguno se le diere, tal que no aparte ni desgozne lo que sin las entrañas no podrá despegarse. Sempronio temió su yda e tu quedada. Yo quíselo todo e assí me padezco su absencia e tu presencia. Valiera más solo, que malacompañado.

PÁRMENO.— Señor, flaca es la fidelidad, que temor de pena la conuierte en lisonja, mayormente con señor, a quien dolor o afición priua e tiene ageno de su natural juyzio. Quitarse ha el velo de la ceguedad, passarán estos momentáneos fuegos: conocerás mis agras palabras ser mejores para matar este fuerte cancre, que las blandas de Sempronio, que lo ceuan, atizan tu fuego, abiuan tu amor, encienden tu llama, añaden astillas, que tenga que gastar fasta ponerte en la sepultura.

CALISTO.— ¡Calla, calla, perdido! Estó yo penado e tú filosofando. No te espero mas. Saquen vn cauallo. Límpienle mucho. Aprieten bien la cincha. ¡Por si passare por casa de mi señora e mi Dios!

PÁRMENO.— ¡Moços! ¿No ay moço en casa? Yo me lo hauré de hazer, que a peor vernemos desta vez que ser moços d' espuelas. ¡Andar!, ¡passe! Mal me quieren mis comadres, etc. ¿Rehinchays, don cauallo? ¿No basta vn celoso en casa?... ¿O barruntás a Melibea?

CALISTO.— ¿Viene esse cauallo? ¿Qué hazes, Pármeno?

PÁRMENO.— Señor, vesle aquí, que no está Sosia en casa.

CALISTO.— Pues ten esse estribo, abre más essa puerta. E si vinere Sempronio con aquella señora, di que esperen, que presto será mi buelta.

PÁRMENO.— ¡Más, nunca sea! ¡Allá yrás con el diablo! ¡A estos locos dezildes lo que les cumple; no os podrán ver. Por mi ánima, que si agora le diessen una lançada en el calcañar, que saliessen más sesos que de la cabeça! Pues anda, que a mi cargo ¡que Celestina e Sempronio te espulguen! ¡O desdichado de mí! Por ser leal padezco mal. Otros se ganan por malos; yo me pierdo por bueno. ¡El mundo es tal! Quiero yrme al hilo de la gente, pues a los traydores llaman discretos, a los fieles nescios. Si creyera a Celestina con sus seys dozenas de años acuestas, no me maltratara Calisto. Mas esto me porná escarmiento d' aquí adelante con él. Que si dixiere comamos, yo también; si quisiere derrocar la casa, aprouarlo; si quemar su hazienda, yr por fuego. ¡Destruya, rompa, quiebre, dañe, dé a alcahuetas lo suyo, que mi parte me cabrá, pues dizen: a río buelto ganancia de pescadores! ¡Nunca mas perro a molino!

El tercer aucto

ARGUMENTO DEL TERCER AUTO:

SEMPRONIO vase a casa de Celestina, a la qual reprende por la tardança. Pónense a buscar qué manera tomen en el negocio de Calisto con Melibea. En fin sobreuiene Elicia. Vase Celestina a casa de Pleberio. Queda Sempronio y Elicia en casa.

SEMPRONIO, CELESTINA, ELICIA.

SEMPRONIO.— ¡Qué espacio lleua la barvuda! ¡Menos sosiego trayan sus pies a la venida! A dineros pagados, braços quebrados. ¡Ce!, señora Celestina: poco as aguijado.

CELESTINA.— ¿A qué vienes, hijo?

SEMPRONIO.— Este nuestro enfermo, no sabe que pedir. De sus manos no se contenta. No se le cueze el pan. Teme tu negligencia. Maldize su auaricia e cortedad, porque te dio tan poco dinero.

CELESTINA.— No es cosa mas propia del que ama que la impaciencia. Toda tardança les es tormento. Niguna dilación les agrada. En vn momento querrían poner en efeto sus cogitaciones. Antes las querrían ver concluydas, que empeçadas. Mayormente estos nouicios amantes, que contra cualquiera señuelo buelan sin deliberación, sin pensar el daño, que el ceuo de su desseo trae mezclado en su exercicio e negociación para sus personas e siruientes.

SEMPRONIO.— ¿Qué dizes de siruientes? ¿Paresce por tu razón que nos puede venir a nosotros daño deste negocio e quemarnos con las centellas que resultan deste fuego de Calisto? ¡Avn al diablo daría yo sus amores! Al primer desconcierto, que vea en este negocio, no como más su pan. Más vale perder lo seruido, que la vida por cobrallo. El tiempo me dirá que faga. Que primero, que cayga del todo, dará señal, como casa, que se acuesta. Si te pareçe, madre, guardemos nuestras personas de peligro. Fágase lo que se hiziere. Si la ouiere ogaño; si no, a otro; si no, nunca. Que no ay cosa tan dificile de çofrir en sus principios, que el tiempo no la ablande e faga comportable. Ninguna llaga tanto se sintió, que por luengo tiempo no afloxase su tormento ni plazer tan alegre fue, que no le amengüe su antigüedad. El mal e el bien, la prosperidad e aduersidad, la gloria e pena, todo pierde con el tiempo la fuerça de su acelerado principio. Pues los casos de admiración e venidos con gran desseo, tan presto como passados, oluidados. Cada día vemos nouedades e las oymos e las passarnos e dexamos atrás. Diminúyelas el tiempo, házelas contingibles. ¿Qué tanto te marauillarías, si dixesen: la tierra tembló o otra semejante cosa, que no oluidases luego? Así como: elado está el río, el ciego vee ya, muerto es tu padre, vn rayo cayó, ganada es Granada, el Rey entra oy, el turco es vencido, eclipse ay mañana, la puente es lleuada, aquél es ya obispo, a Pedro robaron, Ynés se ahorcó. ¿Qué me dirás, sino que a tres días passados o a la segunda vista, no ay quien dello se marauille? Todo es así, todo passa desta manera, todo se oluida, todo queda atrás. Pues así será este amor de mi amo: quanto más fuere andando, tanto más disminuyendo. Que la costumbre luenga amansa los dolores, afloxa e deshaze los deleytes, desmengua las marauillas. Procuremos prouecho, mientras pendiere la contienda. E si a pie enxuto le pudiéremos remediar, lo mejor, mejor es; e sino, poco a poco le soldaremos el reproche o menosprecio de Melibea contra él. Donde no, más vale que pene el amo, que no que peligre el moço.

CELESTINA.— Bien as dicho. Contigo estoy, agradado me has. No podemos errar. Pero todavía, hijo, es necessario que el buen procurador ponga de su casa algún trabajo, algunas fingidas razones, algunos sofísticos actos: yr e venir a juyzio, avnque reciba malas palabras del juez. Siquiera por los presentes, que lo vieren; no digan que se gana holgando el salario. E assí verná cada vno a él con su pleyto e a Celestina con sus amores.

SEMPRONIO.— Haz a tu voluntad, que no será éste el primer negocio, que has tomado a cargo.

CELESTINA.— ¿El primero, hijo?, Pocas vírgines, a Dios gracias, has tú visto en esta cibdad, que hayan abierto tienda a vender, de quien yo no aya sido corredora de su primer hilado. En nasciendo la mochacha, la hago escriuir en mi registro, e esto para saber quantas se me salen de la red. ¿Qué pensauas, Sempronio? ¿Auíame de mantener del viento? ¿Heredé otra herencia? ¿Tengo otra casa o viña? ¿Conócesme otra hazienda, más deste oficio? ¿De qué como e beuo? ¿De qué visto e calço? En esta cibdad nascida, en ella criada, manteniendo honrra, como todo el mundo sabe ¿conoscida pues, no soy? Quien no supíere mi nombre e mi casa tenle por estranjero.

SEMPRONIO.— Dime, madre, ¿qué passaste con mi compañero Pármeno, quando subí con Calisto por el dinero?

CELESTINA.— Díxele el sueño e la soltura, e cómo ganaría más con nuestra compañía, que con las lisonjas que dize a su amo; cómo viuiría siempre pobre e baldonado, sino mudaua el consejo; que no se hiziesse sancto a tal perra vieja como yo; acordele quien era su madre, porque no menospreciase mi oficio; porque queriendo de mí dezir mal, tropeçasse primero en ella.

SEMPRONIO.— ¿Tantos días ha que le conosces, madre?

CELESTINA.— Aquí está Celestina, que le vido nascer e le ayudó a criar. Su madre e yo, vña e carne. Della aprendí todo lo mejor, que sé de mi oficio. Juntas comíamos, juntas dormíamos, juntas auíamos nuestros solazes, nuestros plazeres, nuestros consejos e conciertos. En casa e fuera, como dos hermanas. Nunca blanca gané en que no touiesse su meytad. Pero no viuía yo engañada, si mi fortuna quisiera que ella me durara. ¡O muerte, muerte! ¡A quantos priuas de agradable compañía! ¡A quantos desconsuela tu enojosa visitación! Por vno, que comes con tiempo, cortas mil en agraz. Que siendo ella viua, no fueran estos mis passos desacompañados. ¡Buen siglo aya, que leal amiga e buena compañera me fue! Que jamás me dexó hazer cosa en mi cabo, estando ella presente. Si yo traya el pan, ella la carne. Si yo ponía la mesa, ella los manteles. No loca, no fantástica ni presumptuosa, como las de agora. En mi ánima, descubierta se yua hasta el cabo de la ciudad con su jarro en la mano, que en todo el camino no oya peor de: Señora Claudina. E aosadas que otra conoscía peor el vino e qualquier mercaduría. Quando, pensaua que no era llegada, era de buelta. Allá la combidauan, según el amor todos le tenían. Que jamas boluía sin ocho o diez gostaduras, vn açumbre en el jarro e otro en el cuerpo. Ansí le fiauan dos o tres arrobas en vezes, como sobre vna taça de plata. Su palabra era prenda de oro en quantos bodegones auía. Si yuamos por la calle, donde quiera que ouiessemos sed, entráuamos en la primera tauerna e luego mandaua echar medio açumbre para mojar la boca. Mas a mi cargo que no te quitaron la toca por ello, sino quanto la rayauan en su taja, e andar adelante. Si tal fuesse agora su hijo, a mi cargo que tu amo quedasse sin pluma e nosotros sin quexa. Pero yo lo haré de mi fierro, si viuo; yo le contaré en el número de los míos.

SEMPRONIO.— ¿Cómo has pensado hazerlo, que es un traydor?

CELESTINA.— A esse tal dos aleuosos. Harele auer a Areusa. Será de los nuestros. Darnos ha lugar a tender las redes sin embaraço, por aquellas doblas de Calisto.

SEMPRONIO.— ¿Pues crees que podrás alcançar algo de Melibea? ¿Ay algún buen ramo?

CELESTINA.— No ay çurujano, que a la primera cura juzgue la herida. Lo que yo al presente veo te diré. Melibea es hermosa, Calisto loco e franco. Ni a él penará gastar ni a mí andar. ¡Bulla moneda e dure el pleyto lo que durare! Todo lo puede el dinero: las peñas quebranta, los ríos passa en seco. No ay lugar tan alto, que vn asno cargado de oro no le suba. Su desatino e ardor basta para perder a sí e ganar a nosotros. Esto he sentido, esto he calado, esto sé dél e della, esto es lo que nos ha de aprouechar. A casa voy de Pleberio. Quédate adiós. Que, avnque esté braua Melibea, no es ésta, si a Dios ha plazido, la primera a quien yo he hecho perder el cacarear. Coxquillosicas son todas; mas, después que vna vez consienten la silla en el enués del lomo, nunca querrían folgar. Por ellas queda el campo. Muertas sí; cansadas no. Si de noche caminan, nunca querrían que amaneciesse: maldizen los gallos porque anuncian el día e el relox porque da tan apriessa. Requieren las cabrillas e el norte, haziéndose estrelleras. Ya quando veen salir el luzero del alua, quiéreseles salir el alma: su claridad les escuresce el coraçón. Camino es, hijo, que nunca me harté de andar. Nunca me vi cansada. E avn assí, vieja como soy, sabe Dios mi buen desseo. ¡Quanto más estas que hieruen sin fuego! Catiuanse del primer abraço, ruegan a quien rogó, penan por el penado, házense sieruas de quien eran señoras, dexan el mando e son mandadas, rompen paredes, abren ventanas, fingen enfermedades, a los cherriadores quicios de las puertas hazen con azeytes vsar su oficio sin ruydo. No te sabré dezir lo mucho que obra en ellas aquel dulçor, que les queda de los primeros besos de quien aman. Son enemigas del medio; contino están posadas en los estremos.

    SEMPRONIO.— No te entiendo essos términos, madre.

    CELESTINA.— Digo que la muger o ama mucho aquel de quien es requerida o le tiene grande odio. Assí que, si al querer, despiden, no pueden tener las riendas al desamor. E con esto, que sé cierto, voy más consolada a casa de Melibea, que si en la mano la touiesse. Porque sé que, avnque al presente la ruegue, al fin me ha de rogar; avnque al principio me amenaze, al cabo me ha de halagar. Aquí lleuo vn poco de hilado en esta mi faltriquera, con otros aparejos, que comigo siempre traygo, para tener causa de entrar, donde mucho no soy conocida, la primera vez: assí como gorgueras, garuines, franjas, rodeos, tenazuelas, alcohol, aluayalde e solimán, hasta agujas e alfileres. Que tal ay, que tal quiere. Porque donde me tomare la boz, me halle apercebida para les echar ceuo o requerir de la primera vista.

    SEMPRONIO.— Madre, mira bien lo que hazes. Porque, cuando el principio se yerra, no puede seguirse buen fin. Piensa en su padre, que es noble e esforçado, su madre celosa e braua, tú la misma sospecha. Melibea es vnica a ellos: faltándoles ella, fáltales todo el bien. En pensallo tiemblo, no vayas por lana e vengas sin pluma.

    CELESTINA.— ¿Sin pluma, fijo?

    SEMPRONIO.— O emplumada, madre, que es peor.

    CELESTINA.— ¡Alahé, en malora a ti he yo menester para compañero! ¡Avn si quisieses auisar a Celestina en su oficio! Pues quando tú naciste ya comía yo pan con corteza. ¡Para adalid te yo bueno, cargado de agüeros e recelo!

    SEMPRONIO.— No te marauilles, madre, de mi temor, pues es común condición humana que lo que mucho se dessea jamás se piensa ver concluydo. Mayormente que en este caso temo tu pena e mía. Desseo prouecho: querría que este negocio houiesse buen fin. No porque saliesse mi amo de pena, mas por salir yo de lazería. E assí miro más inconuenientes con mi poca esperiencia, que no tú como maestra vieja.

    ELICIA.— ¡Santiguarme quiero, Sempronio! ¡Quiero hazer vna raya en el agua! ¿Qué nouedad es esta, venir oy acá dos vezes?

    CELESTINA.— Calla, boua, déxale, que otro pensamiento traemos en que más nos va. Dime, ¿está desocupada la casa? ¿Fuese la moça, que esperaua al ministro?

    ELICIA.— E avn después vino otra e se fue.

    CELESTINA.— Sí, ¿qué no embalde?

    ELICIA.— No, en buena fe, ni Dios lo quiera. Que avnque vino tarde, más vale a quien Dios ayuda, etc.

    CELESTINA.— Pues sube presto al sobrado alto de la solana e baxa acá el bote del azeyte serpentino, que hallarás colgado del pedaço de la soga, que traxe del campo la otra noche, quando llouía e hazía escuro. E abre el arca de los lizos e házia la mano derecha hallarás vn papel escrito con sangre de morciégalo, debaxo de aquel ala de drago, a que sacamos ayer las vñas. Mira, no derrames el agua de Mayo, que me traxeron a confecionar.

    ELICIA.— Madre, no está donde dizes; jamás te acuerdas cosa que guardas.

    CELESTINA.— No me castigues, por Dios, a mi vejez; no me maltrates, Elicia. No infinjas, porque está aquí Sempronio, ni te ensoberuezcas, que más me quiere a mí por consejera, que a ti por amiga, avnque tú le ames mucho. Entra en la cámara de los vngüentos e en la pelleja del gato negro, donde te mandé meter los ojos de la loba, le fallarás. E baxa la sangre del cabrón e vnas poquitas de las baruas, que tú le cortaste.

ELICIA.— Toma, madre, veslo aquí; yo me subo e Sempronio arriba.

CELESTINA.— Conjúrote, triste Plutón, señor de la profundidad infernal, emperador de la Corte dañada, capitán soberuio de los condenados ángeles, señor de los sulfúreos fuegos, que los heruientes étnicos montes manan, gouernador e veedor de los tormentos e atormentadores de las pecadoras ánimas, regidor de las tres furias, Tesífone, Megera e Aleto, administrador de todas las cosas negras del reyno de Stigie e Dite, con todas sus lagunas e sombras infernales, e litigioso caos, mantenedor de las bolantes harpías, con toda la otra compañía de espantables e pauorosas ydras; yo, Celestina, tu más conocida cliéntula, te conjuro por la virtud e fuerça destas vermejas letras; por la sangre de aquella noturna aue con que están escriptas; por la grauedad de aquestos nombres e signos, que en este papel se contienen; por la áspera ponçoña de las bíuoras, de que este azeyte fue hecho, con el qual vnto este hilado: vengas sin tardança a obedescer mi voluntad e en ello te embuelvas e con ello estés sin vn momento te partir, hasta que Melibea con aparejada oportunidad que aya, lo compre e con ello de tal manera quede enredada que, quanto más lo mirare, tanto más su coraçón se ablande a conceder mi petición, e se le abras e lastimes de crudo e fuerte amor de Calisto, tanto que, despedida toda honestidad, se descubra a mí e me galardone mis passos e mensaje. Y esto hecho, pide e demanda de mí a tu voluntad. Si no lo hazes con presto mouimiento, ternásme por capital enemiga; heriré con luz tus cárceles tristes e escuras; acusaré cruelmente tus continuas mentiras; apremiaré con mis ásperas palabras tu horrible nombre. E otra e otra vez te conjuro. E assí confiando en mi mucho poder, me parto para allá con mi hilado, donde creo te lleuo ya embuelto.

El quarto aucto

ARGUMENTO DEL QUARTO AUTO:

CELESTINA, andando por el camino, habla consigo misma fasta llegar a la puerta de Pleberio, onde halló a Lucrecia, criada de Pleberio. Pónese con ella en razones. Sentidas por Alisa, madre de Melibea e sabido que es Celestina, fázela entrar en casa. Viene vn mensajero a llamar a Alisa. Vase. Queda Celestina en casa con Melibea e le descubre la causa de su venida.

LUCRECIA, CELESTINA, ALISA, MELIBEA.

CELESTINA.— Agora, que voy sola, quiero mirar bien lo que Sempronio ha temido deste mi camino. Porque aquellas cosas, que bien no son pensadas, avnque algunas vezes ayan buen fin, comúnmente crían desuariados efetos. Assí que la mucha especulación nunca carece de buen fruto. Que, avnque yo he dissimulado con él, podría ser que, si me sintiessen en estos passos de parte de Melibea, que no pagasse con pena, que menor fuesse que la vida, o muy amenguada quedasse, quando matar no me quisiessen, manteándome o açotándome cruelmente. Pues amargas cient monedas serían estas. ¡Ay cuytada de mí! ¡En qué lazo me he metido! ¡Que por me mostrar solícita e esforçada pongo mi persona al tablero! ¿Qué faré, cuytada, mezquina de mí, que ni el salir afuera es prouechoso ni la perseuerancia carece de peligro? ¿Pues yré o tornarme he? ¡O dubdosa a dura perplexidad! ¡No sé qual escoja por más sano! ¡En el osar, manifiesto peligro; en la couardía, denostada, perdida! ¿A donde yrá el buey que no are? Cada camino descubre sus dañosos e hondos arrancos. Si con el furto soy tomada, nunca de muerta o encoroçada falto, a bien librar. Si no voy, ¿qué dirá Sempronio? Que todas estas eran mis fuerças, saber e esfuerço, ardid e ofrecimiento, astucia e solicitud. E su amo Calisto ¿qué dirá?, ¿qué hará?, ¿qué pensará; sino que ay nueuo engaño en mis pisadas e que yo he descubierto la celada, por hauer más prouecho desta otra parte, como sofística preuaricadora? O si no se le ofrece pensamiento tan odioso, dará bozes como loco. Dirame en mi cara denuestos rabiosos. Proporná mill inconuenientes, que mi deliberación presta le puso, diziendo: Tú, puta vieja, ¿por qué acrescentaste mis pasiones con tus promessas? Alcahueta falsa, para todo el mundo tienes pies, para mí lengua; para todos obra, para mí palabra; para todos remedio, para mí pena; para todos esfuerço, para mí te faltó; para todos luz, para mí tiniebla. Pues, vieja traydora, ¿por qué te me ofreciste? Que tu ofrecimiento me puso esperança; la esperança dilató mi muerte, sostuuo mi viuir, púsome título de hombre alegre. Pues no hauiendo efeto, ni tu carecerás de pena ni yo de triste desesperación. ¡Pues triste yo! ¡Mal acá, mal acullá: pena en ambas partes! Quando a los estremos falta el medio, arrimarse el hombre al más sano, es discreción. Mas quiero offender a Pleberio, que enojar a Calisto. Yr quiero. Que mayor es la vergüença de quedar por couarde, que la pena, cumpliendo como osada lo que prometí, pus jamás al esfuerço desayudó la fortuna. Ya veo su puerta. En mayores afrentas me he visto. ¡Esfuerça, esfuerça, Celestina! ¡No desmayes! Que nunca faltan rogadores para mitigar las penas. Todos los agüeros se adereçan fauorables o yo no sé nada desta arte. Quatro hombres, que he topado, a los tres llaman Juanes e los dos son cornudos. La primera palabra, que oy por la calle, fue de achaque de amores. Nunca he tropeçado como otras vezes. Las piedras parece que se apartan e me fazen lugar que passe. Ni me estoruan las haldas ni siento cansancio en andar. Todos me saludan. Ni perro me ha ladrado ni aue negra he visto, tordo ni cueruo ni otras noturnas. E lo mejor de todo es que veo a Lucrecia a la puerta de Melibea. Prima es de Elicia: no me será contraria.

LUCRECIA.— ¿Quién es esta vieja, que viene haldeando?

CELESTINA.— Paz sea en esta casa.

LUCRECIA.— Celestina, madre, seas bienvenida. ¿Qual Dios te traxo por estos barrios no acostumbrados?

CELESTINA.— Hija, mi amor, desseo de todos vosotros, traerte encomiendas de Elicia e avn ver a tus señoras, vieja e moça. Que después, que me mudé al otro barrio, no han sido de mi visitadas.

LUCRECIA.— ¿A eso solo saliste de tu casa? Marauíllome de ti, que no es essa tu costumbre ni sueles dar passo sin prouecho.

CELESTINA.— ¿Más prouecho quieres, boua, que complir hombre sus desseos? E también, como a las viejas nunca nos fallecen necessidades, mayormente a mí, que tengo de mantener hijas agenas, ando a vender vn poco de hilado.

LUCRECIA.— ¡Algo es lo que yo digo! En mi seso estoy, que nunca metes aguja sin sacar reja. Pero mi señora la vieja vrdió vna tela: tiene necessidad dello e tu de venderlo. Entra e espera aquí, que no os desauenirés.

ALISA.— ¿Con quien hablas, Lucrecia?

LUCRECIA.— Señora, con aquella vieja de la cuchillada479, que solía viuir en las tenerías, a la cuesta del río.

ALISA.— Agora la conozco menos. Si tú me das entender lo incógnito por lo menos conocido, es coger agua en cesto.

LUCRECIA.— ¡Jesú, señora!, más conoscida es esta vieja que la ruda. No sé como no tienes memoria de la que empicotaron por hechizera, que vendía las moças a los abades e descasaua mill casados.

ALISA.— ¿Qué oficio tiene?, quiça por aquí la conoceré mejor.

LUCRECIA.— Señora, perfuma tocas, haze solimán e otros treynta officios. Conoce mucho en yeruas, cura niños e avn algunos la llaman la vieja lapidaria.

ALISA.— Todo esso dicho no me la da a conocer; dime su nombre, si le sabes.

LUCRECIA.— ¿Si le sé, señora? No ay niño ni viejo en toda la cibdad, que no le sepa: ¿hauíale yo de ignorar?

ALISA.— ¿Pues por qué no le dizes?

LUCRECIA.— ¡He vergüença!

ALISA.— Anda, boua, dile. No me indignes con tu tardança.

LUCRECIA.— Celestina, hablando con reuerencia, es su nombre.

ALISA.— ¡Hy!, ¡hy!, ¡hy! ¡Mala landre te mate, si de risa puedo estar, viendo el desamor que deues de tener a essa vieja, que su nombre has vergüença nombrar! Ya me voy recordando della. ¡Vna buena pieça! No me digas más. Algo me verná a pedir. Di que suba.

LUCRECIA.— Sube, tía.

CELESTINA.— Señora buena, la gracia de Dios sea contigo e con la noble hija. Mis passiones e enfermedades han impedido mi visitar tu casa, como era razón; mas Dios conoce mis limpias entrañas, mi verdadero amor, que la distancia de las moradas no despega el querer de los coraçones. Assí que lo que mucho desseé, la necessidad me lo ha hecho complir. Con mis fortunas aduersas otras, me sobreuino mengua de dinero. No supe mejor remedio que vender vn poco de hilado, que para vnas toquillas tenía allegado. Supe de tu criada que tenías dello necessidad. Avnque pobre e no de la merced de Dios, veslo aquí, si dello e de mí te quieres seruir.

ALISA.— Vezina honrrada, tu razón e ofrecimiento me mueuen a compassión e tanto, que quisiera cierto mas hallarme en tiempo de poder complir tu falta, que menguar tu tela. Lo dicho te agradezco. Si el hilado es tal, serte ha bien pagado.

CELESTINA.— ¿Tal, señora? Tal sea mi vida e mi vejez e la de quien parte quisiere de mi jura. Delgado como el polo de la cabeça, ygual, rezio como cuerdas de vihuela, blanco como el copo de la nieue, hilado todo por estos pulgares, aspado e adreçado. Veslo aquí en madexitas. Tres monedas me dauan ayer por la onça, assí goze desta alma pecadora.

ALISA.— Hija Melibea, quédese esta muger honrrada contigo, que ya me parece que es tarde para yr a visitar a mi hermana, su muger de Cremes, que desde ayer no la he visto, e también que viene su paje a llamarme, que se les arrezió desde vn rato acá el mal.

CELESTINA.— (*Aparte.*) Por aquí anda el diablo aparejando oportunidad, arreziando el mal a la otra. ¡Ea!, buen amigo, ¡tener rezio! Agora es mi tiempo o nunca. No la dexes, lléuamela de aquí a quien digo.

ALISA.— ¿Qué dizes, amiga?

CELESTINA.— Señora, que maldito sea el diablo e mi pecado, porque en tal tiempo houo de crescer el mal de tu hermana, que no haurá para nuestro negocio oportunidad. ¿E qué mal es el suyo?

ALISA.— Dolor de costado e tal que, según del moço supe que quedaua, temo no sea mortal. Ruega tú, vezina, por amor mío, en tus deuociones por su salud a Dios.

CELESTINA.— Yo te prometo, señora, en yendo de aquí, me vaya por essos monesterios, donde tengo frayles deuotos míos, e les dé el mismo cargo, que tú me das. E demás desto, ante que me desayune, dé quatro bueltas a mis cuentas.

ALISA.— Pues, Melibea, contenta a la vezina en todo lo que razón fuere darle por el hilado. E tú, madre, perdóname, que otro día se verná en que más nos veamos.

CELESTINA.— Señora, el perdón sobraría donde el yerro falta. De Dios seas perdonada, que buena compañía me queda. Dios la dexe gozar su noble juuentud e florida mocedad, que es el tiempo en que más plazeres e mayores deleytes se alcançarán. Que, a la mi fe, la vejez no es sino mesón de enfermedades, posada de pensamientos, amiga de renzillas, congoxa continua, llaga incurable, manzilla de lo passado, pena de lo presente, cuydado triste de lo por venir, vezina de la muerte, choça sin rama, que se llueue por cada parte, cayado de mimbre, que con poca carga se doblega.

MELIBEA.— ¿Por qué dizes, madre, tanto mal de lo que todo el mundo con tanta eficacia gozar e ver dessean?

CELESTINA.— Dessean harto mal para sí, dessean harto trabajo. Dessean llegar allá, porque llegando viuen e el viuir es dulce e viuiendo enuejescen. Assí que el niño dessea ser moço e el moço viejo e el viejo, más; avnque con dolor. Todo por viuir. Porque como dizen, biua la gallina con su pepita. Pero ¿quién te podría contar señora, sus daños, sus inconvenientes, sus fatigas, sus cuydados, sus enfermedades, su frío, su calor, su descontentamiento, su renzilla, su pesadumbre, aquel arrugar de cara, aquel mudar de cabellos su primera e fresca color, aquel poco oyr, aquel debilitado ver, puestos los ojos a la sombra, aquel hundimiento de boca, aquel caer de dientes, aquel carecer de fuerça, aquel flaco andar, aquel espacioso comer? Pues ¡ay, ay, señora!, si lo dicho viene acompañado de pobreza, allí verás callar todos los otros trabajos, quando sobra la gana e falta la prouisión; ¡que jamás sentí peor ahíto, que de hambre!

MELIBEA.— Bien conozco que dize cada uno de la feria, segund le va en ella: assí que otra canción cantarán los ricos.

CELESTINA.— Señora, hija, a cada cabo ay tres leguas de mal quebranto. A los ricos se les va la bienaventurança, la gloria e descanso por otros aluañares de asechanças, que no se parescen, ladrillados por encima con lisonjas. Aquél es rico que está bien con Dios. Más segura cosa es ser menospreciado que temido. Mejor sueño duerme el pobre, que no el que tiene de guardar con solicitud lo que con trabajo ganó e con dolor ha de dexar. Mi amigo no será simulado e el del rico sí. Yo soy querida por mi persona; el rico por su hazienda. Nunca oye verdad, todos le hablan lisonjas a sabor de su paladar, todos le han embidia. Apenas hallarás vn rico, que no confiese que le sería mejor estar en mediano estado o en honesta pobreza. Las riquezas no hazen rico, mas ocupado; no hazen señor, mas mayordomo. Mas son los posseydos de las riquezas que no los que las posseen. A muchos traxo la muerte, a todos quita el plazer e a las buenas costumbres ninguna cosa es más contraria. ¿No oyste dezir: dormieron su sueño los varones de las riquezas e ninguna cosa hallaron en sus manos? Cada rico tiene vna dozena de hijos e nietos, que no rezan otra oración, no otra petición; sino rogar a Dios que le saque d'en medio dellos; no veen la hora que tener a él so la tierra e lo suyo entre sus manos e darle a poca costa su morada para siempre.

MELIBEA.— Madre, pues que assí es, gran pena ternás por la edad que perdiste. ¿Querrías boluer a la primera?

CELESTINA.— Loco es, señora, el caminante que, enojado del trabajo del día, quisiesse boluer de comienço la jornada para tornar otra vez aquel lugar. Que todas aquellas cosas, cuya possessión no es agradable, más vale poseellas, que esperallas. Porque más cerca está el fin d'ellas, quanto más andado del comienço. No ay cosa más dulce ni graciosa al muy cansado que el mesón. Assí que, avnque la moçedad sea alegre; el verdadero viejo no la dessea. Porque el que de razón e seso carece, quasi otra cosa no ama, sino lo que perdió.

MELIBEA.— Siquiera por viuir más, es bueno dessear lo que digo.

CELESTINA.— Tan presto, señora, se va el cordero como el carnero. Niguno es tan viejo, que no pueda viuir vn año ni tan moço, que oy no pudiesse morir. Assí que en esto poca avantaja nos leuays.

MELIBEA.— Espantada me tienes con lo que has hablado. Indicio me dan tus razones que te aya visto otro tiempo. Dime, madre, ¿eres tú Celestina, la que solía morar a las tenerías, cabe el río?

CELESTINA.— Hasta que Dios quiera.

MELIBEA.— Vieja te has parado. Bien dizen que los días no se van en balde. Assí goze de mí, no te conociera, sino por essa señaleja de la cara. Figúraseme que eras hermosa. Otra pareces, muy mudada estás.

LUCRECIA.— ¡Hy!, ¡hy!, ¡hy! ¡Mudada está el diablo! ¡Hermosa era con aquel su Dios os salue, que trauiessa la media cara!

MELIBEA.— ¿Qué hablas, loca? ¿Qué es lo que dizes? ¿De qué te ríes?

LUCRECIA.— De cómo no conoscías a la madre en tan poco tiempo en la filosomía de la cara.

MELIBEA.— No es tan poco tiempo dos años; e más que la tiene arrugada.

CELESTINA.— Señora, ten tú el tiempo que no ande; terné yo mi forma, que no se mude. ¿No has leydo que dizen: verná el día que en el espejo no te conozcas? Pero también yo encanecí temprano e parezco de doblada edad. Que assí goze desta alma pecadora e tu desse cuerpo gracioso, que de quatro hijas, que parió mi madre, yo fue la menor. Mira cómo no soy vieja, como me juzgan.

MELIBEA.— Celestina, amiga, yo he holgado mucho en verte e conocerte. También hasme dado plazer con tus razones. Toma tu dinero e vete con Dios, que me paresce que no deues hauer comido.

CELESTINA.— ¡O angélica ymagen! ¡O perla preciosa, e como te lo dizes! Gozo me toma en verte fablar. ¿E no sabes que por la diuina boca fue dicho contra aquel infernal tentador, que no de solo pan viuiremos? Pues assí es, que no el solo comer mantiene. Mayormente a mí, que me suelo estar vno e dos días negociando encomiendas agenas ayuna, saluo hazer por los buenos, morir por ellos. Esto tuue siempre, querer más trabajar siruiendo a otros, que holgar contentando a mí. Pues, si tú me das licencia, direte la necessitada causa de mi venida, que es otra que la que fasta agora as oydo e tal, que todos perderíamos en me tornar en balde sin que la sepas.

MELIBEA.— Di, madre, todas tus necessidades, que, si yo las pudiere remediar, de muy buen grado lo haré por el passado conoscimiento e vezindad, que pone obligación a los buenos.

CELESTINA.— ¿Mías, señora? Antes agenas, como tengo dicho; que las mías de mi puerta adentro me las passo, sin que las sienta la tierra, comiendo quando puedo, beuiendo quando lo tengo. Que con mi pobreza jamás me faltó, a Dios gracias, vna blanca para pan e vn quarto para vino, después que embiudé; que antes no tenía yo cuydado de lo buscar, que sobrado estaua vn cuero en mi casa e vno lleno e otro vazío. Jamás me acosté sin comer vna tostada en vino e dos dozenas de soruos, por amor de la madre, tras cada sopa. Agora, como todo cuelga de mí, en vn jarrillo malpegado me lo traen, que no cabe dos açumbres. Seys vezes al día tengo de salir por mi pecado, con mis canas acuestas, a le henchir a la tauerna. Mas no muera yo muerte, hasta que me vea con vn cuero o tinagica de mis puertas adentro. Que en mi ánima no ay otra prouisión, que como dizen: pan e vino anda camino, que no moço garrido. Assí que donde no ay varón, todo bien fallesce: con mal está el huso, quando la barua no anda de suso. Ha venido esto, señora, por lo que dezía de las agenas necessidades e no mías.

MELIBEA.— Pide lo que querrás, sea para quien fuere.

CELESTINA.— ¡Donzella graciosa e de alto linaje!, tu suaue fabla e alegre gesto, junto con el aparejo de liberalidad, que muestras con esta pobre vieja, me dan osadía a te lo dezir. Yo dexo vn enfermo a la muerte, que con sola una palabra de tu noble boca salida, que le lleue metida en mi seno, tiene por fe que sanará, según la mucha deuoción tiene en tu gentileza.

MELIBEA.— Vieja honrrada, no te entiendo, si mas no declaras tu demanda. Por vna parte me alteras e prouocas a enojo; por otra me mueues a compasión. No te sabría boluer respuesta conueniente, según lo poco, que he sentido de tu habla. Que yo soy dichosa, si de mi palabra ay necessidad para salud de algún cristiano. Porque hazer beneficio es semejar a Dios, e el que le da le recibe, quando a persona digna dél le haze. E demás desto, dizen que el que puede sanar al que padece, no lo faziendo, le mata. Assí que no cesses tu petición por empacho ni temor.

CELESTINA.— El temor perdí mirando, señora, tu beldad. Que no puedo creer que en balde pintasse Dios vnos gestos más perfetos que otros, más dotados de gracias, más hermosas faciones; sino para fazerlos almazén de virtudes, de misericordia, de compassión, ministros de sus mercedes e dádiuas, como a ti. E pues como todos seamos humanos, nascidos para morir, sea cierto que no se puede dezir nacido el que para sí solo nasció. Porque sería semejante a los brutos animales, en los quales avn ay algunos piadosos, como se dize del vnicornio, que se humilla a qualquiera donzella. El perro con todo su ímpetu e braueza, quando viene a morder, si se echan en el suelo, no haze mal: esto de piedad. ¿Pues las aues? Ninguna cosa el gallo come, que no participe e llame las gallinas a comer dello. El pelicano rompe el pecho por dar a sus hijos a comer de sus entrañas. Las cigüeñas mantienen otro tanto tiempo a sus padres viejos en el nido, quanto ellos les dieron ceuo siendo pollitos. Pues tal conocimiento dio la natura a los animales e aues, ¿por qué los hombres hauemos de ser mas crueles? ¿Por qué no daremos parte de nuestras gracias e personas a los próximos, mayormente, quando están embueltos en secretas enfermedades e tales que, donde está la melezina, salió la causa de la enfermedad?

MELIBEA.— Por Dios, sin más dilatar, me digas quién es esse doliente, que de mal tan perplexo se siente, que su passión e remedio salen de vna misma fuente.

CELESTINA.— Bien ternás, señora, noticia en esta cibdad de vn cauallero mancebo, gentilhombre de clara sangre, que llaman Calisto.

MELIBEA.— ¡Ya, ya, ya! Buena vieja, no me digas más, no pases adelante. ¿Esse es el doliente por quien has fecho tantas premissas en tu demanda? ¿Por quien has venido a buscar la muerte para ti? ¿Por quien has dado tan dañosos passos, desuergonçada baruuda? ¿Qué siente esse perdido, que con tanta passión vienes? De locura será su mal. ¿Qué te parece? ¡Si me fallaras sin sospecha desse loco, con qué palabras me entrauas! No se dize en vano que el más empezible miembro del mal hombre o muger es la lengua. ¡Quemada seas, alcahueta falsa, hechizera, enemiga de onestad, causadora de secretos yerros! ¡Jesú, Jesú! ¡Quítamela, Lucrecia, de delante, que me fino, que no me ha dexado gota de sangre en el cuerpo! Bien se lo mereçe esto e más, quien a estas tales da oydos. Por cierto, si no mirasse a mi honestidad e por no publicar su osadía desse atreuido, yo te fiziera, maluada, que tu razón e vida acabaran en vn tiempo.

CELESTINA.— (Aparte.) ¡En hora mala acá vine, si me falta mi conjuro! ¡Ea pues!: bien sé a quien digo. ¡Ce, hermano, que se va todo a perder!

MELIBEA.— ¿Avn hablas entre dientes delante mí, para acrecentar mi enojo e doblar tu pena? ¿Querrías condenar mi onestidad por dar vida a vn loco? ¿Dexar a mí triste por alegrar a él e lleuar tú el prouecho de mi perdición, el galardón de mí yerro? ¿Perderé destruyr la casa e la honrra de mi padre por ganar la de vna vieja maldita como tú? ¿Piensas que no tengo sentidas tus pisadas e entendido tu dañado mensaje? Pues yo te certifico que las albricias, que de aquí saques, no sean sino estoruarte de más ofender a Dios, dando fin a tus días. Respóndeme, traydora, ¿cómo osaste tanto fazer?

CELESTINA.— Tu temor, señora, tiene ocupada mi desculpa. Mi inocencia me da osadía, tu presencia me turba en verla yrada e lo que más siento e me pena es recibir enojo sin razón ninguna. Por Dios, señora, que me dexes concluyr mi dicho, que ni él quedará culpado ni yo condenada. E verás cómo es todo más seruicio de Dios, que passos deshonestos; más para dar salud al enfermo, que para dañar la fama al médico. Si pensara, señora, que tan de ligero hauías de conjecturar de lo passado nocibles sospechas, no bastara tu licencia para me dar osadía a hablar en cosa, que a Calisto ni a otro hombre tocasse.

MELIBEA.— ¡Jesú! No oyga yo mentar más esse loco, saltaparedes, fantasma de noche, luengo como cigüeña, figura de paramento malpintado; si no, aquí me caeré muerta. ¡Éste es el que el otro día me vido, e començó a desuariar comigo en razones, haziendo mucho del galán! Dirasle, buena vieja, que, si pensó que ya era todo suyo e quedaua por él el campo, porque holgué más de consentir sus necedades, que castigar su yerro, quise más dexarle por loco, que publicar su grande atreuimiento. Pues auísale que se aparte deste propósito e serle ha sano; sino, podrá ser que no aya comprado tan cara, habla en su vida. Pues sabe que no es vencido, sino el que se cree serlo, e yo quedé bien segura e él vfano. De los locos es estimar a todos los otros de su calidad. E tú tórnate con su mesma razón; que respuesta de mí otra no haurás ni la esperes. Que por demás es ruego a quien no puede hauer misericordia. E da gracias a Dios, pues tan libre vas desta feria. Bien me hauían dicho quien tu eras e auisado de tus propriedades, avnque agora no te conocía.

CELESTINA.— (Aparte.) ¡Más fuerte estaua Troya e avn otras más brauas he yo amansado! Ninguna tempestad mucho dura.

MELIBEA.— ¿Qué dizes, enemiga? Fabla, que te pueda oyr. ¿Tienes desculpa alguna para satisfazer mi enojo e escusar tu yerro e osadía?

CELESTINA.— Mientras viuiere tu yra, más dañará mi descargo. Que estás muy rigurosa e no me marauillo: que la sangre nueua poca calor ha menester para heruir.

MELIBEA.— ¿Poca calor? ¿Poco lo puedes llamar, pues quedaste tú viua e yo quexosa sobre tan gran atreuimiento? ¿Qué palabra podías tú querer para esse tal hombre, que a mí bien me estuuiesse? Responde, pues dizes que no has concluydo: ¡quiça pagarás lo passado!

CELESTINA.— Vna oración, señora, que le dixeron que sabías de sancta Polonia par[...] [...]u cordón, que es fama que ha tocado todas las rel[...] [...]el cauallero, que dixe, pena e muere dellas. Ésta fue[...] [...]a tu ayrada respuesta, padézcase él su dolor, en pa[...] [...]Que, pues en tu mucha virtud me faltó piedad, tan[...] [...]iara. Pero ya sabes que el deleyte de la venganza du[...] [...]a siempre.

[...]r qué luego no me lo espresaste? ¿Por qué me lo dix[...]

[Nota manuscrita: la excusa es que quiere una oración para el dolor de muela]

[...]mi limpio motiuo me hizo creer que, avnque en menos lo propusiera, no se hauía de sospechar mal. Que, si faltó el deuido preámbulo, fue porque la verdad no es necessario abundar de muchas colores. Compassión de su dolor, confiança de tu magnificencia ahogaron en mi boca al principio la espresión de la causa. E pues conoces, señora, que el dolor turba, la turbación desmanda e altera la lengua, la qual hauía de estar siempre atada con el seso, ¡por Dios!, que no me culpes. E si el otro yerro ha fecho, no redunde en mi daño, pues no tengo otra culpa, sino ser mensajera del culpado. No quiebre la soga por lo más delgado. No seas la telaraña, que no muestra su fuerça sino contra los flacos animales. No paguen justos por peccadores. Imita la diuina justicia, que dixo: El ánima que pecare, aquella misma muera; a la humana, que jamás condena al padre por el delicto del hijo ni al hijo por el del padre. Ni es, señora, razón que su atreuimiento acarree mi perdición. Avnque, según su merecimiento, no ternía en mucho que fuese él el delinquente e yo la condenada. Que no es otro mi oficio, sino seruir a los semejantes: desto biuo e desto me arreo. Nunca fue mi voluntad enojar a vnos por agradar a otros, avnque ayan dicho a tu merced en mí absencia otra cosa. Al fin, señora, a la firme verdad el viento del vulgo, no la empece. Vna sola soy en este limpio trato. En toda la ciudad pocos tengo descontentos. Con todos cumplo, los que algo me mandan, como si touiesse veynte pies e otras tantas manos.

MELIBEA.— No me marauillo, que vn solo maestro de vicios dizen que basta para corromper vn gran pueblo. Por cierto, tantos e tales loores me han dicho de tus falsas mañas, que no sé si crea que pedías oración.

CELESTINA.— Nunca yo la reze e si la rezare no sea oyda, si otra cosa de mí se saque, avnque mill tormentos me diessen.

MELIBEA.— Mi passada alteración me impide a reyr de tu desculpa. Que bien sé que ni juramento ni tormento te torcerá a dezir verdad, que no es en tu mano.

CELESTINA.— Eres mi señora. Téngote de callar, hete yo de seruir, hasme tú de mandar. Tu mala palabra será víspera de vna saya.

MELIBEA.— Bien la has merecido.

CELESTINA.— Si no la he ganado con la lengua, no la he perdido con la intención.

MELIBEA.— Tanto afirmas tu ignorancia, que me hazes creer lo que puede ser. Quiero pues en tu dubdosa desculpa tener la sentencia en peso e no disponer de tu demanda al sabor de ligera interpretación. No tengas en mucho ni te marauilles de mi passado sentimiento, porque concurrieron dos cosas en tu habla, que qualquiera dellas era bastante para me sacar de seso: nombrarme esse tu cauallero, que comigo se atreuió a hablar, e también pedirme palabra sin más causa, que no se podía sospechar sino daño para mi honrra. Pero pues todo viene de buena parte, de lo passado aya perdón. Que en alguna manera es aliuiado mi coraçón, viendo que es obra pía e santa sanar los passionados e enfermos.

CELESTINA.— ¡E tal enfermo, señora! Por Dios, si bien le conosciesses, no le juzgasses por el que has dicho e mostrado con tu yra. En Dios e en mi alma, no tiene hiel; gracias, dos mill: en franqueza, Alexandre; en esfuerço, Etor; gesto, de vn rey; gracioso, alegre; jamás reyna en él tristeza. De noble sangre, como sabes. Gran justador, pues verlo armado, vn sant George. Fuerça e esfuerço, no tuuo Ercules tanta. La presencia e faciones, dispusición, desemboltura, otra lengua hauía menester para las contar. Todo junto semeja ángel del cielo. Por fe tengo que no era tan hermoso aquel gentil Narciso, que se enamoró de su propia figura, quando se vido en las aguas de la fuente. Agora, señora, tiénele derribado vna sola muela, que jamás cessa de quexar.

MELIBEA.— ¿E qué tanto tiempo ha?

CELESTINA.— Podrá ser, señora, de veynte e tres años: que aquí está Celestina, que le vido nascer e le tomó a los pies de su madre.

MELIBEA.— Ni te pregunto esso ni tengo necessidad de saber su edad; sino qué tanto ha que tiene el mal.

CELESTINA.— Señora, ocho días. Que parece que ha vn año en su flaqueza. E el mayor remedio que tiene es tomar vna vihuela e tañe tantas canciones e tan lastimeras, que no creo que fueron otras las que compuso aquel Emperador e gran músico Adriano, de la partida del ánima, por sofrir sin desmayo la ya vezina muerte. Que avnque yo sé poco de música, parece que faze aquella vihuela fablar. Pues, si acaso canta, de mejor gana se paran las aues a le oyr, que no aquel antico, de quien se dize que mouía los árboles e piedras con su canto. Siendo este nascido no alabaran a Orfeo. Mirá, señora, si vna pobre vieja, como yo, si se fallará dichosa en dar la vida a quien tales gracias tiene. Ninguna muger le vee, que no alabe a Dios, que assí le pintó. Pues, si le habla acaso, no es más señora de sí, de lo que él ordena. E pues tanta razón tengo, juzgá, señora, por bueno mi propósito, mis passos saludables e vazíos de sospecha.

MELIBEA.— ¡O quanto me pesa con la falta de mi paciencia! Porque siendo él ignorante e tu ynocente, haués padescido las alteraciones de mi ayrada lengua. Pero la mucha razón me relieua de culpa, la qual tu habla sospechosa causó. En pago de tu buen sofrimiento, quiero complir tu demanda e darte luego mi cordón. E porque para escriuir la oración no haurá tiempo sin que venga mi madre, si esto no bastare, ven mañana por ella muy secretamente.

LUCRECIA.— (Aparte.) ¡Ya, ya, perdida es mí ama! ¿Secretamente quiere que venga Celestina? ¡Fraude ay! ¡Más le querrá dar, que lo dicho!

MELIBEA.— ¿Qué dizes, Lucrecia?

LUCRECIA.— Señora, que baste lo dicho; que es tarde.

MELIBEA.— Pues, madre, no le des parte de lo que passó a esse cauallero, porque no me tenga por cruel o arrebatada o deshonesta.

LUCRECIA.— (Aparte.) No miento yo, que ¡mal va este fecho!

CELESTINA.— Mucho me marauillo, señora Melibea, de la dubda que tienes de mi secreto. No temas, que todo lo sé sofrir e encubrir. Que bien veo que tu mucha sospecha echó, como suele, mis razones a la más triste parte. Yo voy con tu cordón tan alegre, que se me figura que está diziéndole allá su coraçón la merced, que nos hiziste e que lo tengo de hallar aliuiado.

MELIBEA.— Más haré por tu doliente, si menester fuere, en pago de lo sofrido.

CELESTINA.— Más será menester e más harás e avnque no se te agradezca.

MELIBEA.— ¿Qué dizes, madre, de agradescer?

CELESTINA.— Digo, señora, que todos lo agradescemos e seruiremos e todos quedamos obligados. Que la paga más cierta es, quando más la tienen de complir.

LUCRECIA.— ¡Trastrócame essas palabras!

CELESTINA.— ¡Hija Lucrecia! ¡Ce! Yrás a casa e darte he vna lexía, con que pares essos cavellos más que el oro. No lo digas a tu señora. E avn darte he vnos poluos para quitarte esse olor de la boca, que te huele vn poco, que en el reyno no lo sabe fazer otra sino yo e no ay cosa que peor en la muger parezca.

LUCRECIA.— ¡O! Dios te dé buena vejez, que mas necessidad tenía de todo esso que de comer.

CELESTINA.— ¿Pues, porque murmuras contra mí, loquilla? Calla, que no sabes si me aurás menester en cosa de más importancia. No prouoques a yra a tu señora, más de lo que ella ha estado. Déxame yr en paz.

MELIBEA.— ¿Qué le dizes, madre?

CELESTINA.— Señora, acá nos entendemos.

MELIBEA.— Dímelo, que me enojo, quando yo presente se habla cosa de que no aya parte.

CELESTINA.— Señora, que te acuerde la oración, para que la mandes escriuir e que aprenda de mí a tener mesura en el tiempo de tu yra, en la qual yo vsé lo que se dize: que del ayrado es de apartar por poco tiempo, del enemigo por mucho. Pues tú, señora, tenías yra con lo que sospechaste de mis palabras, no enemistad. Porque, avnque fueranlas que tú pensauas, en sí no eran malas: que cada día ay hombres penados por mugeres e mugeres por hombres e esto obra la natura e la natura ordenola Dios e Dios no hizo cosa mala. E assí quedaua mi demanda, como quiera que fuesse, en sí loable, pues de tal tronco procede, e yo libre de pena. Más razones destas te diría, si no porque la prolixidad es enojosa al que oye e dañosa al que habla.

MELIBEA.— En todo has tenido buen tiento, assí en el poco hablar en mi enojo, como con el mucho sofrir.

CELESTINA.— Señora, sofrite con temor, porque te ayraste con razón. Porque con la yra morando, poder, no es sino rayo. E por esto passé tu rigurosa habla hasta que tu almazén houiesse gastado.

MELIBEA.— En cargo te es esse cauallero.

CELESTINA.— Señora, más merece. E si algo con mi ruego para él he alcançado, con la tardança lo he dañado. Yo me parto para él, si licencia me das.

MELIBEA.— Mientra más ayna la houieras pedido, más de grado la houieras recabdado. Ve con Dios, que ni tu mensaje me ha traydo prouecho ni de tu yda me puede venir daño.

El quinto aucto

Despedida Celestina de Melibea, va por la calle hablando consigo misma entre dientes. Llegada a su casa, halló a Sempronio, que la aguardaua. Ambos van hablando hasta llegar a su casa de Calisto e, vistos por Pármeno, cuéntalo a Calisto su amo, el qual le mandó abrir la puerta.

CALISTO, PÁRMENO, SEMPRONIO, CELESTINA.

CELESTINA.— ¡O rigurosos trances! ¡O cruda osadía! ¡O gran sofrimiento! ¡E qué tan cercana estuue de la muerte, si mi mucha astucia no rigera con el tiempo las velas de la petición! ¡O amenazas de donzella braua! ¡O ayrada donzella! ¡O diablo a quien yo conjuré! ¿Cómo compliste tu palabra en todo lo que te pedí? En cargo te soy. Assí amansaste la cruel hembra con tu poder e diste tan oportuno lugar a mi habla quanto quise, con la absencia de su madre. ¡O vieja Celestina! ¿Vas alegre? Sábete que la meytad está hecha, quando tienen buen principio las cosas. ¡O serpentino azeyte! ¡O blanco filado! ¡Cómo os aparejastes todos en mi fauor! ¡O!, ¡yo rompiera todos mis atamientos hechos e por fazer ni creyera en yeruas ni piedras ni en palabras! Pues alégrate, vieja, que más sacarás deste pleyto, que de quinze virgos, que renouaras, ¡O malditas haldas, prolixas e largas, cómo me estoruays de llegar adonde han de reposar mis nueuas! ¡O buena fortuna, cómo ayudas a los osados, e a los tímidos eres contraria! Nunca huyendo huye la muerte al couarde. ¡O quantas erraran en lo que yo he acertado! ¿Qué fizieran en tan fuerte estrecho estas nueuas maestras de mi oficio, sino responder algo a Melibea, por donde se perdiera quanto yo con buen callar he ganado? Por esto dizen quien las sabe las tañe e que es más cierto médico el esperimentado que el letrado e la esperiencia e escarmiento haze los hombres arteros e la vieja, como yo, que alce sus haldas al passar del vado, como maestra. ¡Ay cordón, cordón! Yo te faré traer por fuerça, si viuo, a la que no quiso darme su buena habla de grado.

SEMPRONIO.— O yo no veo bien o aquella es Celestina. ¡Válala el diablo, haldear que trae! Parlando viene entre dientes.

CELESTINA.— ¿De qué te santiguas, Sempronio? Creo que en verme.

SEMPRONIO.— Yo te lo diré. La raleza de las cosas es madre de la admiración; la admiración concebida en los ojos deciende al ánimo por ellos; el ánimo es forjado descubrillo por estas esteriores señales. ¿Quién jamás te vido por la calle, abaxada la cabeça, puestos los ojos en el suelo, e no mirar a ninguno como agora? ¿Quién te vido hablar entre dientes por las calles e venir aguijando, como quien va a ganar beneficio? Cata que todo esto nouedad es para se marauillar quien te conoce. Pero esto dexado, dime, por Dios, con qué vienes. Dime si tenemos hijo o hija. Que desde que dio la vna te espero aquí e no he sentido mejor señal que tu tardança.

CELESTINA.— Hijo, essa regla de bouos no es siempre cierta, que otra hora me pudiera más tardar e dexar allá las narizes; e otras dos narizes e lengua: e assí que, mientra más tardasse, más caro me costasse.

SEMPRONIO.— Por amor mío, madre, no passes de aquí sin me lo contar.

CELESTINA.— Sempronio amigo, ni yo me podría parar ni el lugar es aparejado. Vente comigo. Delante Calisto oyrás marauillas. Que será desflorar mi embaxada comunicándola con muchos. De mi boca quiero que sepa lo que se ha hecho. Que, avnque ayas de hauer alguna partizilla del prouecho, quiero yo todas las gracias del trabajo.

SEMPRONIO.— ¿Partezilla, Celestina? Mal me parece eso que dizes.

CELESTINA.— Calla, loquillo, que parte o partezilla, quanto tú quisieres te daré. Todo lo mío es tuyo. Gozémonos e aprouechémonos, que sobre el partir nunca reñiremos. E también sabes tú quanta más necessidad tienen los viejos que los moços, mayormente tú que vas a mesa puesta.

SEMPRONIO.— Otras cosas he menester más de comer.

CELESTINA.— ¿Qué, hijo? ¡Una dozena de agujetas e vn torce para el bonete e vn arco para andarte de casa en casa tirando a páxaros e aojando páxaras a las ventanas! Mochachas digo, bouo, de las que no saben bolar, que bien me entiendes. Que no ay mejor alcahuete para ellas que vn arco, que se puede entrar cada vno hecho moxtrenco, como dizen: en achaque de trama etc. ¡Mas ay, Sempronio, de quien tiene de mantener honrra e se va haziendo vieja como yo!

SEMPRONIO.— (*Aparte.*) ¡O lisonjera vieja! ¡O vieja llena de mal! ¡O cobdiciosa e auarienta garganta! También quiere a mí engañar como a mi amo, por ser rica. ¡Pues mala medra tiene! ¡No le arriendo la ganancia! Que quien con modo torpe sube en lo alto, más presto cae, que sube. ¡O que mala cosa es de conocer el hombre! ¡Bien dizen que ninguna mercaduría ni animal es tan difícil! ¡Mala vieja, falsa, es ésta! ¡El diablo me metió con ella! Más seguro me fuera huyr desta venenosa bíuora, que tomalla. Mía fue la culpa. Pero gane harto, que por bien o mal no negará la promessa.

CELESTINA.— ¿Qué dizes, Sempronio? ¿Con quien hablas? ¿Viénesme royendo las haldas? ¿Por qué no aguijas?

SEMPRONIO.— Lo que vengo diziendo, madre mía, es que no me marauillo que seas mudable, que sigues el camino de las muchas. Dicho me auías que diferirías este negocio. Agora vas sin seso por dezir a Calisto quanto passa. ¿No sabes que aquello es en algo tenido, que es por tiempo desseado, e que cada día que él penasse era doblarnos el prouecho?

CELESTINA.— El propósito muda el sabio; el nescio perseuera. A nueuo negocio, nueuo consejo se requiere. No pensé yo, hijo Sempronio, que assí me respondiera mi buena fortuna. De los discretos mensajeros es hazer lo que el tiempo quiere. Así que la qualidad de lo fecho no puede encubrir tiempo dissimulado. E más que yo sé que tu amo, según lo que dél sentí, es liberal e algo antojadizo. Más dará en vn día de buenas nueuas, que en ciento, que ande penado e yo yendo e viniendo. Que los acelerados e súpitos plazeres crían alteración, la mucha alteración estorua el deliberar. Pues ¿en qué podrá parar el bien, sino en bien e el alto mensaje, sino en luengas albricias? Calla, bouo, dexa fazer a tu vieja.

SEMPRONIO.— Pues dime lo que passó con aquella gentil donzella. Dime alguna palabra de su boca. Que, por Dios, assí peno por sabella, como mi amo penaría.

CELESTINA.— ¡Calla, loco! Altérasete la complexión. Ya lo veo en ti, que querrías más estar al sabor, que al olor deste negocio. Andemos presto, que estará loco tu amo con mi mucha tardança.

SEMPRONIO.— E avn sin ella se lo está.

PÁRMENO.— ¡Señor, señor!

CALISTO.— ¿Qué quieres, loco?

PÁRMENO.— A Sempronio e a Celestina veo venir cerca de casa, haziendo paradillas de rato en rato e, quando están quedos, hazen rayas en el suelo con el espada. No sé que sea.

CALISTO.— ¡O desuariado, negligente! Veslos venir: ¿no puedes decir corriendo a abrir la puerta? ¡O alto Dios! ¡O soberana deydad! ¿Con qué vienen? ¿Qué nueuas traen? Qué tan grande ha sido su tardança, que ya más esperaua su venida, que el fin de mi remedio. ¡O mis tristes oydos! Aparejaos a lo que os viniere, que en su boca de Celestina está agora aposentado el aliuio o pena de mi coraçón. ¡O!, ¡si en sueño se pasasse este poco tiempo, hasta ver el principio e fin de su habla! Agora tengo por cierto que es más penoso al delinquente esperar la cruda e capital sentencia, que el acto de la ya sabida muerte. ¡O espacioso Pármeno, manos de muerto! Quita ya essa enojosa aldaua: entrará essa honrrada dueña, en cuya lengua está mi vida.

CELESTINA.— ¿Oyes, Sempronio? De otro temple anda nuestro amo. Bien difieren estas razones a las que oymos a Pármeno e a él la primera venida. De mal en bien me parece que va. No ay palabra de las que dize, que no vale a la vieja Celestina más que vna saya.

SEMPRONIO.— Pues mira que entrando hagas que no ves a Calisto e hables algo bueno.

CELESTINA.— Calla, Sempronio, que avnque aya auenturado mi vida, más merece Calisto e su ruego e tuyo e más mercedes espero yo dél.

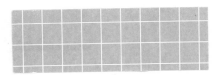

ARGUMENTO DEL SESTO AUTO:

Entrada Celestina en casa de Calisto, con grande afición e desseo Calisto le pregunta de lo que le ha acontescido con Melibea. Mientra ellos están hablando, Pármeno, oyendo fablar a Celestina, de su parte contra Sempronio a cada razón le pone vn mote, reprehendiéndolo Sempronio. En fin, la vieja Celestina le descubre todo lo negociado e vn cordón de Melibea. E, despedida de Calisto, vase para su casa e con ella Pármeno.

CALISTO, CELESTINA, PÁRMENO, SEMPRONIO.

CALISTO.— ¿Qué dizes, señora e madre mía?

CELESTINA.— ¡O mi señor Calisto! ¿E aquí estás? ¡O mi nueuo amador de la muy hermosa Melibea e con mucha razón! ¿Con qué pagarás a la vieja, que oy ha puesto su vida al tablero por tu seruicio? ¿Qual muger jamás se vido en tan estrecha afrenta como yo, que en tornallo a pensar se me menguan e vazían todas las venas de mi cuerpo, de sangre? Mi vida diera por menor precio, que agora daría este manto raydo e viejo.

PÁRMENO.— Tú dirás lo tuyo: entre col e col lechuga. Sobido has vn escalón; más adelante te espero a la saya. Todo para ti e no nada de que puedas dar parte. Pelechar quiere la vieja. Tú me sacarás a mí verdadero e a mi amo loco. No le pierdas palabra, Sempronio, e verás cómo no quiere pedir dinero, porque es diuisible.

SEMPRONIO.— Calla, hombre desesperado, que te matará Calisto si te oye.

CALISTO.— Madre mía, abreuia tu razón o toma esta espada e mátame.

PÁRMENO.— Temblando está el diablo como azogado: no se puede tener en sus pies, su lengua le querría prestar para que fablasse presto, no es mucha su vida, luto hauremos de medrar destos amores.

CELESTINA.— ¿Espada, señor, o qué? ¡Espada mala mate a tus enemigos e a quien mal te quiere!, que yo la vida te quiero dar con buena esperança, que traygo de aquella, que tú mas amas.

CALISTO.— ¿Buena esperança, señora?

CELESTINA.— Buena se puede dezir, pues queda abierta puerta para mi tornada e antes me recibirá a mí con esta saya rota, que a otro con seda e brocado.

PÁRMENO.— Sempronio, cóseme esta boca, que no lo puedo sofrir. ¡Encaxado ha la saya!

SEMPRONIO.— ¿Callarás, por Dios, o te echaré dende con el diablo? Que si anda rodeando su vestido, haze bien, pues tiene dello necessidad. Que el abad de dó canta de allí viste.

PÁRMENO.— E avn viste como canta. E esta puta vieja querría en vn día por tres pasos desechar todo el pelo malo, quanto en cincuenta años no ha podido medrar.

SEMPRONIO.— ¿Todo esso es lo que te castigó e el conoscimiento que os teníades e lo que te crió?

PÁRMENO.— Bien sofriré mas que pida e pele; pero no todo para su prouecho.

SEMPRONIO.— No tiene otra tacha sino ser cobdiciosa; pero déxala, varde sus paredes, que después vardará las nuestras o en mal punto nos conoció.

CALISTO.— Dime, por Dios, señora, ¿qué fazía? ¿Cómo entraste? ¿Qué tenía vestido? ¿A qué parte de casa estaua? ¿Qué cara te mostró al principio?

CELESTINA.— Aquella cara, señor, que suelen los brauos toros mostrar contra los que lançan las agudas frechas en el coso, la que los monteses puercos contra los sabuesos, que mucho los aquexan.

CALISTO.— ¿E a essas llamas señales de salud? Pues ¿quáles serán mortales? No por cierto la misma muerte: que aquella aliuio sería en tal caso deste mi tormento, que es mayor e duele más.

SEMPRONIO.— ¿Estos son los fuegos pasados de mi amo? ¿Qué es esto? ¿No ternía este hombre sofrimiento para oyr lo que siempre ha deseado?

PÁRMENO.— ¡E que calle yo, Sempronio! Pues, si nuestro amo te oye, tan bien te castigará a ti como a mí.

SEMPRONIO.— ¡O mal fuego te abrase! Que tú fablas en daño de todos e yo a ninguno ofendo. ¡O! ¡Intolerable pestilencia e mortal te consuma, rixoso, embidioso, maldito! ¿Toda esta es la amistad, que con Celestina e comigo hauías concertado? ¡Vete de aquí a la mala ventura!

CALISTO.— Si no quieres, reyna e señora mía, que desespere e vaya mi ánima condenada a perpetua pena, oyendo essas cosas, certifícame breuemente si houo buen fin tu demanda gloriosa e la cruda e rigurosa muestra de aquel gesto angélico e matador; pues todo esso más es señal de odio, que de amor.

CELESTINA.— La mayor gloria, que al secreto oficio de la abeja se da, a la qual los discretos deuen imitar, es que todas las cosas por ella tocadas conuierte en mejor de lo que son. Desta manera me he hauido con las çahareñas razones e esquiuas de Melibea. Todo su rigor traygo conuertido en miel, su yra en mansedumbre, su aceleramiento en sosiego. ¿Pues, a qué piensas que yua allá la vieja Celestina, a quien tú, demás de su merecimiento, magníficamente galardonaste, sino ablandar su saña, sofrir su acidente, a ser escudo de tu absencia, a recebir en mi manto los golpes, los desuíos, los menosprecios, desdenes, que muestran aquellas en los principios de sus requerimientos de amor, para que sea después en mas tenida su dádiua? Que a quien más quieren, peor hablan. E si assí no fuesse, ninguna diferencia hauría entre las públicas, que aman, a las escondidas donzellas, si todas dixesen sí a la entrada de su primer requerimiento, en viendo que de alguno eran amadas. Las quales, avnque están abrasadas e encendidas de viuos fuegos de amor, por su honestidad muestran vn frío esterior, vn sosegado vulto, vn aplazible desuío, vn constante ánimo e casto propósito, vnas palabras agras, que la propia lengua se marauilla del gran sofrimiento suyo, que la fazen forçosamente confessar el contrario de lo que sienten. Assí que para que tú descanses e tengas reposo, mientra te contare por estenso el processo de mi habla e la causa que tuue para entrar, sabe que el fin de su razón e habla fue muy bueno.

CALISTO.— Agora, señora, que me has dado seguro, para que ose esperar todos los rigores de la respuesta, di quanto mandares e como quisieres; que yo estaré atento. Ya me reposa el coraçón, ya descansa mi pensamiento, ya reciben las venas e recobran su perdida sangre, ya he perdido temor, ya tengo alegría. Subamos, si mandas, arriba. En mi cámara me dirás por estenso lo que aquí he sabido en suma.

CELESTINA.— Subamos, señor.

PÁRMENO.— ¡O sancta María! ¡Y qué rodeos busca este loco por huyr de nosotros, para poder llorar a su plazer con Celestina de gozo y por descubrirle mill secretos de su liuiano e desuariado apetito, por preguntar y responder seys vezes cada cosa, sin que esté presente quien le pueda dezir que es prolixo! Pues mándote yo, desatinado, que tras ti vamos.

CALISTO.— Mirá, señora, qué fablar trae Pármeno, cómo se viene santiguando de oyr lo que has hecho con tu gran diligencia. Espantado está, por mi fe, señora Celestina. Otra vez se santigua. Sube, sube, sube y asiéntate, señora, que de rodillas quiero escuchar tu suaue respuesta. Dime luego la causa de tu entrada, qué fue.

CELESTINA.— Vender vn poco de hilado, con que tengo caçadas más de treynta de su estado, si a Dios ha plazido, en este mundo e algunas mayores.

CALISTO.— Esso será de cuerpo, madre; pero no de gentileza, no de estado, no de gracia e discreción, no de linaje, no de presunción con merecimiento, no en virtud, no en habla.

PÁRMENO.— Ya escurre eslauones el perdido. Ya se desconciertan sus badajadas. Nunca da menos de doze; siempre está hecho relox de mediodía. Cuenta, cuenta, Sempronio, que estás desbauando oyéndole a él locuras e a ella mentiras.

SEMPRONIO.— ¡Maldeziente venenoso! ¿Por qué cierras las orejas a lo que todos los del mundo las aguzan, hecho serpiente, que huye la boz del encantador? Que solo por ser de amores estas razones, avnque mentiras, las hauías de escuchar con gana.

CELESTINA.— Oye, señor Calisto, e verás tu dicha e mi solicitud qué obraron. Que en començando yo a vender e poner en precio mi hilado, fue su madre de Melibea llamada para que fuesse a visitar vna hermana suya enferma. E como le fuesse necessario absentarse, dexó en su lugar a Melibea.

CALISTO.— ¡O gozo sin par! ¡O singular oportunidad! ¡O oportuno tiempo! ¡O quien estuuiera allí debaxo de tu manto, escuchando qué hablaría sola aquella en quien Dios tan estremadas gracias puso!

CELESTINA.— ¿Debaxo de mi manto, dizes? ¡Ay mezquina! Que fueras visto por treynta agujeros que tiene, si Dios no le mejora.

PÁRMENO.— Sálgome fuera, Sempronio. Ya no digo nada; escúchatelo tú todo. Si este perdido de mi amo no midiesse con el pensamiento quantos pasos ay de aquí a casa de Melibea e contemplasse en su gesto e considerasse cómo estaría haviniendo el hilado, todo el sentido puesto e ocupado en ella, él vería que mis consejos le eran más saludables, que estos engaños de Celestina.

CALISTO.— ¿Qué es esto, moços? Estó yo esenchando atento, que me va la vida; ¿vosotros susurrays, como soleys, por fazerme mala obra e enojo? Por mi amor, que calleys: morirés de plazer con esta señora, según su buena diligencia. Di, señora, ¿qué fiziste, quando te viste sola?

CELESTINA.— Recebí, señor, tanta alteración de plazer, que qualquiera que me viera, me lo conociera en el rostro.

CALISTO.— Agora la rescibo yo: quanto más quien ante sí contemplaua tal ymagen. Enmudecerías con la nouedad incogitada.

CELESTINA.— Antes me dio más osadía a hablar lo que quise verme sola con ella. Abrí mis entrañas. Díxele mi embaxada: cómo penauas tanto por vna palabra, de su boca salida en fauor tuyo, para sanar un gran dolor. E como ella estuniesse suspensa, mirándome, espantada del nueuo mensaje, escuchando fasta ver quién podía ser el que assí por necessidad de su palabra penaua o a quién pudiesse sanar su lengua, en nombrando tu nombre, atajó mis palabras, diose en la frente vna grand palmada, como quien cosa de grande espanto houiesse oydo, diziendo que cessasse mi habla e me quitasse delante, si no quería hazer a sus seruidores verdugos de mi postremería, agrauando mi osadía, llamándome hechizera, alcahueta, vieja falsa, barbuda, malhechora e otros muchos inominiosos nombres, con cuyos títulos asombran a los niños de cuna. E empós desto mill amortescimientos e desmayos, mill milagros e espantos, turbado el sentido, bulliendo fuertemente los miembros todos a vna parte e a otra, herida de aquella dorada frecha, que del sonido de tu nombre le tocó, retorciendo el cuerpo, las manos enclauijadas, como quien se despereza, que parecía que las despedaçaua, mirando con los ojos a todas partes, acoceando con los pies el suelo duro. E yo a todo esto arrinconada, encogida, callando, muy gozosa con su ferocidad. Mientra más vasqueaua, más yo me alegraua, porque más cerca estaua el rendirse e su cayda. Pero entre tanto que gastaua aquel espumajoso almazén su yra, yo no dexaua mis pensamientos estar vagos ni ociosos, de manera que toue tiempo para saluar lo dicho.

CALISTO.— Esso me di, señora madre. Que yo he rebuelto en mi juyzio, mientra te escucho e no he fallado desculpa que buena fuesse ni conuiniente, con que lo dicho se cubriesse ni colorasse, sin quedar terrible sospecha de tu demanda. Porque conozca tu mucho saber, que en todo me pareces más que muger: que como su respuesta tú pronosticaste, proueyste con tiempo tu réplica. ¿Qué más hazía aquella Tusca Adeleta, cuya fama, siendo tú viua, se perdiera? La qual tres días ante de su fin prenunció la muerte de su viejo marido e de dos fijos que tenía. Ya creo lo que dizes, que el género flaco de las hembras es más apto para las prestas cautelas, que el de los varones.

CELESTINA.— ¿Qué, señor? Dixe que tu pena era mal de muelas e que la palabra, que della quería, era vna oración, que ella sabía, muy deuota, para ellas.

CALISTO.— ¡O marauillosa astucia! ¡O singular muger en su oficio! ¡O cautelosa hembra! ¡O melezina presta! ¡O discreta en mensajes! ¿Qual humano seso bastara a pensar tan alta manera de remedio? De cierto creo, si nuestra edad alcançara aquellos passados Eneas e Dido, no trabajara tanto Venus para atraer a su fijo el amor de Elisa, haziendo tomar a Cupido Ascánica forma, para la engañar; antes por euitar prolixidad, pusiera a ti por medianera. Agora doy por bienempleada mi muerte, puesta en tales manos, e creeré que, sí mi desseo no houiere efeto, qual querría, que no se pudo obrar más, según natura, en mi salud. ¿Qué os parece, moços? ¿Qué mas se pudiera pensar? ¿Ay tal muger nascida en el mundo?

CELESTINA.— Señor, no atajes mis razones; déxame dezir, que se va haziendo noche. Ya sabes que quien malhaze aborrece la claridad e, yendo a mi casa, podré hauer algún malencuentro.

CALISTO.— ¿Qué, qué? Sí, que hachas e pajes ay, que te acompañen.

PÁRMENO.— ¡Sí, sí, porque no fuercen a la niña! Tú yrás con ella, Sempronio, que ha temor de los grillos, que cantan con lo escuro.

CALISTO.— ¿Dizes algo, hijo Pármeno?

PÁRMENO.— Señor, que yo e Sempronio será bueno que la acompañemos hasta su casa, que haze mucho escuro.

CALISTO.— Bien dicho es. Después será. Procede en tu habla e dime qué mas passaste. ¿Qué respondió a la demanda de la oración?

CELESTINA.— Que la daría de su grado.

CALISTO.— ¿De su grado? ¡O Dios mío, qué alto don!

CELESTINA.— Pues más le pedí.

CALISTO.— ¿Qué, mi vieja honrrada?

CELESTINA.— Vn cordón, que ella trae contino ceñido, diziendo que era prouechoso para tu mal, porque hauía tocado muchas reliquias.

CALISTO.— ¿Pues qué dixo?

CELESTINA.— ¡Dame albricias! Decírtelo he.

CALISTO.— ¡O!, por Dios, toma toda esta casa e quanto en ella ay e dímelo o pide lo que querrás.

CELESTINA.— Por vn manto, que tu des a la vieja, te dará en tus manos el mesmo, que en su cuerpo ella traya.

CALISTO.— ¿Qué dizes de manto? E saya e quanto yo tengo.

CELESTINA.— Manto he menester e éste terné yo en harto. No te alargues más. No pongas sospechosa duda en mi pedir. Que dizen que ofrescer mucho al que poco pide es especie de negar.

CALISTO.— ¡Corre! Pármeno, llama a mi sastre e corte luego vn manto e vna saya de aquel contray, que se sacó para frisado.

PÁRMENO.— ¡Assí, assí! A la vieja todo, porque venga cargada de mentiras como abeja e a mí que me arrastren. Tras esto anda ella oy todo el día con sus rodeos.

CALISTO.— ¡De qué gana va el diablo! No ay cierto tan malseruido hombre como yo, manteniendo moços adeuinos, reçongadores, enemigos de mi bien. ¿Qué vas, vellaco, rezando? Embidioso, ¿qué dizes, que no te entiendo? Ve donde te mando presto e no me enojes, que harto basta mi pena para acabar: que también haurá para ti sayo en aquella pieça.

PÁRMENO.— No digo, señor, otra cosa, sino que es tarde para que venga el sastre.

CALISTO.— ¿No digo yo que adeuinas? Pues quédese para mañana. E tu, señora, por amor mío te sufras, que no se pierde lo que se dilata. E mándame mostrar aquel sancto cordón, que tales miembros fue digno de ceñir. ¡Gozarán mis ojos con todos los otros sentidos, pues juntos han sido apassionados! ¡Gozará mi lastimado coraçón, aquel que nunca recibió momento de plazer, después que aquella señora conoció! Todos los sentidos le llegaron, todos acorrieron a él con sus esportillas de trabajo. Cada vno le lastimó quanto más pudo: los ojos en vella, los oydos en oylla, las manos en tocalla.

CELESTINA.— ¿Que la has tocado dizes? Mucho me espantas.

CALISTO.— Entre sueños, digo.

CELESTINA.— ¿En sueños?

CALISTO.— En sueños la veo tantas noches, que temo me acontezca como a Alcibíades o a Sócrates, que el vno soñó que se veya embuelto en el manto de su amiga e otro día matáronle, e no houo quien le alçasse de la calle ni cubriesse, sino ella con su manto; el otro via que le llamavan por nombre e murió dende a tres días; pero en vida o en muerte, alegre me sería vestir su vestidura.

CELESTINA.— Asaz tienes pena, pues, quando los otros reposan en sus camas, preparas tú el trabajo para sofrir otro día. Esfuérçate, señor, que no hizo Dios a quien desamparasse. Da espacio a tu desseo. Toma este cordón, que, si yo no me muero, yo te daré a su ama.

CALISTO.— ¡O nueuo huésped! ¡O bienauenturado cordón, que tanto poder e merescimiento touiste de ceñir aquel cuerpo, que yo no soy digno de seruir! ¡O ñudos de mi pasión, vosotros enlazastes mis desseos! ¡Dezime si os hallastes presentes en la desconsolada respuesta de aquella a quien vosotros seruís e yo adoro e, por más que trabajo noches e días, no me vale ni aprouecha!

CELESTINA.— Refrán viejo es: quien menos procura, alcança más bien. Pero yo te haré procurando conseguir lo que siendo negligente no haurías. Consuélate, señor, que en vna hora no se ganó Çamora; pero no por esso desconfiaron los combatientes.

CALISTO.— ¡O desdichado! Que las cibdades están con piedras cercadas e a piedras, piedras las vencen; pero esta mi señora tiene el coraçón de azero. No ay metal, que con él pueda; no ay tiro, que le melle. Pues poned escalas en su muro: vnos ojos tiene con que echa saetas, vna lengua de reproches e desuíos, el asiento tiene en parte, que media legua no le pueden poner cerco.

CELESTINA.— ¡Callá, señor!, que el buen atreuimiento de vn solo hombre ganó a Troya. No desconfíes, que vna muger puede ganar otra. Poco has tratado mi casa: no sabes bien lo que yo puedo.

CALISTO.— Quanto, dixeres, señora, te quiero creer, pues tal joya como esta me truxiste. ¡O mi gloria e ceñidero de aquella angélica cintura! Yo te veo e no lo creo. ¡O cordón, cordón! ¿Fuísteme tú enemigo? Dilo cierto. Si lo fuiste, yo te perdono, que de los buenos es propio las culpas perdonar. No lo creo: que, si fueras contrario, no vinieras tan presto a mi poder, saluo si vienes a desculparte. Conjúrote me respondas, por la virtud del gran poder, que aquella señora sobre mí tiene.

CELESTINA.— Cessa ya, señor, esse deuanear, que a mí tienes cansada de escucharte e al cordón, roto de tratarlo.

CALISTO.— ¡O mezquino de mí! Que asaz bien me fuera del cielo otorgado, que de mis braços fueras fecho e texido, no de seda como eres, porque ellos gozaran cada día de rodear e ceñir con deuida reuerencia aquellos miembros, que tú, sin sentir ni gozar de la gloria, siempre tienes abraçados. ¡O qué secretos haurás visto de aquella excelente ymagen!

CELESTINA.— Más verás tú e con más sentido, si no lo pierdes fablando lo que fablas.

CALISTO.— Calla y señora, que él e yo nos entendemos. ¡O mis ojos! Acordaos cómo fuistes causa e puerta, por donde fue mi coraçón llagado, e que aquel es visto fazer daño, que da la causa. Acordaos que soys debdores de la salud. Remirá la medezina, que os viene hasta casa.

SEMPRONIO.— Señor, por holgar con el cordón, no querrás gozar de Melibea.

CALISTO.— ¡Qué loco, desuariado, atajasolazes! ¿Cómo es esso?

SEMPRONIO.— Que mucho fablando matas a ti e a los que te oyen. E assí que perderás la vida o el seso. Qualquiera que falte, basta para quedarte ascuras627. Abreuia tus razones: darás lugar a las de Celestina.

CALISTO.— ¿Enójote, madre, con mi luenga razón o está borracho este moço?

CELESTINA.— Avnque no lo esté, deues, señor, cessar tu razón, dar fin a tus luengas querellas, tratar al cordón como cordón, porque sepas fazer diferencia de fabla, quando con Melibea te veas: no haga tu lengua yguales la persona e el vestido.

CALISTO.— ¡O mi señora, mi madre, mi consoladora! Déjame gozar con este mensajero de mi gloria. ¡O lengua mía!, ¿por qué te impides en otras razones, dexando de adorar presente la excellencia de quien por ventura jamás verás en tu poder? ¡O mis manos! ¡Con qué atreuimiento, con quán poco acatamiento teneys y tratays la triaca de mi llaga! Ya no podrán empecer las yeruas, que aquel crudo caxquillo traya embueltas en su aguda punta. Seguro soy, pues quien dio la herida la cura. ¡O tú, señora, alegría de las viejas mugeres, gozo de las moças, descanso de los fatigados como yo! No me fagas más penado con tu temor, que faze mi vergüença. Suelta la rienda a mi contemplación, déxame salir por las calles con esta joya, porque los que me vieren, sepan que no ay más bienandante hombre que yo.

SEMPRONIO.— No afistoles tu llaga cargándola de más desseo. No es, señor, el solo cordón del que pende tu remedio.

CALISTO.— Bien lo conozco; pero no tengo sofrimiento para me abstener de adorar tan alta empresa.

CELESTINA.— ¿Empresa? Aquélla es empresa, que de grado es dada; pero ya sabes que lo hizo por amor de Dios, para guarecer tus muelas, no por el tuyo, para cerrar tus llagas. Pero si yo viuo, ella boluerá la hoja.

CALISTO.— ¿E la oración?

CELESTINA.— No se me dio por agora.

CALISTO.— ¿Qué fue la causa?

CELESTINA.— La breuedad del tiempo; pero quedó, que si tu pena no afloxase, que tornasse mañana por ella.

CALISTO.— ¿Afloxar? Entonce afloxará mi pena, quando su crueldad.

CELESTINA.— Asaz, señor, basta lo dicho e fecho. Obligada queda, segund lo que mostró, a todo lo que para esta enfermedad yo quisiere pedir, según su poder. Mirá, señor, si esto basta para la primera vista. Yo me voy. Cumple, señor, que si salieres mañana, lleues reboçado vn paño, porque si della fueres visto, no acuse de falsa mi petición.

CALISTO.— E avn cuatro por tu seruicio. Pero dime, pardios, ¿passó más? Que muero por oyr palabras de aquella dulce boca. ¿Cómo fueste tan osada, que, sin la conocer, te mostraste tan familiar en tu entrada e demanda?

CELESTINA.— ¿Sin la conoscer? Quatro años fueron mis vezinas. Tractaua con ellas, hablaua e reya de día e de noche. Mejor me conosce su madre, que a sus mismas manos; avnque Melibea se ha fecho grande, muger discreta, gentil.

PÁRMENO.— Ea, mira, Sempronio, que te digo al oydo.

SEMPRONIO.— Dime, ¿qué dizes?

PÁRMENO.— Aquel atento escuchar de Celestina da materia de alargar en su razón a nuestro amo. Llégate a ella, dale del pie, hagámosle de señas que no espere más; sino que se vaya. Que no hay tan loco hombre nacido, que solo mucho hable.

CALISTO.— ¿Gentil dizes, señora, que es Melibea? Paresce que lo dizes burlando. ¿Ay nascida su par en el mundo? ¿Crió Dios otro mejor cuerpo? ¿Puédense pintar tales faciones, dechado de hermosura? Si oy fuera viua Elena, por quien tanta muerte houo de griegos e troyanos, o la hermosa Pulicena, todas obedescerían a esta señora por quien yo peno. Si ella se hallara presente en aquel debate de la mançana con las tres diosas, nunca sobrenombre de discordia le pusieran. Porque sin contrariar ninguna, todas concedieran e vivieran conformes en que la lleuara Melibea. Assí que se llamara mançana de concordia. Pues quantas oy son nascidas, que della tengan noticia, se maldizen, querellan a Dios, porque no se acordó dellas, quando a esta mi señora hizo. Consumen sus vidas, comen sus carnes con embidia, danles siempre crudos martirios, pensando con artificio ygualar con la perfición, que sin trabajo dotó a ella natura. Dellas, pelan sus cejas con tenazicas e pegones e a cordelejos; dellas, buscan las doradas yeruas, rayzes, ramas e flores para hazer lexías, con que sus cabellos semejassen a los della, las caras martillando, enuistiéndolas en diuersos matizes con vngüentos e vnturas, aguas fuertes, posturas blancas e coloradas, que por evitar prolixidad no las cuento. Pues la que todo esto falló fecho, mirá si merece de vn triste hombre como yo ser seruida.

CELESTINA.— Bien te entiendo, Sempronio. Déxale, que él caerá de su asno. Ya acaba.

CALISTO.— En la que toda la natura se remiró por la fazer perfeta. Que las gracias, que en todas repartió, las juntó en ella. Allí hizieron alarde quanto más acabadas pudieron allegarse, porque conociessen los que la viessen, quanta era la grandeza de su pintor. Solo vn poco de agua clara con vn ebúrneo peyne basta para exceder a las nacidas en gentileza. Éstas son sus armas. Con estas mata e vence, con estas me catiuó, con estas me tiene ligado e puesto en dura cadena.

CELESTINA.— Calla e no te fatigues. Que más aguda es la lima, que yo tengo, que fuerte essa cadena, que te atormenta. Yo la cortaré con ella, porque tú quedes suelto. Por ende, dáme licencia, que es muy tarde, e déxame lleuar el cordón, porque tengo del necessidad.

CALISTO.— ¡O desconsolado de mí! La fortuna aduersa me sigue junta. Que contigo o con el cordón o con entramos quisiera yo estar acompañado esta noche luenga e escura. Pero, pues no ay bien complido en esta penosa vida, venga entera la soledad. ¡Moços!, ¡moços!

PÁRMENO.— Señor.

CALISTO.— Acompaña a esta señora hasta su casa e vaya con ella tanto plazer e alegría, quanta comigo queda tristeza e soledad.

CELESTINA.— Quede, señor, Dios contigo. Mañana será mi buelta, donde mi manto e la respuesta vernán a vn punto; pues oy no huvo tiempo. E súfrete, señor, e piensa en otras cosas.

CALISTO.— Esso no, que es eregía oluidar aquella por quien la vida me aplaze.

El sétimo aucto

ARGUMENTO DEL SÉTIMO AUTO:

CELESTINA habla con Pármeno, induziéndole a concordia e amistad de Sempronio. Tráele Pármeno a memoria la promessa, que le hiziera, de le fazer auer a Areusa, qu' él mucho amaua. Vanse a casa de Areusa. Queda ay la noche Pármeno. Celestina va para su casa. Llama a la puerta. Elicia le viene a abrir, increpándole su tardança.

PÁRMENO, CELESTINA, AREUSA, ELICIA.

CELESTINA.— Pármeno hijo, después de las passadas razones, no he hauido oportuno tiempo para te dezir e mostrar el mucho amor, que te tengo e asimismo cómo de mi hoca todo el mundo ha oydo hasta agora en absencia de ti. La razón no es menester repetirla, porque yo te tenía por hijo, a lo menos quasi adotiuo, e assí que imitavas a natural; e tú dasme el pago en mi presencia, paresciéndote mal quanto digo, susurrando e murmurando contra mí en presencia de Calisto. Bien pensaua yo que, después que concediste en mi buen consejo, que no hauías de tornarte atrás. Todavía me parece que te quedan reliquias vanas, hablando por antojo, más que por razón. Desechas el prouecho por contentar la lengua. Óyeme, si no me has oydo, e mira que soy vieja e el buen consejo mora en los viejos e de los mancebos es propio el deleyte. Bien creo que de tu yerro sola la edad tiene culpa. Espero en Dios que serás mejor para mí de aquí adelante, e mudarás el ruyn propósito con la tierna edad. Que, como disen, múdanse costumbres con la mudança del cabello e variación; digo, hijo, cresciendo e viendo cosas nueuas cada día. Porque la mocedad en solo lo presente se impide e ocupa a mirar; mas la madura edad no dexa presente ni passado ni por venir. Si tú touieras memoria, hijo Pármeno, del pasado amor, que te tuue, la primera posada, que tomaste venido nueuamente en esta cibdad, auía de ser la mía. Pero los moços curays poco de los viejos. Regísvos a sabor de paladar. Nunca pensays que teneys ni haueys de tener necessidad dellos. Nunca pensays en enfermedades. Nunca pensays que os puede faltar esta florezilla de juuentud. Pues mira, amigo, que para tales necessidades, como estas, buen acorro es vna vieja conoscida, amiga, madre e más que madre, buen mesón para descansar sano, buen hospital para sanar enfermo, buena bolsa para necessidad, buena arca para guardar dinero en prosperidad, buen fuego de inuierno rodeado de asadores, buena sombra de verano, buena tauerna para comer e beuer. ¿Qué dirás, loquillo, a todo esto? Bien sé que estás confuso por lo que oy has hablado. Pues no quiero más de ti. Que Dios no pide más del pecador, de arrepentirse e emendarse. Mira a Sempronio. Yo le fize hombre, de Dios en ayuso. Querría que fuesedes como hermanos, porque, estando bien con él, con tu amo e con todo el mundo lo estarías. Mira que es bienquisto, diligente, palanciano, buen seruidor, gracioso. Quiere tu amistad. Crecería vuestro prouecho, dandoos el vno al otro la mano ni aun havría más privados con vuestro amo, que vosotros. E pues sabe que es menester que ames, si quieres ser amado, que no se tornan truchas, etc., ni te lo deue Sempronio de fuero, simpleza es no querer amar e esperar de ser amado, locura es pagar el amistad con odio.

PÁRMENO.— Madre, para contigo digo que mi segundo yerro te confiesso e, con perdón de lo passado, quiero que ordenes lo por venir. Pero con Sempronio me paresce que es impossible sostenerse mi amistad. El es desuariado, yo malsufrido: conciértame essos amigos.

CELESTINA.— Pues no era essa tu condición.

PÁRMENO.— A la mi fe, mientras más fue creciendo, mas la primera paciencia me oluidaua. No soy el que solía e assímismo Sempronio no ay ni tiene en que me aproueche.

CELESTINA.— El cierto amigo en la cosa incierta se conosce, en las aduersidades se prueua. Entonces se allega e con más desseo visita la casa, que la fortuna próspera desamparó. ¿Qué te diré, fijo, de las virtudes del buen amigo? No ay cosa más amada ni más rara. Ninguna carga rehusa. Vosotros soys yguales. La paridad de las costumbres e la semejança de los coraçones es la que más la sostiene. Cata, hijo, que, si algo tienes, guardado se te está. Sabe tú ganar más, que aquello ganado lo fallaste. Buen siglo aya aquel padre, que lo trabajó. No se te puede dar hasta que viuas más reposado e vengas en edad complida.

PÁRMENO.— ¿A qué llamas reposado, tía?

CELESTINA.— Hijo, a viuir por ti, a no andar por casas agenas, lo qual siempre andarás, mientra no te supieres aprouechar de tu seruicio. Que de lástima, que houe de verte roto, pedí oy manto, como viste, a Calisto. No por mi manto; pero porque, estando el sastre en casa e tú delante sin sayo, te le diesse. Assí que, no por mi prouecho, como yo sentí que dixiste; más por el tuyo. Que si esperas al ordinario galardón destos galanes, es tal, que lo que en diez años sacarás atarás en la manga. Goza tu mocedad, el buen día, la buena noche, el buen comer o beuer. Quando pudieres hauerlo, no lo dexes. Piérdase lo que se perdiere. No llores tú la fazienda, que tu amo heredó, que esto te lleuarás deste mundo, pues no le tenemos más de por nuestra vida. ¡O hijo mío Pármeno! Que bien te puedo dezir fijo, pues tanto tiempo te crié. Toma mi consejo, pues sale con limpio deseo de verte en alguna honrra. ¡O quan dichosa me hallaría en que tú e Sempronio estuuiesedes muy conformes, muy amigos, hermanos en todo, viéndoos venir a mi pobre casa a holgar, a verme e avn a desenojaros con sendas mochachas!

PÁRMENO.— ¿Mochachas, madre mía?

CELESTINA.— ¡Alahé! Mochachas digo; que viejas, harto me soy yo. Qual se la tiene Sempronio e avn sin hauer tanta razón ni tenerle tanta afición como a ti. Que de las entrañas me sale quanto te digo.

PÁRMENO.— Señora, ¿no viues engañada?

CELESTINA.— E avnque lo viua, no me pena mucho, que también lo hago por amor de Dios e por verte solo en tierra agena e más por aquellos huessos de quien te me encomendó. Que tú serás hombre e vernás en buen conocimiento e verdadero e dirás: la vieja Celestina bien me consejaua.

PÁRMENO.— E avn agora lo siento; avnque soy moço. Que, avnque oy veyas que aquello dezía, no era porque me paresciesse mal lo que tú fazías; pero porque veya que le consejaua yo lo cierto e me daua malas gracias. Pero de aquí adelante demos tras él. Faz de las tuyas, que yo callaré. Que ya tropecé en no te creer cerca deste negocio con él.

CELESTINA.— Cerca deste e de otros tropeçarás e caerás, mientra no tomares mis consejos, que son de amiga verdadera.

PÁRMENO.— Agora doy por bienempleado el tiempo, que siendo niño te seruí, pues tanto fruto trae para la mayor edad. E rogaré a Dios por el anima de mi padre, que tal tutriz me dexó e de mi madre, que a tal muger me encomendó.

CELESTINA.— No me la nombres, fijo, por Dios, que se me hinchen los ojos de agua. ¿E tuue yo en este mundo otra tal amiga? ¿Otra tal compañera? ¿Tal aliuiadora de mis trabajos e fatigas? ¿Quién suplía mis faltas? ¿Quién sabía mis secretos? ¿A quién descubría mi coraçón? ¿Quién era todo mi bien e descanso, sino tu madre, más que mi hermana e comadre? ¡O qué graciosa era! ¡O qué desembuelta, limpia, varonil! Tan sin pena ni temor se andaua a media noche de cimenterio en cimenterio, buscando aparejos para nuestro oficio, como de día. Ni dexava christianos ni moros ni judíos, cuyos enterramientos no visitaua. De día los acechaua, de noche los desterraua. Assí se holgaua cola la noche escura, como tú con el día claro; dezía que aquella era capa de pecadores. ¿Pues maña no tenía con todas las otras gracias? Una cosa te diré, porque veas qué madre perdiste; avnque era para callar. Pero contigo todo passa. Siete dientes quitó a vn ahorcado con vnas tenazicas de pelacejas, mientra yo le descalcé los çapatos. Pues entraua en vn cerco mejor que yo e con más esfuerço; avnque yo tenía farto buena fama, más que agora, que por mis pecados todo se oluidó con su muerte. ¿Qué más quieres, sino que los mesmos diablos la hauían miedo? Atemorizados e espantados los tenía con las crudas bozes, que les daua. Assí era ella dellos conocida, como tú en tu casa. Tumbando venían vnos sobre otros a su llamado. No le osauan dezir mentira, según la fuerça con que los apremiaua. Después que la perdí, jamás les oy verdad.

PÁRMENO.— No la medre Dios más a esta vieja, que ella me da plazer con estos loores de sus palabras.

CELESTINA.— ¿Qué dizes, mi honrrado Pármeno mi hijo e más que hijo?

PÁRMENO.— Digo que ¿cómo tenía esa ventaja mi madre, pues las palabras que ella e tú dezíades eran todas vnas?

CELESTINA.— ¿Cómo? ¿E deso te marauillas? ¿No sabes que dize el refrán que mucho va de Pedro a Pedro? Aquella gracia de mi comadre no la alcançáuamos todas. ¿No as visto en los oficios vnos buenos e otros mejores? Assí era tu madre, que Dios aya, la prima de nuestro oficio e por tal era de todo el mundo conocida e querida, assí de caualleros como clérigos, casados, viejos, moços e niños. ¿Pues moças e donzellas? Assí rogauan a Dios por su vida, como de sus mismos padres. Con todos tenía quehazer, con todos fablaua. Si salíamos por la calle, quantos topauamos eran sus ahijados. Que fue su principal oficio partera diez e seys años. Así que, avnque tú no sabías sus secretos, por la tierna edad que auías, agora es razón que los sepas, pues ella es finada e tú hombre.

PÁRMENO.— Dime, señora, quando la justicia te mandó prender, estando yo en tu casa, ¿teníades mucho conocimiento?

CELESTINA.— ¿Si teníamos me dizes? ¡Cómo por burla! Juntas lo hizimos, juntas nos sintieron, juntas nos prendieron e acusaron, juntas nos dieron la pena essa vez, que creo que fue la primera. Pero muy pequeño eras tú. Yo me espanto cómo te acuerdas, que es la cosa, que más oluidada está en la cibdad. Cosas son que pasan por el mundo. Cada día verás quien peque e pague, si sales a esse mercado.

PÁRMENO.— Verdad es; pero del pecado lo peor es la perseuerancia. Que assí como el primer mouimiento no es en mano del hombre, assí el primer yerro; donde dizen que quien yerra e se emienda etc.

CELESTINA.— Lastimásteme, don loquillo. A las verdades nos andamos. Pues espera, que yo te tocaré donde te duela.

PÁRMENO.— ¿Qué dizes, madre?

CELESTINA.— Hijo, digo que, sin aquella, prendieron quatro veces a tu madre, que Dios aya, sola. E avn la vna le leuantaron que era bruxa, porque la hallaron de noche con vnas candelillas, cogiendo tierra de vna encruzijada, e la touieron medio día en vna escalera en la plaça, puesto vno como rocadero pintado en la cabeça. Pero cosas son que passan. Algo han de sofrir los hombres en este triste mundo para sustentar sus vidas e honrras. E mira en qué poco lo tuuo con su buen seso, que ni por esso dexó dende en adelante de vsar mejor su oficio. Esto ha venido por lo que dezías del perseuerar en lo que vna vez se yerra. En todo tenía gracia. Que en Dios e en mi conciencia, avn en aquella escalera estaua e parecía que a todos los debaxo no tenía en vna blanca, según su meneo e presencia. Assí que los que algo son como ella e saben e valen, son los que más presto yerran. Verás quien fue Virgilio e qué tanto supo; mas ya haurás oydo cómo estouo en vn cesto colgado de vna torre, mirándole toda Roma. Pero por eso no dejó de ser honrrado ni perdió el nombre de Virgilio.

PÁRMENO.— Verdad es lo que dizes; pero esso no fue por justicia.

CELESTINA.— ¡Calla, bouo! Poco sabes de achaque de yglesia e quánto es mejor por mano de justicia, que de otra manera. Sabíalo mejor el cura, que Dios aya, que, viniéndole a consolar, dixo que la sancta Escriptura tenía que bienauenturados eran los que padescían persecución por la justicia, que aquellos posseerían el reyno de los cielos. Mira si es mucho passar algo en este mundo por gozar de la gloria del otro. E mas que, según todos dezían, a tuerto e sin razón e con falsos testigos e rezios tormentos la hizieron aquella vez confessar lo que no era. Pero con su buen esfuerço. E como el coraçón abezado a sofrir haze las cosas más leues de lo que son, todo lo tuuo en nada. Que mill vezes le oya dezir: si me quebré el pie, fue por mi bien, porque soy más conocida que antes. Assí que todo esto pasó tu buena madre acá, deuemos creer que le dará Dios buen pago allá, si es verdad lo que nuestro cura nos dixo e con esto me consuelo. Pues seme tú, como ella, amigo verdadero e trabaja por ser bueno, pues tienes a quien parezcas. Que lo que tu padre te dexó a buen seguro lo tienes.

PÁRMENO.— Bien lo creo, madre; pero querría saber qué tanto es.

CELESTINA.— No puede ser agora; verná tiempo, como te dixe, para que lo sepas e lo oyas.

PÁRMENO.— Agora dexemos los muertos e las herencias; que si poco me dexaron, poco hallaré; hablemos en los presentes negocios, que nos va más que en traer los passados a la memoria. Bien se te acordará, no ha mucho que me prometiste que me harías hauer a Areusa quando en mi casa te dixe cómo moría por sus amores.

CELESTINA.— Si te lo prometí, no lo he oluidado ni creas que he perdido con los años la memoria. Que más de tres xaques he rescebido de mí sobre ello en tu absencia. Ya creo que estará bien madura. Vamos de camino por casa, que no se podrá escapar de mate. Que esto es lo menos, que yo por ti tengo de hazer.

PÁRMENO.— Yo ya desconfiaua de la poder alcançar, porque jamás podía acabar con ella que me esperasse a poderle dezir vna palabra. E como dizen, mala señal es de amor huyr e boluer la cara. Sentía en mí gran desfuzia desto.

CELESTINA.— No tengo en mucho tu desconfiança, no me conosciendo ni sabiendo, como agora, que tienes tan de tu mano la maestra destas labores. Pues agora verás quánto por mi causa vales, quánto con las tales puedo, quánto sé en casos de amor. Anda passo. ¿Ves aquí su puerta? Entremos quedo, no nos sientan sus vezinas. Atiende e espera debaxo desta escalera. Sobiré yo a uer qué se podrá fazer sobre lo hablado e por ventura haremos más que tú ni yo traemos pensado.

AREUSA.— ¿Quién anda ay? ¿Quién sube a tal hora en mi cámara?

CELESTINA.— Quien no te quiere mal, cierto; quien nunca da passo, que no piense en tu prouecho; quien tiene más memoria de ti, que de sí mesma: vna enamorada tuya, avnque vieja.

AREUSA.— ¡Válala el diablo a esta vieja, con qué viene como huestantigua a tal hora! Tía, señora, ¿qué buena venida es esta tan tarde? Ya me desnudaua para acostar.

CELESTINA.— ¿Con las gallinas, hija? Así se hará la hazienda. ¡Andar!, ¡passe! Otro es el que ha de llorar las necessidades, que no tú. Yerua pasce quien lo cumple. Tal vida quienquiera se la quería.

AREUSA.— ¡Jesú! Quiérome tornar a vestir, que he frío.

CELESTINA.— No harás, por mi vida; si no éntrate en la cama, que desde allí hablaremos.

AREUSA.— Assí goze de mí, pues que lo he bien menester, que me siento mala oy todo el día. Assí que necessidad, más que vicio, me fizo tomar con tiempo las sáuanas por faldetas.

CELESTINA.— Pues no estés asentada; acuéstate e métete debaxo de la ropa, que paresces serena.

AREUSA.— Bien me dizes, señora tía.

CELESTINA.— ¡Ay como huele toda la ropa en bulléndote! ¡A osadas, que está todo a punto! Siempre me pagué de tus cosas e hechos, de tu limpieza e atauío. ¡Fresca que estás! ¡Bendígate Dios! ¡Qué sáuanas e colcha! ¡Qué almohadas! ¡E qué blancura! Tal sea mi vejez, quál todo me parece perla de oro. Verás si te quiere bien quien te visita a tales horas. Déxame mirarte toda, a mi voluntad, que me huelgo.

AREUSA.— ¡Passo, madre, no llegues a mí, que me fazes coxquillas e prouócasme a reyr e la risa acreciéntame el dolor!

CELESTINA.— ¿Qué dolor, mis amores? ¿Búrlaste, por mi vida, comigo?

AREUSA.— Mal gozo vea de mí, si burlo; sino que ha quatro horas, que muero de la madre, que la tengo sobida en los pechos, que me quiere sacar deste mundo. Que no soy tan vieja como piensas.

CELESTINA.— Pues dame lugar, tentaré. Que avn algo sé yo deste mal por mi pecado, que cada vna se tiene o ha tenido su madre e sus çoçobras della.

AREUSA.— Más arriba la siento, sobre el estómago.

CELESTINA.— ¡Bendígate Dios e señor Sant Miguel, ángel! ¡E qué gorda e fresca que estás! ¡Qué pechos e qué gentileza! Por hermosa te tenía hasta agora, viendo lo que todos podían ver; pero agora te digo que no ay en la cibdad tres cuerpos tales como el tuyo, en quanto yo conozco. No paresce que hayas quinze años. ¡O quién fuera hombre e tanta parte alcançara de ti para gozar tal vista! Por Dios, pecado ganas en no dar parte destas gracias a todos los que bien te quieren. Que no te las dio Dios para que pasasen en balde por la frescor de tu juuentud debaxo de seys dobles de paño e lienço. Cata que no seas auarienta de lo que poco te costó. No atesores tu gentileza. Pues es de su natura tan comunicable como el dinero. No seas el perro del ortolano. E pues tú no puedes de ti propia gozar, goze quien puede. Que no creas que en balde fueste criada. Que, cuando nasce ella, nasce él e, quando él, ella. Ninguna cosa ay criada al mundo superflua ni que con acordada razón no proueyesse della natura. Mira que es pecado fatigar e dar pena a los hombres, podiéndolos remediar.

AREUSA.— Alábame agora, madre, e no me quiere ninguno. Dame algún remedio para mi mal e no estés burlando de mí.

CELESTINA.— Deste tan común dolor todas somos, ¡mal pecado!, maestras. Lo que he visto a muchas fazer e lo que a mí siempre aprouecha, te diré. Porque como las calidades de las personas son diuersas, assí las melezinas hazen diuersas sus operaciones e diferentes. Todo olor fuerte es bueno, assí como poleo, ruda, axiensos, humo de plumas de perdiz, de romero, de moxquete, de encienso. Recebido con mucha diligencia, aprouecha e afloxa el dolor e buelue peco a poco la madre a su lugar. Pero otra cosa hallaua yo siempre mejor que todas e ésta no te quiero dezir, pues tan santa te me hazes.

AREUSA.— ¿Qué, por mi vida, madre? Vesme penada ¿e encúbresme la salud?

CELESTINA.— ¡Anda, que bien me entiendes, no te hagas boua!

AREUSA.— ¡Ya!, ¡ya! Mala landre me mate, si te entendía. ¿Pero qué quieres que haga? Sabes que se partió ayer aquel mi amigo con su capitán a la guerra. ¿Hauía de fazerle ruyndad?

CELESTINA.— ¡Verás e qué daño e qué gran ruyndad!

AREUSA.— Por cierto, sí sería. Que me da todo lo que he menester, tiéneme honrrada, fauoréceme e trátame como si fuesse su señora.

CELESTINA.— Pero avnque todo esso sea, mientra no parieres, nunca te faltará este mal e dolor que agora, de lo qual él deue ser causa. E si no crees en dolor, cree en color, e verás lo que viene de su sola compañía.

AREUSA.— No es sino mi mala dicha. Maldición mala, que mis padres me echaron. ¿Qué, no está ya por prouar todo esso? Pero dexemos esso, que es tarde e dime a qué fue tu buena venida.

CELESTINA.— Ya sabes lo que de Pármeno te oue dicho. Quéxasseme que avn verle no le quieres. No sé porqué, sino porque sabes que le quiero yo bien e le tengo por hijo. Pues por cierto, de otra manera miro yo tus cosas, que hasta tus vezinas me parescen bien e se me alegra el coraçón cada vez que las veo, porque se que hablan contigo.

AREUSA.— ¿No viues, tía señora, engañada?

CELESTINA.— No lo sé. A las obras creo; que las palabras, de balde las venden dondequiera. Pero el amor nunca se paga sino con puro amor e a las obras con obras. Ya sabes el debdo, que ay entre ti e Elicia, la qual tiene Sempronio en mi casa. Pármeno e él son compañeros, siruen a este señor, que tú conoces e por quien tanto fauor podrás tener. No niegues lo que tan poco fazer te cuesta. Vosotras, parientas; ellos, compañeros: mira cómo viene mejor medido, que lo queremos. Aquí viene comigo. Verás si quieres que suba.

AREUSA.— ¡Amarga de mí, si nos ha oydo!

CELESTINA.— No, que abaxo queda. Quiérole hazer subir. Resciba tanta gracia, que le conozcas e hables e muestres buena cara. E si tal te paresciere, goze él de ti e tú dél. Que, avnque él gane mucho, tú no pierdes nada.

AREUSA.— Bien tengo, señora, conoscimiento cómo todas tus razones, estas e las passadas, se endereçan en mi prouecho; pero ¿cómo quieres que haga tal cosa, que tengo a quien dar cuenta, como has oydo e, si soy sentida, matarme ha? Tengo vezinas embidiosas. Luego lo dirán. Assí que, avnque no aya más mal de perderle, será más que ganaré en agradar al que me mandas.

CELESTINA.— Esso, que temes, yo lo provey primero, que muy passo entramos.

AREUSA.— No lo digo por esta noche, sino por otras muchas.

CELESTINA.— ¿Cómo? ¿E dessas eres? ¿Dessa manera te tratas? Nunca tú harás casa con sobrado. Absente le has miedo; ¿qué harías, si estouiesse en la cibdad? En dicha me cabe, que jamás cesso de dar consejo a bouos e todavía ay quien yerre; pero no me marauillo, que es grande el mundo e pocos los esperimentados. ¡Ay!, ¡ay!, hija, si viesses el saber de tu prima e qué tanto le ha aprouechado mi criança e consejos e qué gran maestra está. E avn ¡que no se halla ella mal con mis castigos! Que vno en la cama e otro en la puerta e otro, que sospira por ella en su casa, se precia de tener. E con todos cumple e a todos muestra buena cara e todos piensan que son muy queridos e cada vno piensa que no ay otro e que él solo es priuado e él solo es el que le da lo que ha menester. ¿E tú piensas que con dos, que tengas, que las tablas de la cama lo han de descobrir? ¿De vna sola gotera te mantienes? ¡No te sobrarán muchos manjares! ¡No quiero arrendar tus excamochos! Nunca vno me agradó, nunca en vno puse toda mi afición. Más pueden dos e más quatro e más dan e más tienen e más ay en qué escoger. No ay cosa más perdida, hija, que el mur, que no sabe sino vn horado. Si aquel le tapan, no haurá donde se esconda del gato. Quien no tiene sino vn ojo, ¡mira a quanto peligro anda! Vna alma sola ni canta ni llora; vn solo acto no haze hábito; vn frayle solo pocas vezes lo encontrarás por la calle; vna perdiz sola por marauilla buela mayormente en verano; vn manjar solo continuo presto pone hastío; vna golondrina no haze verano; vn testigo solo no es entera fe; quien sola vna ropa tiene, presto la enuegece. ¿Qué quieres, hija, deste número de vno? Más inconuenientes te diré dél, que años tengo acuestas. Ten siquiera dos, que es compañía loable e tal qual es éste: como tienes dos orejas, dos pies e dos manos, dos sáuanas en la cama; como dos camisas para remudar. E si más quisieres, mejor te yrá, que mientra más moros, más ganancia; que honrra sin prouecho, no es sino como anillo en el dedo. E pues entrambos no caben en vn saco, acoge la ganancia. —Sube, hijo Pármeno.

AREUSA.— ¡No suba! ¡Landre me mate!, que me fino de empacho, que no le conozco. Siempre houe vergüença dél.

CELESTINA.— Aquí estoy yo que te la quitaré e cobriré e hablaré por entramos: que otro tan empachado es él.

PÁRMENO.— Señora, Dios salue tu graciosa presencia.

AREUSA.— Gentilhombre, buena sea tu venida.

CELESTINA.— Llégate acá, asno. ¿Adónde te vas allá assentar al rincón? No seas empachado, que al hombre vergonçoso el diablo le traxo a palacio. Oydme entrambos lo que digo. Ya sabes tú, Pármeno amigo, lo que te prometí, e tú, hija mía, lo que te tengo rogado. Dexada aparte la dificultad con que me lo has concedido, pocas razones son necessarias, porque el tiempo no lo padece. Él ha siempre viuido penado por ti. Pues, viendo su pena, sé que no le querrás matar e avn conozco que él te paresce tal, que no será malo para quedarse acá esta noche en casa.

AREUSA.— Por mi vida, madre, que tal no se haga; ¡Jesú!, no me lo mandes.

PÁRMENO.— Madre mía, por amor de Dios, que no salga yo de aquí sin buen concierto. Que me ha muerto de amores su vista. Ofréscele quanto mi padre te dexó para mí. Dile que le daré quanto tengo. ¡Ea!, díselo, que me parece que no me quiere mirar.

AREUSA.— ¿Qué te dize esse señor a la oreja? ¿Piensa que tengo de fazer nada de lo que pides?

CELESTINA.— No dize, hija, sino que se huelga mucho con tu amistad, porque eres persona tan honrrada e en quien qualquier beneficio cabrá bien. E assimismo que, pues que esto por mi intercessión se hace, que el me promete d'aquí adelante ser muy amigo de Sempronio e venir en todo lo que quisiere contra su amo en un negocio, que traemos entre manos. ¿Es verdad, Pármeno? ¿Prometeslo assí como digo?

PÁRMENO.— Sí prometo, sin dubda.

CELESTINA.— ¡Ha, don ruyn!, palabra te tengo, a buen tiempo te así. Llégate acá, negligente, vergonçoso, que quiero ver para quánto eres, ante que me vaya. Retóçala en esta cama.

AREUSA.— No será él tan descortés, que entre en lo vedado sin licencia.

CELESTINA.— ¿En cortesías e licencias estás? No espero más aquí yo, fiadora que tú amanezcas sin dolor e él sin color. Mas como es vn putillo, gallillo, barbiponiente, entiendo que en tres noches no se le demude la cresta. Destos me mandauan a mí comer en mi tiempo los médicos de mi tierra, quando tenía mejores dientes.

AREUSA.— Ay, señor mío, no me trates de tal manera; ten mesura por cortesía; mira las canas de aquella vieja honrrada, que están presentes; quítate allá, que no soy de aquellas que piensas; no soy de las que públicamente están a vender sus cuerpos por dinero. Assí goze de mí, de casa me salga, si fasta que Celestina mi tía sea yda a mi ropa tocas.

CELESTINA.— ¿Qué es eso, Areusa? ¿Qué son estas estrañezas y esquiuedad, estas nouedades e retraymiento? Paresce, hija, que no sé yo qué cosa es esto, que nunca vi estar mi hombre con vna muger juntos e que jamás passé por ello ni gozé de lo que gozas e que no sé lo que passan e lo que dizen e hazen. ¡Guay de quien tal oye como yo! Pues auísote, de tanto, que fuy errada como tú e tuue amigos; pero nunca el viejo ni la vieja echaua de mi lado ni su consejo en público ni en mis secretos. Para la muerte que a Dios deuo, más quisiera vna gran bofetada en mitad de mi cara. Paresce que ayer nascí, según tu encubrimiento. Por hazerte a ti honesta, me hazes a mí necia e vergonçosa e de poco secreto e sin esperiencia o me amenguas en mi officio por alçar a ti en el tuyo. Pues de cossario a cossario no se pierden sino los barriles. Más te alabo yo detrás, que tú te estimas delante.

AREUSA.— Madre, si erré aya perdón e llégate mas acá y él haga lo que quisiere. Que más quiero tener a ti contenta, que no a mí; antes me quebraré vn ojo que enojarte.

CELESTINA.— No tengo ya enojo; pero dígotelo para adelante. Quedaos adiós, que voyme solo porque me hazés dentera con vuestro besar e retojar. Que avn el sabor en las enzías me quedó: no le perdí con las muelas.

AREUSA.— Dios vaya contigo.

PÁRMENO.— Madre, ¿mandas que te acompañe?

CELESTINA.— Sería quitar a vn sancto para poner en otro. Acompáñeos Dios; que yo vieja soy, que no he temor que me fuercen en la calle.

ELICIA.— El perro ladra. ¿Si viene este diablo de vieja?

CELESTINA.— Tha, tha, tha.

ELICIA.— ¿Quién es? ¿Quién llama?

CELESTINA.— Báxame abrir, fija.

ELICIA.— ¿Éstas son tus venidas? Andar de noche es tu plazer. ¿Por qué lo hazes? ¿Qué larga estada fue ésta, madre? Nunca sales para boluer a casa. Por costumbre lo tienes. Cumpliendo con vno, dexas ciento desconcertos. Que has sido oy buscada del padre de la desposada, que leuaste el día de pasqua al racionero; que la quiere casar d'aquí a tres días e es menester que la remedies, pues que se lo prometiste, para que no sienta su marido la falta de la virginidad.

CELESTINA.— No me acuerdo, hija, por quien dizes.

ELICIA.— ¿Cómo no te acuerdas? Desacordada eres, cierto. ¡O como caduca la memoria! Pues, por cierto, tú me dixiste, quando la leuauas, que la auías renouado siete vezes.

CELESTINA.— No te marauilles, hija, que quien en muchas partes derrama su memoria, en ninguna la puede tener. Pero, dime si tornará.

ELICIA.— ¡Mirá si tornará! Tiénete dada vna manilla de oro en prendas de tu trabajo ¿e no hauía de venir?

CELESTINA.— ¿La de la manilla es? Ya sé por quien dizes. ¿Por qué tú no tomauas el aparejo, e començauas a hazer algo? Pues en aquellas tales te hauías de abezar e prouar, de quantas vezes me lo as visto fazer. Si no, ay te estarás toda tu vida, fecha bestia sin oficio ni renta. E quando seas de mi edad, llorarás la folgura de agora. Que la mocedad ociosa acarrea la vejez arrepentida e trabajosa. Hazíalo yo mejor, quando tu abuela, que Dios aya, me mostraua este oficio: que a cabo de vn año, sabía más que ella.

ELICIA.— No me marauillo, que muchas vezes, como dizen, al maestro sobrepuja el buen discípulo. E no va esto, sino en la gana con que se aprende. Ninguna sciencia es bienempleada en el que no le tiene afición. Yo le tengo a este oficio odio; tú mueres tras ello.

CELESTINA.— Tú te lo dirás todo. Pobre vejez quieres. ¿Piensas que nunca has de salir de mi lado?

ELICIA.— Por Dios, dexemos enojo e al tiempo el consejo. Ayamos mucho plazer. Mientra oy touiéremos de comer, no pensemos en mañana. También se muere el que mucho allega como el que pobremente viue e el doctor como el pastor e el papa como el sacristán e el señor como el sieruo e el de alto linaje como el baxo e tú con oficio como yo sin ninguno. No hauemos de viuir para siempre. Gozemos e holguemos, que la vejez pocos la veen e de los que la veen ninguno murió de hambre. No quiero en este mundo, sino día e victo e parte en parayso. Avnque los ricos tienen mejor aparejo para ganar la gloria, que quien poco tiene. No ay ninguno contento, no ay quien diga: harto tengo; no ay ninguno, que no trocasse mi plazer por sus dineros. Dexemos cuydados agenos e acostémonos, que es hora. Que más me engordará vn buen sueño sin temor, que quanto thesoro ay en Venecia.

El octauo aucto

ARGUMENTO DEL OCTAUO AUTO:

La mañana viene. Despierta Pármeno. Despedido de Areusa, va para casa de Calisto su señor. Falla a la puerta a Sempronio. Conciertan su amistad. Van juntos a la cámara de Calisto. Hállanle hablando consigo mismo. Leuantado, va a la yglesia.

SEMPRONIO, PÁRMENO, AREUSA, CALISTO.

PÁRMENO.— ¿Amanesce o qué es esto, que tanta claridad está en esta cámara?

AREUSA.— ¿Qué amanecer? Duerme, señor, que avn agora nos acostamos. No he yo pegado bien los ojos, ¿ya hauía de ser de día? Abre, por Dios, essa ventana de tu cabecera e verlo has.

PÁRMENO.— En mi seso estó yo, señora, que es de día claro, en ver entrar luz entre las puertas. ¡O traydor de mí! ¡En qué gran falta he caydo con mi amo! De mucha pena soy digno. ¡O qué tarde que es!

AREUSA.— ¿Tarde?

PÁRMENO.— E muy tarde.

AREUSA.— Pues así goze de mi alma, no se me ha quitado el mal de la madre. No sé cómo pueda ser.

PÁRMENO.— ¿Pues qué quieres, mi vida?

AREUSA.— Que hablemos en mi mal.

PÁRMENO.— Señora mía, si lo hablado no basta, lo que más es necessario me perdona, porque es ya mediodía. Si voy más tarde, no seré bien recebido de mi amo. Yo verné mañana e quantas vezes después mandares. Que por esso hizo Dios vn día tras otro, porque lo que el vno no bastasse, se cumpliesse en otro. E avn porque más nos veamos, reciba de ti esta gracia, que te vayas oy a las doze del día a comer con nosotros a su casa de Celestina.

AREUSA.— Que me plaze, de buen grado. Ve con Dios, junta tras ti la puerta.

PÁRMENO.— Adiós te quedes.

PÁRMENO.— ¡O plazer singular! ¡O singular alegría! ¿Quál hombre es ni ha sido más bienauenturado que yo? ¿Quál más dichoso e bienandante? ¡Qué vn tan excelente don sea por mí posseído e quan presto pedido tan presto alcançado! Por cierto, si las trayciones desta vieja con mi coraçón yo pudiesse sofrir, de rodillas hauía de andar a la complazer. ¿Con qué pagaré yo esto? ¡O alto Dios! ¿A quién contaría yo este gozo? ¿A quién descubriría tan gran secreto? ¿A quién daré parte de mi gloria? Bien me dezía la vieja que de ninguna prosperidad es buena la posesión sin compañía. El plazer no comunicado no es plazer. ¿Quién sentiría esta mi dicha, como yo la siento? A Sempronio veo a la puerta de casa. Mucho ha madrugado. Trabajo tengo con mi amo, si es salido fuera. No será, que no es acostumbrado; pero, como agora no anda en su seso, no me marauillo que aya peruertido su costumbre.

SEMPRONIO.— Pármeno hermano, si yo supiesse aquella tierra, donde se gana el sueldo dormiendo, mucho haría por yr allá, que no daría ventaja a ninguno: tanto ganaría como otro qualquiera. ¿E cómo, holgazán, descuydado, fueste para no tornar? No sé qué crea de tu tardança, sino que te quedaste a escallentar la vieja esta noche o a rascarle los pies, como quando chiquito.

PÁRMENO.— ¡O Sempronio, amigo e más que hermano! Por Dios, no corrompas mi plazer, no mezcles tu yra con mi sofrimiento, no rebueluas tu descontentamiento con mi descanso, no agües con tan turbia agua el claro liquor del pensamiento, que traygo, no enturuies con tus embidiosos castigos e odiosas reprehensiones mi plazer. Recíbeme con alegría e contarte he marauillas de mi buena andança passada.

SEMPRONIO.— Dilo, dilo. ¿Es algo de Melibea? ¿Hasla visto?

PÁRMENO.— ¿Qué de Melibea? Es de otra, que yo más quiero e avn tal que, si no estoy engañado, puede viuir con ella en gracia e hermosura. Sí, que no se encerró el mundo e todas sus gracias en ella.

SEMPRONIO.— ¿Qué es esto, desuariado? Reyrme quería, sino que no puedo. ¿Ya todos amamos? El mundo se va a perder. Calisto a Melibea, yo a Elicia, tú de embidia has buscado con quien perder esse poco de seso, que tienes.

PÁRMENO.— ¿Luego locura es amar e yo soy loco e sin seso? Pues si la locura fuesse dolores, en cada casa auría bozes.

SEMPRONIO.— Según tu opinión, sí es. Que yo te he oydo dar consejos vanos a Calisto e contradezir a Celestina en quanto habla e, por impedir mi prouecho e el suyo, huelgas de no gozar tu parte. Pues a las manos me has venido, donde te podré dañar e lo haré.

PÁRMENO.— No es, Sempronio, verdadera fuerça ni poderío dañar e empecer; mas aprouechar e guarecer e muy mayor, quererlo hazer. Yo siempre te tuue por hermano. No se cumpla, por Dios, en ti lo que se dize, que pequeña causa desparte conformes amigos. Muy mal me tratas. No sé donde nazca este rencor. No me indignes, Sempronio, con tan lastimeras razones. Cata que es muy rara la paciencia, que agudo baldón no penetre e traspasse.

SEMPRONIO.— No digo mal en esto; si no que se eche otra sardina para el moço de cauallos, pues tú tienes amiga.

PÁRMENO.— Estás enojado. Quiérote sofrir, avnque más mal me trates, pues dizen que ninguna humana passión es perpetua ni durable.

SEMPRONIO.— Más maltratas tu a Calisto, aconsejando a él lo que para ti huyes, diziendo que se aparte de amar a Melibea, hecho tablilla de mesón, que para sí no tiene abrigo e dale a todos. ¡O Pármeno! Agora podrás ver quán facile cosa es reprehender vida agena e quán duro guardar cada qual la suya. No digas más, pues tú eres testigo. E d'aquí adelante veremos cómo te has, pues ya tienes tu escudilla como cada qual. Si tú mi amigo fueras, en la necessidad, que de ti tuue, me hauías de fauorecer e ayudar a Celestina en mi prouecho; que no fincar vn clauo de malicia a cada palabra. Sabe que, como la hez de la tauerna despide a los borrachos, así la aduersidad o necessidad al fingido amigo: luego se descubre el falso metal, dorado por encima.

PÁRMENO.— Oydo lo hauía dezir e por esperiencia lo veo, nunca venir plazer sin contraria çoçobra en esta triste vida. A los alegres, serenos e claros soles, nublados escuros e pluuias vemos suceder; a los solazes e plazeres, dolores e muertes los ocupan; a las risas e deleytes, llantos e lloros e passiones mortales los siguen; finalmente, a mucho descanso e sosiego, mucho pesar e tristeza. ¿Quién pudiera tan alegre venir, como yo agora? ¿Quién tan triste recebimiento padescer? ¿Quién verse, como yo me vi, con tanta gloria, alcançada con mi querida Areusa? ¿Quién caer della, siendo tan maltratado tan presto, como yo de ti? Que no me has dado lugar a poderte dezir quánto soy tuyo, quánto te he de fauorecer en todo, quánto soy arepiso de lo passado, quántos consejos e castigos buenos he recebido de Celestina en tu fauor e prouecho e de todos. Como, pues, este juego de nuestro amo e Melibea está entre las manos, podemos agora medrar o nunca.

SEMPRONIO.— Bien me agradan tus palabras, si tales touiesses las obras, a las quales espero para auerte de creer. Pero, por Dios, me digas qué es esso, que dixiste de Areusa. ¡Paresce que conozcas tú a Areusa, su prima de Elicia!

PÁRMENO.— ¿Pues qué es todo el plazer que traygo, sino hauerla alcançado?

SEMPRONIO.— ¡Cómo se lo dice el bouo! ¡De risa no puede hablar! ¿A qué llamas hauerla alcançado? ¿Estaua a alguna ventana o qué es esso?

PÁRMENO.— A ponerla en duda si queda preñada o no.

SEMPRONIO.— Espantado me tienes. Mucho puede el continuo trabajo: vna continua gotera horaca vna piedra.

PÁRMENO.— Verás qué tan continuo, que ayer lo pensé: ya la tengo por mía.

SEMPRONIO.— ¡La vieja anda por ay!

PÁRMENO.— ¿En qué lo vees?

SEMPRONIO.— Que ella me hauía dicho que te quería mucho e que te la haría hauer. Dichoso fuiste: no hiziste sino llegar e recabdar. Por esto dizen: más vale a quien Dios ayuda, que quien mucho madruga. Pero tal padrino touiste.

PÁRMENO.— Di madrina, que es más cierto. Así que, quien a buen árbol se arrima… Tarde fuy; pero temprano recabdé. ¡O hermano!, ¿qué te contaría de sus gracias de aquella muger, de su habla e hermosura de cuerpo? Pero quede para más oportunidad.

SEMPRONIO.— ¿Puede ser sino prima de Elicia? No me dirás tanto, quanto estotra no tenga más. Todo te creo. Pero ¿qué te cuesta? ¿Hasle dado algo?

PÁRMENO.— No, cierto. Mas, avnque houiera, era bienempleado: de todo bien es capaz. En tanto son las tales tenidas, quanto caras son compradas; tanto valen, quanto cuestan. Nunca mucho costó poco, sino a mí esta señora. A comer la combidé para casa de Celestina e, si te plaze, vamos todos allá.

SEMPRONIO.— ¿Quién, hermano?

PÁRMENO.— Tú e ella e allá está la vieja e Elicia. Aueremos plazer.

SEMPRONIO.— ¡O Dios!, e cómo me has alegrado. Franco eres, nunca te faltaré. Como te tengo por hombre, como creo que Dios te ha de hazer bien, todo el enojo, que de tus passadas fablas tenía, se me ha tornado en amor. No dudo ya tu confederación con nosotros ser la que deue. Abraçarte quiero. Seamos como hermanos, ¡vaya el diablo para ruyn! Sea lo passado question de Sant Juan e assí paz para todo el año. Que las yras de los amigos siempre suelen ser reintegración del amor. Comamos e holguemos, que nuestro amo ayunará por todos.

PÁRMENO.— ¿E qué haze el desesperado?

SEMPRONIO.— Allí está tendido en el estrado cabo la cama, donde le dexaste anoche. Que ni ha dormido ni está despierto. Si allá entro, ronca; si me salgo, canta o deuanea. No le tomo tiento, si con aquello pena o descansa.

PÁRMENO.— ¿Qué dizes? ¿E nunca me ha llamado ni ha tenido memoria de mí?

SEMPRONIO.— No se acuerda de sí, ¿acordarse ha de ti?

PÁRMENO.— Avn hasta en esto me ha corrido buen tiempo. Pues assí es, mientra recuerda, quiero embiar la comida, que la adrecen.

SEMPRONIO.— ¿Qué has pensado embiar, para que aquellas loquillas te tengan por hombre complido, biencriado e franco?

PÁRMENO.— En casa llena presto se adereça cena. De lo que ay en la despensa basta para no caer en falta. Pan blanco, vino de Monuiedro, vn pernil de toçino. E más seys pares de pollos, que traxeron estotro día los renteros de nuestro amo. Que si los pidiere, harele creer que los ha comido. E las tórtolas, que mandó para oy guardar, diré que hedían. Tú serás testigo. Ternemos manera cómo a él no haga mal lo que dellas comiere e nuestra mesa esté como es razón. E allá hablaremos largamente en su daño e nuestro prouecho con la vieja cerca destos amores.

SEMPRONIO.— ¡Más, dolores! Que por fe tengo que de muerto o loco no escapa desta vez. Pues que assí es, despacha, subamos a ver qué faze.

CALISTO:

En gran peligro me veo:

En mi muerte no ay tardança,

Pues que me pide el deseo

Lo que me niega esperança.

PÁRMENO.— Escucha, escucha, Sempronio. Trobando está nuestro amo.

SEMPRONIO.— ¡O hideputa, el trobador! El gran Antipater Sidonio, el gran poeta Ouidio, los quales de improuiso se les venían las razones metrificadas a la boca. ¡Sí, sí, desos es! ¡Trobará el diablo! Está deuaneando entre sueños.

CALISTO:

Coraçón, bien se te emplea

Que penes e viuas triste,
Pues tan presto te venciste
Del amor de Melibea.

PÁRMENO.— ¿No digo yo que troba?

CALISTO.— ¿Quién fabla en la sala? ¡Moços!

PÁRMENO.— Señor.

CALISTO.— ¿Es muy noche? ¿Es hora de acostar?

PÁRMENO.— ¡Mas ya es, señor, tarde para leuantar!

CALISTO.— ¿Qué dizes loco? ¿Toda la noche es passada?

PÁRMENO.— E avn harta parte del día.

CALISTO.— Di, Sempronio, ¿miente este desuariado, que me haze creer que es de día?

SEMPRONIO.— Oluida, señor, vn poco a Melibea e verás la claridad. Que con la mucha, que en su gesto contemplas, no puedes ver de encandelado, como perdiz con la calderuela.

CALISTO.— Agora lo creo, que tañen a missa. Daca mis ropas, yré a la Madalena. Rogaré a Dios aderece e Celestina e ponga en coraçón a Melibea mi remedio o dé fin en breue a mis tristes días.

SEMPRONIO.— No te fatigues tanto, no lo quieras todo en vna hora. Que no es de discretos desear con grande eficacia lo que se puede tristemente acabar. Si tú pides que se concluya en vn día lo que en vn año sería harto, no es mucha tu vida.

CALISTO.— ¿Quieres dezir que soy como el moço del escudero gallego?

SEMPRONIO.— No mande Dios que tal cosa yo diga, que eres mi señor. E demás desto, sé que, como me galardonas el buen consejo, me castigarías lo malhablado. Verdad es que nunca es ygual la alabança del seruicio o buena habla, que la reprehensión e pena de lo malhecho o hablado.

CALISTO.— No sé quién te abezó tanta filosofía, Sempronio.

SEMPRONIO.— Señor, no es todo blanco aquello, que de negro no tiene semejança ni es todo oro quanto amarillo reluze. Tus acelerados deseos, no medidos por razón, hazen parecer claros mis consejos. Quisieras tú ayer que te traxeran a la primera habla amanojada e embuelta en su cordón a Melibea, como si houieras embiado por otra qualquiera mercaduría a la plaça, en que no houiera más trabajo de llegar e pagalla. Da, señor, aliuio al coraçón, que en poco espacio de tiempo no cabe gran bienauenturança. Vn solo golpe no derriba vn roble. Apercíbete con sofrimiento, porque la providencia es cosa loable e el apercibimiento resiste el fuerte combate.

CALISTO.— Bien has dicho, si la qualidad de mi mal lo consintiesse.

SEMPRONIO.— ¿Para qué, señor, es el seso, si la voluntad priua a la razón?

CALISTO.— ¡O loco, loco! Dize el sano al doliente: Dios te dé salud. No quiero consejo ni esperarte más razones, que más aviuas e enciendes las flamas, que me consumen. Yo me voy solo a missa e no tornaré a casa fasta que me llameys, pidiéndome las albricias de mi gozo con la buena venida de Celestina. Ni comeré hasta entonce; avnque primero sean los cauallos de Febo apacentados en aquellos verdes prados, que suelen, quando han dado fin a su jornada.

SEMPRONIO.— Dexa, señor, essos rodeos, dexa essas poesías, que no es habla conueniente la que a todos no es común, la que todos no participan, la que pocos entienden. Di: avnque se ponga el sol, e sabrán todos lo que dizes. E come alguna conserua, con que tanto espacio de tiempo te sostengas.

CALISTO.— Sempronio, mi fiel criado, mi buen consejero, mi leal seruidor, sea como a ti te paresce. Porque cierto tengo, según tu limpieça de seruicio, quieres tanto mi vida como la tuya.

SEMPRONIO.— ¿Créeslo tú, Pármeno? Bien sé que no lo jurarías. Acuérdate, si fueres por conserua, apañes vn bote para aquella gentezilla, que nos va más e a buen entendedor… En la bragueta cabrá.

CALISTO.— ¿Qué dizes, Sempronio?

SEMPRONIO.— Dixe, señor, a Pármeno que fuesse por vna tajada de diacitrón.

PÁRMENO.— Héla aquí, señor.

CALISTO.— Daca.

SEMPRONIO.— Verás qué engullir haze el diablo. Entero lo quería tragar por más apriesa hazer.

CALISTO.— El alma me ha tornado. Quedaos con Dios, hijos. Esperad la vieja e yd por buenas albricias.

PÁRMENO.— ¡Allá yrás con el diablo, tú e malos años!, ¡e en tal hora comiesses el diacitrón, como Apuleyo el veneno, que le conuertió en asno!

El noueno aucto

ARGUMENTO DEL NOUENO AUTO:

SEMPRONIO e Pármeno van a casa de Celestina, entre sí hablando. Llegados allá, hallan a Elicia e Areusa. Pónense a comer. Entre comer riñe Elicia con Sempronio. Leuántase de la mesa. Tórnanla apaciguar. Estando ellos todos entre sí razonando, viene Lucrecia, criada de Melibea, llaman a Celestina, que vaya a estar con Melibea.

SEMPRONIO, PÁRMENO, ELICIA, CELESTINA, AREUSA, LUCRECIA.

SEMPRONIO.— Baxa, Pármeno, nuestras capas e espadas, si te parece que es hora que vamos a comer.

PÁRMENO.— Vamos presto. Ya creo que se quexarán de nuestra tardança. No por essa calle, sino por estotra, porque nos entremos por la yglesia e veremos si ouiere acabado Celestina sus deuociones: lleuarla hemos de camino.

SEMPRONIO.— A donosa hora ha de estar rezando.

PÁRMENO.— No se puede dezir sin tiempo fecho lo que en todo tiempo se puede fazer.

SEMPRONIO.— Verdad es; pero mal conoces a Celestina. Quando ella tiene que hazer, no se acuerda de Dios ni cura de santidades. Quando ay que roer en casa, sanos están los santos; quando va a la yglesia con sus cuentas en la mano, no sobra el comer en casa. Avnque ella te crió, mejor conozco yo sus propriedades que tú. Lo que en sus cuentas reza es los virgos, que tiene a cargo e quántos enamorados ay en la cibdad e quántas moças tiene encomendadas e qué despenseros le dan ración e qual lo mejor e como les llaman por nombre, porque quando los encontrare no hable como estraña e qué canónigo es más moro e franco. Quando menea los labios es fengir mentiras, ordenar cautelas para hauer dinero: por aquí le entraré, esto me responderá, estotro replicaré. Así viue esta, que nosotros mucho honrramos.

PÁRMENO.— Mas que esso sé yo; sino, porque te enojaste estotro día, no quiero hablar; quando lo dixe a Calisto.

SEMPRONIO.— Avnque lo sepamos para nuestro prouecho, no lo publiquemos para nuestro daño. Saberlo nuestro amo es echalla por quien es e no curar della. Dexándola, verná forçado otra, de cuyo trabajo no esperemos parte, como desta, que de grado o por fuerça nos dará de lo que le diere.

PÁRMENO.— Bien has dicho. Calla, que está abierta la puerta. En casa está. Llama antes que entres, que por ventura están embueltas e no querrán ser assí vistas.

SEMPRONIO.— Entra, no cures, que todos somos de casa. Ya ponen la mesa.

CELESTINA.— ¡O mis enamorados, mis perlas de oro! ¡Tal me venga el año, qual me parece vuestra venida!

PÁRMENO.— ¡Qué palabras tiene la noble! Bien ves, hermano, estos halagos fengidos.

SEMPRONIO.— Déxala, que deso viue. Que no sé quién diablos le mostró tanta ruyndad.

PÁRMENO.— La necessidad e pobreza, la hambre. Que no ay mejor maestra en el mundo, no ay mejor despertadora e aviuadora de ingenios. ¿Quién mostró a las picaças e papagayos ymitar nuestra propia habla con sus harpadas lenguas, nuestro órgano e boz, sino ésta?

CELESTINA.— ¡Mochachas!, ¡mochachas!, ¡bouas! Andad acá baxo, presto, que están aquí dos hombres, que me quieren forçar.

ELICIA.— ¡Mas nunca acá vinieran! ¡E mucho combidar con tiempo! Que ha tres horas que está aquí mi prima. Este perezoso de Sempronio haurá sido causa de la tardança, que no ha ojos por do verme.

SEMPRONIO.— Calla, mi señora, mi vida, mis amores. Que quien a otro sirue, no es libre. Assí que sujeción me relieua de culpa. No ayamos enojo, assentémonos a comer.

ELICIA.— ¡Assí! ¡Para assentar a comer, muy diligente! ¡A mesa puesta con tus manos lauadas e poca vergüença!

SEMPRONIO.— Despés reñiremos; comamos agora. Assiéntate, madre Celestina, tú primero.

CELESTINA.— Assentaos vosotros, mis hijos, que harto lugar ay para todos, a Dios gracias: tanto nos diessen del parayso, quando allá vamos. Poneos en orden, cada vno cabe la suya; yo, que estoy sola, porné cabo mí este jarro e taça, que no es más mi vida de quanto con ello hablo. Despés que me fuy faziendo vieja, no sé mejor oficio a la mesa, que escanciar. Porque quien la miel trata, siempre se le pega dello. Pues de noche en inuierno no ay tal escallentador de cama. Que con dos jarrillos destos, que beua, quando me quiero acostar, no siento frío en toda la noche. Desto aforro todos mis vestidos, quando viene la nauidad; esto me callenta la sangre; esto me sostiene continuo en vn ser; esto me faze andar siempre alegre; esto me para fresca; desto vea yo sobrado en casa, que nunca temeré el mal año. Que vn cortezón de pan ratonado me basta para tres días. Esto quita la tristeza del coraçón, más que el oro ni el coral; esto da esfuerço al moço e al viejo fuerça, pone color al descolorido, coraje al couarde, al floxo diligencia, conforta los celebros, saca el frío del estómago, quita el hedor del anélito, haze potentes los fríos, haze suffrir los afanes de las labranças, a los cansados segadores haze sudar toda agua mala, sana el romadizo e las muelas, sostiénese sin heder en la mar, lo qual no haze el agua. Más propriedades te diría dello, que todos teneys cabellos. Assí que no sé quien no se goze en mentarlo. No tiene sino vna tacha, que lo bueno vale caro e lo malo haze daño. Assí que con lo que sana el hígado enferma la bolsa. Pero todavía con mi fatiga busco lo mejor, para esso poco que beuo. Vna sola dozena de vezes a cada comida. No me harán passar de allí, saluo si no soy combidada como agora.

PÁRMENO.— Madre, pues tres vezes dizen que es bueno e honesto todos los que escriuieron.

CELESTINA.— Hijos, estará corrupta la letra, por treze tres.

SEMPRONIO.— Tía señora, a todos nos sabe bien. ¡Comiendo e hablando! Porque despés no haurá tiempo para entender en los amores deste perdido de nuestro amo e de aquella graciosa e gentil Melibea.

ELICIA.— ¡Apártateme allá, dessabrido, enojoso! ¡Mal prouecho te haga lo que comes!, tal comida me has dado. Por mi alma, reuesar quiero quanto tengo en el cuerpo, de asco de oyrte llamar aquella gentil. ¡Mirad quién gentil! ¡Jesú, Jesú!, ¡e qué hastío e enojo es ver tu poca vergüença! ¿A quién, gentil? ¡Mal me haga Dios, si ella lo es ni tiene parte dello: sino que ay ojos, que de lagaña se agradan! Santiguarme quiero de tu necedad e poco conocimiento. ¡O quién estouiesse de gana para disputar contigo su hermosura e gentileza! ¿Gentil es Melibea? Entonce lo es, entonce acertarán, quando andan a pares los diez mandamientos. Aquella hermosura por vna moneda se compra de la tienda. Por cierto, que conozco yo en la calle donde ella viue quatro donzellas, en quien Dios más repartió su gracia, que no en Melibea. Que si algo tiene de hermosura, es por buenos atauíos, que trae. Poneldos a vn palo, también direys que es gentil. Por mi vida, que no lo digo por alabarme; mas creo que soy tan hermosa como vuestra Melibea.

AREUSA.— Pues no la has tu visto como yo, hermana mía. Dios me lo demande, si en ayunas la topasses, si aquel día pudieses comer de asco. Todo el año se está encerrada con mudas de mill suziedades. Por vna vez que aya de salir donde pueda ser vista, enuiste su cara con hiel e miel, con vnas tostadas e higos passados e con otras cosas, que por reuerencia de la mesa dexo de dezir. Las riquezas las hazen a estas hermosas e ser alabadas; que no las gracias de su cuerpo. Que assí goze de mí, vnas tetas tiene, para ser donzella, como si tres vezes houiesse parido: no parecen sino dos grandes calabaças. El vientre no se le he visto; pero, juzgando por lo otro, creo que le tiene tan floxo, como vieja de cincuenta años. No sé qué se ha visto Calisto, porque dexa de amar otras, que más ligeramente podría hauer e con quien más él holgasse; sino que el gusto dañado muchas vezes juzga por dulce lo amargo.

SEMPRONIO.— Hermana, paréceme aquí que cada bohonero alaba sus agujas, que el contrario desso se suena por la cibdad.

AREUSA.— Ninguna cosa es más lexos de verdad que la vulgar opinión. Nunca alegre viuirás, si por voluntad de muchos te riges. Porque estas son conclusiones verdaderas, que qualquier cosa, que el vulgo piensa, es vanidad; lo que fabla, falsedad; lo que reprueua es bondad; lo que aprueua, maldad. E pues este es su más cierto vso e costumbre, no juzgues la bondad e hermosura de Melibea por esso ser la que afirmas.

SEMPRONIO.— Señora, el vulgo parlero no perdona las tachas de sus señores e así yo creo que, si alguna touiesse Melibea, ya sería descubierta de los que con ella más que con nosotros tratan. E avnque lo que dizes concediesse. Calisto es cauallero, Melibea fijadalgo: assí que los nacidos por linaje escogido búscanse vnos a otros. Por ende no es de marauillar que ame antes a ésta que a otra.

AREUSA.— Ruyn sea quien por ruyn se tiene. Las obras hazen linaje, que al fin todos somos hijos de Adán e Eua. Procure de ser cada vno bueno por sí e no vaya buscar en la nobleza de sus passados la virtud.

CELESTINA.— Hijos, por mi vida que cessen essas razones de enojo. E tú, Elicia, que te tornes a la mesa e dexes essos enojos.

ELICIA.— Con tal que mala pro me hiziesse, con tal que rebentasse en comiéndolo. ¿Hauía yo de comer con esse maluado, que en mi cara me ha porfiado que es más gentil su andrajo de Melibea, que yo?

SEMPRONIO.— Calla, mi vida, que tú la comparaste. Toda comparación es odiosa: tú tienes la culpa e no yo.

AREUSA.— Ven, hermana, a comer. No hagas agora, esse plazer a estos locos porfiados; si no, leuantarme he yo de la mesa.

ELICIA.— Necessidad de complazerte me haze contentar a esse enemigo mío e vsar de virtud con todos.

SEMPRONIO.— ¡He!, ¡he!, ¡he!

ELICIA.— ¿De qué te ríes? ¡De mal cancre sea comida essa boca desgraciada, enojosa!

CELESTINA.— No le respondas, hijo; si no, nunca acabaremos. Entendamos en lo que faze a nuestro caso. Dezidme, ¿cómo quedó Calisto? ¿Cómo lo dexastes? ¿Cómo os pudistes entramos descabullir dél?

PÁRMENO.— Allá fue a la maldición, echando fuego, desesperado, perdido, medio loco, a missa a la Magdalena, a rogar a Dios que te dé gracia, que puedas bien roer los huessos destos pollos e protestando no boluer a casa hasta oyr que eres venida con Melibea en tu arremango. Tu saya e manto e avn mi sayo, cierto está: lo otro vaya e venga. El quándo lo dará no lo sé.

CELESTINA.— Sea quando fuere. Buenas son mangas passada la pasqua. Todo aquello alegra, que con poco trabajo se gana, mayormente viniendo de parte donde tan poca mella haze, de hombre tan rico, que con los saluados de su casa podría yo salir de lazería, según lo mucho le sobra. No les duele a los tales lo que gastan e según la causa por que lo dan; no sienten con el embeuecimiento del amor, no les pena, no veen, no oyen. Lo qual yo juzgo por otros, que he conocido menos apassionados e metidos en este fuego de amor, que a Calisto veo. Que ni comen ni beuen, ni ríen ni lloran, ni duermen ni velan, ni hablan ni callan, ni penan ni descansan, ni están contentos ni se quexan, según la perplexidad de aquella dulce e fiera llaga de sus coraçones. E si alguna cosa destas la natural necessidad les fuerça a hazer, están en el acto tan oluidados, que comiendo se oluida la mano de lleuar la vianda a la boca. Pues si con ellos hablan, jamás conueniente respuesta bueluen. Allí tienen los cuerpos; con sus amigas los coraçones e sentidos. Mucha fuerça tiene el amor: no solo la tierra, más avn las mares traspassa, según su poder. Ygual mando tiene en todo género de hombres.

Todas las dificultades quiebra. Ansiosa cosa es, temerosa e solícita. Todas las cosas mira en derredor. Assí que, si vosotros buenos enamorados haués sido, juzgarés yo dezir verdad.

SEMPRONIO.— Señora, en todo concedo con tu razón, que aquí está quien me causó algún tiempo andar fecho otro Calisto, perdido el sentido, cansado el cuerpo, la cabeça vana, los días mal dormiendo, las noches todas velando, dando alboradas, haziendo momos, saltando paredes, poniendo cada día la vida al tablero, esperando toros, corriendo cauallos, tirando barra, echando lança, cansando amigos, quebrando espadas, haziendo escalas, vistiendo armas e otros mill actos de enamorado, haziendo coplas, pintando motes, sacando inuenciones. Pero todo lo doy por bienempleado, pues tal joya gané.

ELICIA.— ¡Mucho piensas que me tienes ganada! Pues hágote cierto que no has tu buelto la cabeça, quando está en casa otro que más quiero, más gracioso que tú e avn que no anda buscando cómo me dar enojo. A cabo de vn año, que me vienes a uer, tarde e con mal.

CELESTINA.— Hijo, déxala dezir, que deuanea. Mientra más desso la oyeres, más se confirma en su amor. Todo es porque haués aquí alabado a Melibea. No sabe en otra cosa, que os lo pagar, sino en dezir esso e creo que no vee la hora de hauer comido para lo que yo me sé. Pues esotra su prima yo me la conozco. Gozá vuestras frescas mocedades, que quien tiempo tiene e mejor le espera, tiempo viene, que se arrepiente. Como yo hago agora por algunas horas, que dexé perder, quando moça, quando me preciauan, quando me querían. Que ya, ¡mal pecado!, caducado he, nadie no me quiere. ¡Que sabe Dios mi buen desseo! Besaos e abraçaos, que a mí no me queda otra cosa sino gozarme de vello. Mientra a la mesa estays, de la cinta arriba todo se perdona. Quando seays aparte, no quiero poner tassa, pues que el rey no la pone. Que yo sé por las mochachas, que nunca de importunos os acusen e la vieja Celestina mascará de dentera con sus botas enzías las migajas de los manteles. Bendígaos Dios, ¡cómo lo reys e holgays, putillos, loquillos, trauiessos! ¡En esto auía de parar el nublado de las questioncillas, que aués tenido! ¡Mirá no derribés la mesa!

ELICIA.— Madre, a la puerta llaman. ¡El solaz es derramado!

CELESTINA.— Mira, hija, quién es: por ventura será quien lo acreciente e allegue.

ELICIA.— O la boz me engaña o es mi prima Lucrecia.

CELESTINA.— Ábrela e entre ella e buenos años. Que avn a ella algo se le entiende desto que aquí hablamos; avnque su mucho encerramiento le impide el gozo de su mocedad.

AREUSA.— Assí goze de mí, que es verdad, que estas, que siruen a señoras, ni gozan deleyte ni conocen los dulces premios de amor. Nunca tratan con parientes, con yguales a quien pueden hablar tú por tú, con quien digan: ¿qué cenaste?, ¿estás preñada?, ¿quántas gallinas crías?, llévame a merendar a tu casa; muéstrame tu enamorado; ¿quánto ha que no te vido?, ¿cómo te va con él?, ¿quién son tus vezinas?, e otras cosas de ygualdad semejantes. ¡O tía, y qué duro nombre e qué graue e soberuio es señora contino en la boca! Por esto me viuo sobre mí, desde que me sé conocer. Que jamás me precié de llamarme de otrie; sino mía. Mayormente destas señoras, que agora se vsan. Gástase con ellas lo mejor del tiempo e con vna saya rota de las que ellas desechan pagan seruicio de diez años. Denostadas, maltratadas las traen, contino sojuzgadas, que hablar delante dellas no osan. E quando veen cerca el tiempo de la obligación de casallas, leuántanles vn caramillo, que se echan con el moço o con el hijo o pídenles celos del marido o que meten hombres en casa o que hurtó la taça o perdió el anillo; danles vn ciento de açotes e échanlas la puerta fuera, las haldas en la cabeça, diziendo: allá yrás, ladrona, puta, no destruyrás mi casa e honrra. Assí que esperan galardón, sacan baldón; esperan salir casadas, salen amenguadas, esperan vestidos e joyas de boda, salen desnudas e denostadas. Estos son sus premios, estos son sus beneficios e pagos. Oblíganseles a dar marido, quítanles el vestido. La mejor honrra, que en sus casas tienen, es andar hechas callejeras, de dueña en dueña, con sus mensajes acuestas. Nunca oyen su nombre propio de la boca dellas; sino puta acá, puta acullá. ¿A dó vas tiñosa? ¿Qué heziste, vellaca? ¿Por qué comiste esto, golosa? ¿Cómo fregaste la sartén, puerca? ¿Por qué no limpiaste el manto, suzia? ¿Cómo dixiste esto, necia? ¿Quién perdió el plato, desaliñada? ¿Cómo faltó el paño de manos, ladrona? A tu rufián lo aurás dado. Ven acá, mala muger, la gallina hauada no paresce: pues búscala presto; si no, en la primera blanca de tu soldada la contaré. E tras esto mill chapinazos e pellizcos, palos e açotes. No ay quien las sepa contentar, no quien pueda sofrillas. Su plazer es dar bozes, su gloria es reñir. De lo mejor fecho menos contentamiento muestran. Por esto, madre, he quesido más viuir en mi pequeña casa, esenta e señora, que no en sus ricos palacios sojuzgada e catiua.

CELESTINA.— En tu seso has estado, bien sabes lo que hazes. Que los sabios dizen: que vale más vna migaja de pan con paz, que toda la casa llena de viandas con renzilla. Mas agora cesse esta razón, que entra Lucrecia.

LUCRECIA.— Buena pro os haga, tía e la compañía. Dios bendiga tanta gente e tan honrrada.

CELESTINA.— ¿Tanta, hija? ¿Por mucha has esta? Bien parece que no me conosciste en mi prosperidad, oy ha veynte años. ¡Ay, quien me vido e quien me vee agora, no sé cómo no quiebra su coraçón de dolor! Yo vi, mi amor a esta mesa, donde agora están tus primas assentadas, nueue moças de tus días, que la mayor no passaua de deziocho años e ninguna hauía menor de quatorze. Mundo es, passe, ande su rueda, rodee sus alcaduzes, vnos llenos, otros vazíos. La ley es de fortuna que ninguna cosa en vn ser mucho tiempo permanesce: su orden es mudanças. No puedo dezir sin lágrimas la mucha honrra, que entonces tenía; avnque por mis pecados e mala dicha poco a poco ha venido en diminución. Como declinauan mis días, assí se diminuya e menguaua mi prouecho. Prouerbio es antiguo, que quanto al mundo es o crece o descrece. Todo tiene sus límites, todo tiene sus grados. Mi honrra llegó a la cumbre, según quien yo era: de necessidad es que desmengüe e abaxe. Cerca ando de mi fin. En esto veo que me queda poca vida. Pero bien sé que sobí para decender, florescí para secarme, gozé para entristecerme, nascí para biuir, biuí para crecer, crecí para enuejecer, enuejecí para morirme. E pues esto antes de agora me consta, sofriré con menos pena mi mal; avnque del todo no pueda despedir el sentimiento, como sea de carne sentible formada.

LUCRECIA.— Trabajo tenías, madre, con tantas moças, que es ganado muy trabajoso de guardar.

CELESTINA.— ¿Trabajo, mi amor? Antes descanso e aliuio. Todas me obesdecían, todas me honrrauan, de todas era acatada, ninguna salía de mi querer, lo que yo dezía era lo bueno, a cada qual daua su cobro. No escogían más de lo que yo les mandaua: coxo o tuerto o manco, aquel hauían por sano, que más dinero me daua. Mío era el prouecho, suyo el afán. Pues seruidores, ¿no tenía por su causa dellas? Caualleros viejos e moços, abades de todas dignidades, desde obispos hasta sacristanes. En entrando por la yglesia, vía derrocar bonetes en mi honor, como si yo fuera vna duquesa. El que menos auía que negociar comigo, por más ruyn se tenía De media legua que me viessen, dexauan las Horas. Vno a vno, dos a dos, venían a donde yo estaua, a uer si mandaua algo, a preguntarme cada vno por la suya. Que hombre havía, que estando diziendo missa, en viéndome entrar, se turbaua, que no fazía ni dezía cosa a derechas. Vnos me llamauan señora, otros tía, otros enamorada, otros vieja honrrada. Allí se concertauan sus venidas a mi casa, allí las ydas a la suya, allí se me ofrecían dineros, allí promesas, allí otras dádiuas, besando el cabo de mi manto e avn algunos en la cara, por me tener más contenta. Agora hame traydo la fortuna a tal estado, que me digas: buena pro hagan las çapatas.

SEMPRONIO.— Espantados nos tienes con tales cosas como nos cuentas de essa religiosa gente e benditas coronas. ¡Sí, que no serían todos!

CELESTINA.— No, hijo, ni Dios lo mande que yo tal cosa leuante. Que muchos viejos deuotos hauía con quien yo poco medraua e avn que no me podían ver; pero creo que de embidia de los otros que me hablauan. Como la clerezía era grande, hauía de todos: vnos muy castos, otros que tenían cargo de mantener a las de mi oficio. E avn todavía creo que no faltan. E embiauan sus escuderos e moços a que me acompañassen e, apenas era llegada a mi casa, quando entrauan por mi puerta muchos pollos e gallinas, ansarones, anadones, perdizes, tórtolas, perniles de tocino, tortas de trigo, lechones. Cada qual, como lo recebía de aquellos diezmos de Dios, assí lo venían luego a registrar, para que comiese yo e aquellas sus deuotas. ¿Pues, vino? ¿No me sobraua de lo mejor que se beuía en la ciudad, venido de diuersas partes, de Monuiedro, de Luque, de Toro, de Madrigal, de Sant Martín e de otros muchos lugares, e tantos que, avnque tengo la diferencia de los gustos e sabor en la boca, no tengo la diuersidad de sus tierras en la memoria? Que harto es que vna vieja, como yo, en oliendo qualquiera vino, diga de donde es. Pues otros curas sin renta, no era ofrecido el bodigo, quando, en besando el filigrés la estola, era del primero boleo en mi casa. Espessos, como piedras a tablado, entrauan mochachos cargados de prouisiones por mi puerta. No sé cómo puedo viuir, cayendo de tal estado.

AREUSA.— Por Dios, pues somos venidas a hauer plazer, no llores, madre, ni te fatigues: que Dios lo remediará todo.

CELESTINA.— Harto tengo, hija, que llorar, acordándome de tan alegre tiempo e tal vida como yo tenía, e quan seruida era de todo el mundo. Que jamás houo fruta nueua, de que yo primero no gozasse, que otros supiessen si era nascida. En mi casa se hauía de hallar, si para alguna preñada se buscasse.

SEMPRONIO.— Madre, ningund prouecho trae la memoria del buen tiempo, si cobrar no se puede; antes tristeza. Como a ti agora, que nos has sacado el plazer d'entre las manos. Álcese la mesa. Yrnos hemos a holgar e tú darás respuesta a essa donzella, que aquí es venida.

CELESTINA.— Hija Lucrecia, dexadas estas razones, querría que me dixiesses a qué fue agora tu buena venida.

LUCRECIA.— Por cierto, ya se me hauía oluidado mi principal demanda e mensaje con la memoria de esse tan alegre tiempo como has contado e assí me estuuiera vn año sin comer, escuchándote e pensando en aquella vida buena, que aquellas moças gozarían, que me parece e semeja que estó yo agora en ella. Mi venida, señora, es lo que tú sabrás: pedirte el ceñidero e, demás desto, te ruega mi señora sea de ti visitada e muy presto, porque se siente muy fatigada de desmayos e de dolor del coraçón.

CELESTINA.— Hija, destos dolorcillos tales, más es el ruydo que las nuezes. Marauillada estoy sentirse del coraçón muger tan moça.

LUCRECIA.— ¡Assí te arrastren, traydora! ¿Tú no sabes qué es? Haze la vieja falsa sus hechizos e vasse; después házese de nueuas.

CELESTINA.— ¿Qué dizes, hija?

LUCRECIA.— Madre, que vamos presto e me des el cordón.

CELESTINA.— Vamos, que yo le lleuo.

El décimo aucto

Mientra andan Celestina e Lucrecia por el camino, está hablando Melibea consigo misma, Llegan a la puerta. Entra Lucrecia primero. Haze entrar a Celestina. Melibea, después de muchas razones, descubre a Celestina arder en amor de Calisto. Veen venir a Alisa, madre de Melibea. Despídense d' en vno. Pregunta Alisa a Melibea de los negocios de Celestina, defendiéndole su mucha conuersación.

MELIBEA, CELESTINA, LUCRECIA, ALISA.

MELIBEA.— ¡O lastimada de mí! ¡O malproueyda donzella! ¿E no me fuera mejor conceder su petición e demanda ayer a Celestina, quando de parte de aquel señor, cuya vista me catiuó, me fue rogado, e contentarle a él e sanar a mí, que no venir por fuerça a descobrir mi llaga, quando no me sea agradecido, quando ya, desconfiando de mi buena respuesta, aya puesto sus ojos en amor de otra? ¡Quanta más ventaja touiera mi prometimiento rogado, que mi ofrecimiento forçoso! ¡O mi fiel criada Lucrecia! ¿Qué dirás de mí?, ¿qué pensarás de mi seso, quando me veas publicar lo que a ti jamás he quesido descobrir? ¡Cómo te espantarás del rompimiento de mi honestidad e vergüença, que siempre como encerrada donzella acostumbré tener! No sé si aurás barruntado de dónde proceda mi dolor. ¡O, si ya veniesses con aquella medianera de mi salud! ¡O soberano Dios! A ti, que todos los atribulados llaman, los apassionados piden remedio, los llagados medicina; a ti que los cielos, mar e tierra con los infernales centros obedecen; a ti, el qual todas las cosas a los hombres sojuzgaste, humilmente suplico des a mi herido coraçón sofrimiento e paciencia, con que mi terrible passión pueda dissimular. No se desdore aquella hoja de castidad, que tengo assentada sobre este amoroso desseo, publicando ser otro mi dolor, que no el que me atormenta. Pero ¿cómo lo podré hazer, lastimándome tan cruelmente el ponçoñoso bocado, que la vista de su presencia de aquel cauallero me dio? ¡O género femíneo, encogido e frágile! ¿Por qué no fue también a las hembras concedido poder descobrir su congoxoso e ardiente amor, como a los varones? Que ni Calisto biuiera quexoso ni yo penada.

LUCRECIA.— Tía, detente vn poquito cabo esta puerta. Entraré a uer con quien está hablando mi señora. Entra, entra, que consigo lo ha.

MELIBEA.— Lucrecia, echa essa antepuerta. ¡O vieja sabia e honrrada, tú seas bienvenida! ¿Qué te parece, cómo ha querido mi dicha e la fortuna ha rodeado que yo tuuiesse de tu saber necessidad, para que tan presto me houiesses de pagar en la misma moneda el beneficio, que por ti me fue demandado para esse gentilhombre, que curauas con la virtud de mi cordón?

CELESTINA.— ¿Qué es, señora, tu mal, que assí muestra las señas de su tormento en las coloradas colores de tu gesto?

MELIBEA.— Madre mía, que comen este coraçón serpientes dentro de mi cuerpo.

CELESTINA.— Bien está. Assí lo quería yo. Tú me pagarás, doña loca, la sobra de tu yra.

MELIBEA.— ¿Qué dizes? ¿Has sentido en verme alguna causa, donde mi mal proceda?

CELESTINA.— No me as, señora, declarado la calidad del mal. ¿Quieres que adeuine la causa? Lo que yo digo es que rescibo mucha pena de ver triste tu graciosa presencia.

MELIBEA.— Vieja honrrada, alégramela tú, que grandes nueuas me han dado de tu saber.

CELESTINA.— Señora, el sabidor solo es Dios; pero, como para salud e remedio de las enfermedades fueron repartidas las gracias en las gentes de hallar las melezinas, dellas por esperiencia, dellas por arte, dellas por natural instinto, alguna partezica alcançó a esta pobre vieja, de la qual al presente podrás ser seruida.

MELIBEA.— ¡O qué gracioso e agradable me es oyrte! Saludable es al enfermo la alegre cara del que le visita. Parésceme que veo mi coraçón entre tus manos fecho pedaços. El qual, si tú quisiesses, con muy poco trabajo juntarías con la virtud de tu lengua: no de otra manera que, quando vio en sueños aquel grande Alexandre, rey de Macedonia, en la boca del dragón la saludable rayz con que sanó a su criado Tolomeo del bocado de la bíuora. Pues, por amor de Dios, te despojes para muy diligente entender en mi mal e me des algún remedio.

CELESTINA.— Gran parte de la salud es dessearla, por lo qual creo menos peligroso ser tu dolor. Pero para yo dar, mediante Dios, congrua e saludable melezina, es necessario saber de ti tres cosas. La primera, a qué parte de tu cuerpo más declina e aquexa el sentimiento. Otra, si es nueuamente por ti sentido, porque más presto se curan las tiernas enfermedades en sus principios, que quando han hecho curso en la perseueración de su oficio; mejor se doman los animales en su primera edad, que quando ya es su cuero endurecido, para venir mansos a la melena; mejor crescen las plantas, que tiernas e nueuas se trasponen, que las que frutificando ya se mudan; muy mejor se despide el nueuo pecado, que aquel que por costumbre antigua cometemos cada día. La tercera, si procede de algún cruel pensamiento, que asentó en aquel lugar. E esto sabido, verás obrar mi cura. Por ende cumple que al médico como al confessor se hable toda verdad abiertamente.

MELIBEA.— Amiga Celestina, muger bien sabia e maestra grande, mucho has abierto el camino, por donde mi mal te pueda especificar. Por cierto, tú lo pides como muger bien esperta en curar tales enfermedades. Mi mal es de coraçón, la ysquierda teta es su aposentamiento, tiende sus rayos a todas partes. Lo segundo, es nueuamente nacido en mi cuerpo. Que no pensé jamás que podía dolor priuar el seso, como este haze. Túrbame la cara, quítame el comer, no puedo dormir, ningún género de risa querría ver. La causa o pensamiento, que es la final cosa por ti preguntada de mi mal, ésta no sabré dezir. Porque ni muerte de debdo ni pérdida de temporales bienes ni sobresalto de visión ni sueño desuariado ni otra cosa puedo sentir, que fuesse, saluo la alteración, que tú me causaste con la demanda, que sospeché de parte de aquel cauallero Calisto, quando me pediste la oración.

CELESTINA.— ¿Cómo, señora, tan mal hombre es aquel? ¿Tan mal nombre es el suyo, que en solo ser nombrado trae consigo ponçoña su sonido? No creas que sea essa la causa de tu sentimiento, antes otra que yo barrunto. E pues que assí es, si tú licencia me das, yo, señora, te la diré.

MELIBEA.— ¿Cómo Celestina? ¿Qué es esse nueuo salario, que pides? ¿De licencia tienes tú necessidad para me dar la salud? ¿Quál físico jamás pidió tal seguro para curar al paciente? Di, di, que siempre la tienes de mí, tal que mi honrra no dañes con tus palabras.

CELESTINA.— Véote, señora, por vna parte quexar el dolor, por otra temer la melezina. Tu temor me pone miedo, el miedo silencio, el silencio tregua entre tu llaga e mi melezina. Assí que será causa, que ni tu dolor cesse ni mi venida aproueche.

MELIBEA.— Quanto más dilatas la cura, tanto más me acrecientas e multiplicas la pena e passión. O tus melezinas son de poluos de infamia e licor de corrupción, conficionados con otro más crudo dolor, que el que de parte del paciente se siente, o no es ninguno tu saber. Porque si lo vno o lo otro no abastasse, qualquiera remedio otro darías sin temor, pues te pido le muestres, quedando libre mi honrra.

CELESTINA.— Señora, no tengas por nueuo ser más fuerte de sofrir al herido la ardiente trementina e los ásperos puntos, que lastiman lo llagado e doblan la passión, que no la primera lisión, que dio sobre sano. Pues si tú quieres ser sana e que te descubra la punta de mi sotil aguja sin temor, haz para tus manos e pies vna ligadura de sosiego, para tus ojos vna cobertura de piedad, para tu lengua vn freno de silencio, para tus oydos vnos algodones de sofrimiento e paciencia, e verás obrar a la antigua maestra destas llagas.

MELIBEA.— ¡O como me muero con tu dilatar! Di, por Dios, lo que quisieres, haz lo que supieres, que no podrá ser tu remedio tan áspero, que yguale con mi pena e tormento. Agora toque en mi honrra, agora dañe mi fama, agora lastime mi cuerpo, avnque sea romper mis carnes para sacar mi dolorido coraçón, te doy mi fe ser segura e, si siento afluio, bien galardonada.

LUCRECIA.— El seso tiene perdido mi señora. Gran mal es este. Catiuádola ha esta hechizera.

CELESTINA.— Nunca me ha de faltar vn diablo acá e acullá: escapóme Dios de Pármeno, tópome con Lucrecia.

MELIBEA.— ¿Qué dizes, amada maestra? ¿Qué te fablaua essa moça?

CELESTINA.— No le oy nada. Pero diga lo que dixere, sabe que no ay cosa más contraria en las grandes curas delante los animosos çurujanos, que los flacos coraçones, los quales con su gran lástima, con sus doloriosas hablas, con sus sentibles meneos, ponen temor al enfermo, fazen que desconfíe de la salud e al médico enojan e turban e la turbación altera la mano, rige sin orden la aguja. Por donde se puede conocer claro, que es muy necessario para tu salud que no esté persona delante e assí que la deues mandar salir. E tú, hija Lucrecia, perdona.

MELIBEA.— Salte fuera presto.

LUCRECIA.— ¡Ya!, ¡ya! ¡Todo es perdido! Ya me salgo señora.

CELESTINA.— También me da osadía tu gran pena, como ver que con tu sospecha has ya tragado alguna parte de mi cura; pero todavía es necessario traer más clara melezina e más saludable descanso de casa de aquel cauallero Calisto.

MELIBEA.— Calla, por Dios, madre. No traygan de su casa cosa para mi prouecho ni le nombres aquí.

CELESTINA.— Sufre, señora, con paciencia, que es el primer punto e principal. No se quiebre; si no, todo nuestro trabajo es perdido. Tu llaga es grande, tiene necessidad de áspera cura. E lo duro con duro se ablanda más eficacemente. E dizen los sabios que la cura del lastimero médico, dexa mayor señal e que nunca peligro sin peligro se vence. Ten paciencia, que pocas vezes lo molesto sin molestia se cura. E vn clavo con otro se espele e vn dolor con otro. No concibas odio ni desamor ni consientas a tu lengua dezir mal de persona tan virtuosa como Calisto, que si conocido fuesse…

MELIBEA.— ¡O por Dios, que me matas! ¿E no te tengo dicho que no me alabes esse hombre ni me le nombres en bueno ni en malo?

CELESTINA.— Señora, este es otro e segundo punto, el qual si tú con tu mal sofrimiento no consientes, poco aprouechará mi venida e, si, como prometiste, lo sufres, tú quedarás sana e sin debda e Calisto sin quexa e pagado. Primero te auisé de mi cura e desta inuisible aguja, que sin llegar a ti, sientes en solo mentarla en mi boca.

MELIBEA.— Tantas vezes me nombrarás esse tu cauallero, que ni mi promessa baste ni la fe, que te di, a sofrir tus dichos. ¿De qué ha de quedar pagado? ¿Qué le deuo yo a él? ¿Qué le soy a cargo? ¿Qué ha hecho por mí? ¿Qué necessario es él aquí para el propósito de mi mal? Más agradable me sería que rasgases mis carnes e sacasses mi coraçón, que no traer essas palabras aquí.

CELESTINA.— Sin te romper las vestiduras se lançó en tu pecho el amor: no rasgaré yo tus carnes para le curar.

MELIBEA.— ¿Cómo dizes que llaman a este mi dolor, que assí se ha enseñoreado en lo mejor de mi cuerpo?

CELESTINA.— Amor dulce.

MELIBEA.— Esso me declara qué es, que en solo oyrlo me alegro.

CELESTINA.— Es vn fuego escondido, vna agradable llaga, vn sabroso veneno, vna dulce amargura, vna delectable dolencia, vn alegre tormento, vna dulce e fiera herida, vna blanda muerte.

MELIBEA.— ¡Ay mezquina de mí! Que si verdad es tu relación, dubdosa será mi salud. Porque, según la contrariedad que essos nombres entre sí muestran, lo que al vno fuere prouechoso acarreará al otro más passión.

CELESTINA.— No desconfíe, señora, tu noble juuentud de salud. Que, quando el alto Dios da la llaga, tras ella embía el remedio. Mayormente que sé yo al mundo nascida vna flor, que de todo esto te dé libre.

MELIBEA.— ¿Cómo se llama?

CELESTINA.— No te lo oso dezir.

MELIBEA.— Di, no temas.

CELESTINA.— ¡Calisto! ¡O por Dios, señora Melibea!, ¿qué poco esfuerço es este? ¿Qué descaescimiento? ¡O mezquina yo! ¡Alça la cabeça! ¡O malauenturada vieja! ¡En esto han de parar mis passos! Si muere, matarme han; avnque biua, seré sentida, que ya no podrá sofrirse de no publicar su mal e mi cura. Señora mía Melibea, ángel mío, ¿qué has sentido? ¿Qué es de tu habla graciosa? ¿Qué es de tu color alegre? Abre tus claros ojos. ¡Lucrecia! ¡Lucrecia!, ¡entra presto acá!, verás amortescida a tu señora entre mis manos. Baxa presto por vn jarro de agua.

MELIBEA.— Passo, passo, que yo me esforçaré. No escandalizes la casa.

CELESTINA.— ¡O cuytada de mí! No te descaezcas, señora, háblame como sueles.

MELIBEA.— E muy mejor. Calla, no me fatigues.

CELESTINA.— ¿Pues qué me mandas que faga, perla graciosa? ¿Qué ha sido este tu sentimiento? Creo que se van quebrando mis puntos.

MELIBEA.— Quebróse mi honestidad, quebróse mi empacho, afloxó mi mucha vergüença, e como muy naturales, como muy domésticos, no pudieron tan liuianamente despedirse de mi cara, que no lleuassen consigo su color por algún poco de espacio, mi fuerça, mi lengua e gran parte de mi sentido. ¡O!, pues ya, mi buena maestra, mi fiel secretaria, lo que tú tan abiertamente conoces, en vano trabajo por te lo encubrir. Muchos e muchos días son passados que esse noble cauallero me habló en amor. Tanto me fue entonces su habla enojosa, quanto, después que tú me le tornaste a nombrar, alegre. Cerrado han tus puntos mi llaga, venida soy en tu querer. En mi cordón le lleuaste embuelta la posesión de mi libertad. Su dolor de muelas era mi mayor tormento, su pena era la mayor mía. Alabo e loo tu buen sofrimiento, tu cuerda osadía, tu liberal trabajo, tus solícitos e fieles passos, tu agradable habla, tu buen saber, tu demasiada solicitud, tu prouechosa importunidad. Mucho te deue esse señor e más yo, que jamás pudieron mis reproches aflacar tu esfuerço e perseuerar, confiando en tu mucha astucia. Antes, como fiel seruidora, quando más denostada, más diligente; quando más disfauor, más esfuerço; quando peor respuesta, mejor cara; quando yo más ayrada, tú más humilde. Pospuesto todo temor, has sacado de mi pecho lo que jamás a ti ni a otro pensé descobrir.

CELESTINA.— Amiga e señora mía, no te marauilles, porque estos fines con efecto me dan osadía a sofrir los ásperos e escrupulosos desuíos de las encerradas donzellas como tú. Verdad es que ante que me determinasse, assí por el camino, como en tu casa, estuue en grandes dubdas, si te descobriría mi petición. Visto el gran poder de tu padre, temía; mirando la gentileza de Calisto, osaua; vista tu discreción, me recelaua; mirando tu virtud e humanidad, me esforçaua. En lo vno fablaua el miedo e en lo otro la seguridad. E pues assí, señora, has quesido descubrir la gran merced, que nos has hecho, declara tu voluntad, echa tus secretos en mi regaço, pon en mis manos el concierto deste concierto. Yo daré forma cómo tu desseo e el de Calisto sean en breue complidos.

MELIBEA.— ¡O mi Calisto e mi señor! ¡Mi dulce e suaue alegría! Si tu coraçón siente lo que agora el mío, marauillada estoy cómo la absencia te consiente viuir. ¡O mi madre e mi señora!, haz de manera cómo luego le pueda ver, si mi vida quieres.

CELESTINA.— Ver e hablar.

MELIBEA.— ¿Hablar? Es impossible.

CELESTINA.— Ninguna cosa a los hombres, que quieren hazerla, es impossible.

MELIBEA.— Dime cómo.

CELESTINA.— Yo lo tengo pensado, yo te lo diré: por entre las puertas de tu casa.

MELIBEA.— ¿Quándo?

CELESTINA.— Esta noche.

MELIBEA.— Gloriosa me serás, si lo ordenas. Di a qué hora.

CELESTINA.— A las doze.

MELIBEA.— Pues ve, mi señora, mi leal amiga, e fabla con aquel señor e que venga muy paso e d'allí se dará concierto, según su voluntad, a la hora que has ordenado.

CELESTINA.— Adiós, que viene hazia acá tu madre.

MELIBEA.— Amiga Lucrecia e mi leal criada e fiel secretaria, ya has visto cómo no ha sido más en mi mano. Catiuóme el amor de aquel cauallero. Ruégote, por Dios, se cubra con secreto sello, porque yo goze de tan suaue amor. Tú serás de mi tenida en aquel lugar, que merece tu fiel seruicio.

LUCRECIA.— Señora, mucho antes de agora tengo sentida tu llaga e calado tu desseo. Hame fuertemente dolido tu perdición. Quanto más tú me querías encobrir y celar el fuego, que te quemaua, tanto más sus llamas se manifestauan en la color de tu cara, en el poco sossiego del coraçón, en el meneo de tus miembros, en comer sin gana, en el no dormir. Assí que contino te se cayan, como de entre las manos, señales muy claras de pena. Pero como en los tiempos que la voluntad reyna en los señores o desmedido apetito, cumple a los seruidores obedecer con diligencia corporal e no con artificiales consejos de lengua, sufría con pena, callaua con temor, encobría con fieldad; de manera que fuera mejor el áspero consejo, que la blanda lisonja. Pero, pues ya no tiene tu merced otro medio, sino morir o amar, mucha razón es que se escoja por mejor aquello que en sí lo es.

ALISA.— ¿En qué andas acá, vezina, cada día?

CELESTINA.— Señora, faltó ayer vn poco de hilado al peso e vínelo a cumplir, porque di mi palabra e, traydo, voyme. Quede Dios contigo.

ALISA.— E contigo vaya.

ALISA.— Hija Melibea, ¿qué quería la vieja?

MELIBEA.— Venderme vn poquito de solimán.

ALISA.— Esso creo yo más, que lo que la vieja ruyn dixo. Pensó que recibiría yo pena dello e mintiome. Guarte, hija, della, que es gran traydora. Que el sotil ladrón siempre rodea las ricas moradas. Sabe esta con sus trayciones, con sus falsas mercadurías, mudar los propósitos castos. Daña la fama. A tres vezes, que entra en vna casa, engendra sospecha.

LUCRECIA.— (*Aparte.*) Tarde acuerda nuestra ama.

ALISA.— Por amor mío, hija, que si acá tornare sin verla yo, que no ayas por bien su venida ni la recibas con plazer. Halle en ti onestidad en tu respuesta e jamás boluerá. Que la verdadera virtud más se teme, que espada.

MELIBEA.— ¿Dessas es? ¡Nunca más! Bien huelgo, señora, de ser auisada, por saber de quien me tengo de guardar.

El onzeno aucto

ARGUMENTO DEL ONZENO AUTO:

Despedida Celestina de Melibea, va por la calle sola hablando. Vee a Sempronio e a Pármeno que van a la Magdalena por su señor. Sempronio habla con Calisto, Sobreuiene Celestina. Van a casa de Calisto. Declárale Celestina su mensaje e negocio recaudado con Melibea. Mientra ellos en estas razones están, Pármeno e Sempronio entre sí hablan. Despídese Celestina de Calisto, va para su casa, llama a la puerta. Elicia le viene a abrir. Cenan e vanse a dormir.

CALISTO, CELESTINA, PÁRMENO, SEMPRONIO, ELICIA.

CELESTINA.— ¡Ay Dios, si llegasse a mi casa con mi mucha alegría acuestas! A Pármeno e a Sempronio veo yr a la Magdalena. Tras ellos me voy e, si ay no estouiere Calisto, passaremos a su casa a pedirle las albricias de su gran gozo.

SEMPRONIO.— Señor, mira que tu estada es dar a todo el mundo que dezir. Por Dios, que huygas de ser traydo en lenguas, que al muy deuoto llaman ypócrita. ¿Qué dirán sino que andas royendo los sanctos? Si passión tienes, súfrela en tu casa; no te sienta la tierra. No descubras tu pena a los estraños, pues está en manos el pandero que lo sabrá bien tañer.

CALISTO.— ¿En qué manos?

SEMPRONIO.— De Celestina.

CELESTINA.— ¿Qué nombrays a Celestina? ¿Qué dezís desta esclaua de Calisto? Toda la calle del Arcidiano vengo a más andar tras vosotros por alcançaros e jamás he podido con mis luengas haldas.

CALISTO.— ¡O joya del mundo, acorro de mis passiones, espejo de mi vista! El coraçón se me alegra en ver essa honrrada presencia, essa noble senetud. Dime, ¿con qué vienes? ¿Qué nueuas traes, que te veo alegre e no sé en qué está mi vida?

CELESTINA.— En mi lengua.

CALISTO.— ¿Qué dizes, gloria e descanso mío? Declárame más lo dicho.

CELESTINA.— Salgamos, señor, de la yglesia e de aquí a casa te contaré algo con que te alegres de verdad.

PÁRMENO.— Buena viene la vieja, hermano: recabdado deue hauer.

SEMPRONIO.— Escúchala.

CELESTINA.— Todo este día, señor, he trabajado en tu negocio e he dexado perder otros en que harto me yua. Muchos tengo quexosos por tenerte a ti contento. Más he dexado de ganar que piensas. Pero todo vaya en buena hora, pues tan buen recabdo traygo, que te traygo muchas buenas palabras de Melibea e la dexo a tu servicio.

CALISTO.— ¿Qué es esto que oygo?

CELESTINA.— Que es más tuya, que de sí misma; más está a tu mandato e querer, que de su padre Pleberio.

CALISTO.— Habla cortés, madre, no digas tal cosa, que dirán estos moços que estás loca. Melibea es mi señora, Melibea es mi Dios, Melibea es mi vida; yo su catiuo, yo su sieruo.

SEMPRONIO.— Con tu desconfiança, señor, con tu poco preciarte, con tenerte en poco, hablas essas cosas con que atajas su razón. A todo el mundo turbas diziendo desconciertos. ¿De qué te santiguas? Dale algo por su trabajo: harás mejor, que esso esperan essas palabras.

CALISTO.— Bien has dicho. Madre mía, yo sé cierto que jamás ygualará tu trabajo e mi liuiano gualardón. En lugar de manto e saya, porque no se dé parte a oficiales, toma esta cadenilla, ponla al cuello e procede en tu razón e mi alegría.

PÁRMENO.— ¿Cadenilla la llama? ¿No lo oyes, Sempronio? No estima el gasto. Pues yo te certifico no diesse mi parte por medio marco de oro, por mal que la vieja lo reparta.

SEMPRONIO.— Oyrte ha nuestro amo, ternemos en él que amansar y en ti que sanar, según está inchado de tu mucho murmurar. Por mi amor, hermano, que oygas e calles, que por esso te dio Dios dos oydos e vna lengua sola.

PÁRMENO.— ¡Oyrá el diablo! Está colgado de la boca de la vieja, sordo e mudo e ciego, hecho personaje sin son, que, avnque le diésemos higas, diría que alçauamos las manos a Dios, rogando por buen fin de sus amores.

SEMPRONIO.— Calla, oye, escucha bien a Celestina. En mi alma, todo lo merece e más que le diese. Mucho dize.

CELESTINA.— Señor Calisto, para tan flaca vieja como yo, de mucha franqueza vsaste. Pero, como todo don o dádiua se juzgue grande o chica respecto del que lo da, no quiero traer a consequencia mi poca merecer; ante quien sobra en qualidad e en quantidad. Mas medirse ha con tu magnificencia, ante quien no es nada. En pago de la qual te restituyo tu salud, que yua perdida; tu coraçón, que te faltaua; tu seso, que se alteraua. Melibea pena por ti más que tú por ella, Melibea te ama e dessea ver, Melibea piensa más horas en tu persona que en la suya, Melibea se llama tuya e esto tiene por título de libertad e con esto amansa el fuego, que más que a ti la quema.

CALISTO.— ¿Moços, estó yo aquí? ¿Moços, oygo yo esto? Moços, mirá si estoy despierto. ¿Es de día o de noche? ¡O señor Dios, padre celestial! ¡Ruégote que esto no sea sueño! ¡Despierto, pues, estoy! Si burlas, señora, de mí por me pagar en palabras, no temas, di verdad, que para lo que tú de mí has recebido, más merecen tus passos.

CELESTINA.— Nunca el coraçón lastimado de deseo toma la buena nueua por cierta ni la mala por dudosa; pero, si burlo o si no, verlo has yendo esta noche, según el concierto dexo con ella, a su casa, en dando el relox doze, a la hablar por entre las puertas. De cuya boca sabrás más por entero mi solicitud e su desseo e el amor que te tiene e quién lo ha causado.

CALISTO.— Ya, ya, ¿tal cosa espero? ¿Tal cosa es possible hauer de passar por mí? Muerto soy de aquí allá, no soy capaz de tanta gloria, no merecedor de tan gran merced, no digno de fablar con tal señora de su voluntad e grado.

CELESTINA.— Siempre lo oy dezir, que es más difícile de sofrir la próspera fortuna, que la aduersa: que la vna no tiene sosiego e la otra tiene consuelo. ¿Cómo, señor Calisto, e no mirarías quién tú eres? ¿No mirarías el tiempo, que has gastado en su seruicio? ¿No mirarías a quien has puesto entremedias? ¿E asimismo que hasta agora siempre as estado dudoso de la alcançar e tenías sofrimiento? Agora que te certifico el fin de tu penar ¿quieres poner fin a tu vida? Mira, mira que está Celestina de tu parte e que, avnque todo te faltasse lo que en vn enamorado se requiere, te vendería por el más acabado galán del mundo, que te haría llanas las peñas para andar, que te faría las más crescidas aguas corrientes pasar sin mojarte. Mal conoces a quien das tu dinero.

CALISTO.— ¡Cata, señora! ¿Qué me dizes? ¿Qué verná de su grado?

CELESTINA.— E avn de rodillas.

SEMPRONIO.— No sea ruydo hechizo, que nos quieran tomar a manos a todos. Cata, madre, que assí se suelen dar las çaraças en pan embueltas, porque no las sienta el gusto.

PÁRMENO.— Nunca te oy dezir mejor cosa. Mucha sospecha me pone el presto conceder de aquella señora e venir tan ayna en todo su querer de Celestina, engañando nuestra voluntad con sus palabras dulces e prestas por hurtar por otra parte, como hazen los de Egypt, quando el signo nos catan en la mano. Pues alahé, madre, con dulces palabras están muchas injurias vengadas. El manso boyzuelo con su blando cencerrar trae las perdizes a la red; el canto de la serena engaña los simples marineros con su dulçor. Así esta con su mansedumbre e concessión presta querrá tomar vna manada de nosotros a su saluo; purgará su innocencia con la honrra de Calisto e con nuestra muerte. Así como corderica mansa que mama su madre la ajena, ella con su segurar tomará la vengança de Calisto en todos nosotros, de manera, que, con la mucha gente que tiene, podrá caçar a padres e hijos en vna nidada e tú estarte has rascando a tu fuego, diziendo: a saluo está el que repica.

CALISTO.— ¡Callad, locos, vellacos, sospechosos! Parece que days a entender que los ángeles sepan hazer mal. Sí, que Melibea ángel dissimulado es, que viue entre nosotros.

SEMPRONIO.— ¿Todauía te buelues a tus eregías? Escúchale, Pármeno. No te pene nada, que, si fuere trato doble, él lo pagará, que nosotros buenos pies tenemos.

CELESTINA.— Señor, tú estás en lo cierto; vosotros cargados de sospechas vanas. Yo he hecho todo lo que a mí era a cargo. Alegre te dexo. Dios te libre e aderece. Pártome muy contenta. Si fuere menester para esto o para más, allí estoy muy aparejada a tu seruicio.

PÁRMENO.— ¡Hi!, ¡hi!, ¡hi!

SEMPRONIO.— ¿De qué te ríes, por tu vida, Pármeno?

PÁRMENO.— De la priessa, que la vieja tiene por yrse. No vee la hora que hauer despegado la cadena de casa. No puede creer que la tenga en su poder ni que se la han dado de verdad. No se halla digna de tal don, tan poco como Calisto de Melibea.

SEMPRONIO.— ¿Qué quieres que haga vna puta alcahueta, que sabe e entiende lo que nosotros nos callamos e suele hazer siete virgos por dos monedas, después de verse cargada de oro, sino ponerse en saluo con la possessión, con temor no se la tornen a tomar, después que ha complido de su parte aquello para que era menester? ¡Pues guárdese del diablo, que sobre el partir no le saquemos el alma!

CALISTO.— Dios vaya contigo, madre. Yo quiero dormir e reposar vn rato para satisfazer a las passadas noches e complir con la por venir.

CELESTINA.— Tha, tha.

ELICIA.— ¿Quién llama?

CELESTINA.— Abre, hija Elicia.

ELICIA.— ¿Cómo vienes tan tarde? No lo deues hazer, que eres vieja: tropeçaras donde caygas e mueras.

CELESTINA.— No temo esso, que de día me auiso por donde venga de noche. Que jamás me subo por poyo ni calçada; sino por medio de la calle. Porque como dizen: no da passo seguro quien corre por el muro e que aquel va más sano que anda por llano. Más quiero ensuziar mis zapatos con el lodo, que ensangrentar las tocas e los cantos. Pero no te duele a ti en esse lugar.

ELICIA.— ¿Pues qué me ha de doler?

CELESTINA.— Que se fue la compañía, que te dexé, e quedaste sola.

ELICIA.— Son passadas quatro horas después ¿e hauíaseme de acordar desso?

CELESTINA.— Quanto más presto te dexaron, más con razón lo sentiste. Pero dexemos, su yda e mi tardança. Entendamos en cenar e dormir.

El dozeno aucto

ARGUMENTO DEL DOZENO AUTO:

Llegando la media noche, Calisto, Sempronio e Pármeno armados van para casa de Melibea. Lucrecia e Melibea están cabe la puerta, aguardando a Calisto. Viene Calisto. Háblale primero Lucrecia. Llama a Melibea. Apártase Lucrecia. Háblanse por entre las puertas Melibea e Calisto. Pármeno e Sempronio de su cabo departen. Oyen gentes por la calle. Apercíbense para huyr. Despídese Calisto de Melibea, dexando concertada la tornada para la noche siguiente. Pleberio, al son del ruydo, que hauía en la calle, despierta, llama a su muger Alisa. Preguntan a Melibea quién da patadas en su cámara. Responde Melibea a su padre Pleberio fingiendo que tenía sed. Calisto con sus criados va para su casa hablando. Echase a dormir. Pármeno e Sempronio van a casa de Celestina. Demandan su parte de la ganancia. Dissimula Celestina. Vienen a reñir. Echanle mano a Celestina, mátanla. Da vozes Elicia. Viene la justicia e prendelos amos.

CALISTO, LUCRECIA, MELIBEA, SEMPRONIO, PÁRMENO, PLEBERIO, ALISA, CELESTINA, ELICIA.

CALISTO.— ¿Moços, qué hora da el relox?

SEMPRONIO.— Las diez.

CALISTO.— ¡O cómo me descontenta el oluido en los moços! De mi mucho acuerdo en esta noche e tu descuydar e oluido se haría vna razonable memoria e cuydado. ¿Cómo, desatinado, sabiendo quánto me va, Sempronio, en ser diez o onze, me respondías a tiento lo que más ayna se te vino a la boca? ¡O cuytado de mí! Si por caso me houiera dormido e colgara mi pregunta de la respuesta de Sempronio para hazerme de onze diez e assí de doze onze, saliera Melibea, yo no fuera ydo, tornárase: ¡de manera, que ni mi mal ouiera fin ni mi desseo execución! No se dize em balde que mal ageno de pelo cuelga.

SEMPRONIO.— Tanto yerro, señor, me parece, sabiendo preguntar, como ignorando responder. Mas este mi amo tiene gana de reñir e no sabe cómo.

PÁRMENO.— Mejor sería, señor, que se gastasse esta hora, que queda, en adereçar armas, que en buscar questiones.

CALISTO.— Bien me dize este necio. No quiero en tal tiempo recebir enojo. No quiero pensar en lo que pudiera venir, sino en lo que fue; no en el daño, que resultara de su negligencia, sino en el prouecho que verná de mi solicitud. Quiero dar espacio a la yra, que o se me quitará o se me ablandará. Descuelga, Pármeno, mis coraças e armaos vosotros e assí yremos a buen recaudo, porque como dizen: el hombre apercebido, medio combatido.

PÁRMENO.— Hélas aquí, señor.

CALISTO.— Ayúdame aquí a vestirlas. Mira tú, Sempronio, si parece alguno por la calle.

SEMPRONIO.— Señor, ninguna gente parece e, avnque la houiesse, la mucha escuridad priuaría el viso e conoscimiento a los que nos encontrasen.

CALISTO.— Pues andemos por esta calle, avnque se rodee alguna cosa, porque más encubiertos vamos. Las doze da ya: buena hora es.

PÁRMENO.— Cerca estamos.

CALISTO.— A buen tiempo llegamos. Párate tú, Pármeno, a uer si es venida aquella señora por entre las puertas.

PÁRMENO.— ¿Yo, señor? Nunca Dios mande que sea en dañar lo que no concerté; mejor será que tu presencia sea su primer encuentro, porque viéndome a mí no se turbe de ver que de tantos es sabido lo que tan ocultamente quería hazer e con tanto temor faze o porque quiçá pensará que la burlaste.

CALISTO.— ¡O qué bien has dicho! La vida me has dado con tu sotil auiso, pues no era más menester para me lleuar muerto a casa, que boluerse ella por mi mala prouidencia. Yo me llego allá; quedaos vosotros en esse lugar.

PÁRMENO.— ¿Qué te paresce, Sempronio, cómo el necio de nuestro amo pensaua tomarme por broquel, para el encuentro del primer peligro? ¿Qué sé yo quién está tras las puertas cerradas? ¿Qué sé yo si ay alguna trayción? ¿Qué sé yo si Melibea anda porque le pague nuestro amo su mucho atreuimiento desta manera? E más, avn no somos muy ciertos dezir verdad la vieja. No sepas fablar, Pármeno: ¡sacarte han el alma, sin saber quién! No seas lisonjero, como tu amo quiere e jamás llorarás duelos agenos. No tomes en lo que te cumple el consejo de Celestina e hallarte as ascuras. Andate ay con tus consejos e amonestaciones fieles: ¡darte han de palos! No bueluas la hoja e quedarte has a buenas noches. Quiero hazer cuenta que hoy me nascí, pues de tal peligro me escapé.

SEMPRONIO.— Passo, passo, Pármeno. No saltes ni hagas esse bollicio de plazer, que darás causa que seas sentido.

PÁRMENO.— Calla, hermano, que no me hallo de alegría. ¡Cómo le hize creer que por lo que a él cumplía dexaua de yr e era por mi seguridad! ¿Quién supiera assí rodear su prouecho, como yo? Muchas cosas me verás hazer, si estás d' aquí adelante atento, que no las sientan todas personas, assí con Calisto como con quantos en este negocio suyo se entremetieren. Porque soy cierto que esta donzella ha de ser para él ceuo de anzuelo o carne de buytrera, que suelen pagar bien el escote los que a comerla vienen.

SEMPRONIO.— Anda, no te penen a ti essas sospechas, avnque salgan verdaderas. Apercíbete: a la primera boz que oyeres, tomar calças de Villadiego.

PÁRMENO.— Leydo has donde yo: en vn coraçón estamos. Calças traygo e avn borzeguíes de essos ligeros que tú dizes, para mejor huyr que otro. Plázeme que me has, hermano, auisado de lo que yo no hiziera de vergüença de ti. Que nuestro amo, si es sentido, no temo que se escapará de manos desta gente de Pleberio, para podernos después demandar cómo lo hezimos e incusarnos el huyr.

SEMPRONIO.— ¡O Pármeno amigo! ¡Quán alegre e prouechosa es la conformidad en los compañeros! Avnque por otra cosa no nos fuera buena Celestina, era harta la vtilidad, que por su causa nos ha venido.

PÁRMENO.— Ninguno podrá negar lo que por sí se muestra. Manifiesto es que con vergüença el vno del otro, por no ser odiosamente acusado de couarde, esperáramos aquí la muerte con nuestro amo, no siendo más de él merecedor della.

SEMPRONIO.— Salido deue auer Melibea. Escucha, que hablan quedito.

PÁRMENO.— ¡O cómo temo que no sea ella, sino alguno que finja su voz!

SEMPRONIO.— Dios nos libre de traydores, no nos ayan tomado la calle por do tenemos de huyr; que de otra cosa no tengo temor.

CALISTO.— Este bullicio más de vna persona lo haze. Quiero hablar, sea quien fuere. ¡Ce, señora mía!

LUCRECIA.— La voz de Calisto es ésta. Quiero llegar. ¿Quién habla? ¿Quién está fuera?

CALISTO.— Aquél que viene a cumplir tu mandado.

LUCRECIA.— ¿Por qué no llegas, señora? Llega sin temor acá, que aquel cauallero está aquí.

MELIBEA.— ¡Loca, habla passo! Mira bien si es él.

LUCRECIA.— Allégate, señora, que sí es, que yo le conozco en la voz.

CALISTO.— Cierto soy burlado: no era Melibea la que me habló. ¡Bullicio oygo, perdido soy! Pues viua o muera, que no he de yr de aquí.

MELIBEA.— Vete, Lucrecia, acostar vn poco. ¡Ce, señor! ¿Cómo es tu nombre? ¿Quién es el que te mandó ay venir?

CALISTO.— Es la que tiene merecimiento de mandar a todo el mundo, la que dignamente seruir yo no merezco. No tema tu merced de se descobrir a este catiuo de tu gentileza: que el dulce sonido de tu habla, que jamás de mis oydos se cae, me certifica ser tú mi señora Melibea. Yo soy tu sieruo Calisto.

MELIBEA.— La sobrada osadía de tus mensajes me ha forçado a hauerte de hablar, señor Calisto. Que hauiendo hauido de mí la passada respuesta a tus razones, no sé qué piensas más sacar de mi amor, de lo que entonces te mostré. Desuía estos vanos e locos pensamientos de ti, porque mi honrra e persona estén sin detrimento de mala sospecha seguras. A esto fue aquí mi venida, a dar concierto en tu despedida e mi reposo. No quieras poner mi fama en la balança de las lenguas maldezientes.

CALISTO.— A los coraçones aparejados con apercibimiento rezio contra las aduersidades ninguna puede venir, que passe de claro en claro la fuerça de su muro. Pero el triste que, desarmado e sin proueer los engaños e celadas, se vino a meter por las puertas de tu seguridad, qualquiera cosa, que en contrario vea, es razón que me atormente e passe rompiendo todos los almazenes en que la dulze nueua estaua aposentada. ¡O malauenturado Calisto! ¡O quan burlado has sido de tus siruientes! ¡O engañosa muger Celestina! ¡Dejárasme acabar de morir e no tornaras a viuificar mi esperança, para que tuuiese más que gastar el fuego que ya me aquexa! ¿Por qué falsaste la palabra desta mi señora? ¿Por qué has assí dado con tu lengua causa a mi desesperación? ¿A qué me mandaste aquí venir, para que me fuese mostrado el disfauor, el entredicho, la desconfiança, el odio, por la mesma boca desta que tiene las llaues de mi perdición e gloria? ¡O enemiga! ¿E tú no me dixiste que esta mi señora me era fauorable? ¿No me dixiste que de su grado mandaua venir este su catiuo al presente lugar, no para me desterrar nueuamente de su presencia, pero para alçar el destierro, ya por otro su mandamiento puesto ante de agora? ¿En quién fallaré yo fe? ¿Adónde ay verdad? ¿Quién carece de engaño? ¿Adónde no moran falsarios? ¿Quién es claro enemigo? ¿Quién es verdadero amigo? ¿Dónde no se fabrican trayciones? ¿Quién osó darme tan cruda esperança de perdición?

MELIBEA.— Cesen, señor mío, tus verdaderas querellas: que ni mi coraçón basta para lo sofrir ni mis ojos para lo dissimular. Tú lloras de tristeza, juzgándome cruel; yo lloro de plazer, viéndote tan fiel. ¡O mi señor e mi bien todo! ¡Quánto más alegre me fuera poder ver tu haz, que oyr tu voz! Pero, pues no se puede al presente más fazer, toma la firma e sello de las razones, que te embié escritas en la lengua de aquella solícita mensajera. Todo lo que te dixo confirmo, todo lo he por bueno. Limpia, señor, tus ojos, ordena de mí a tu voluntad.

CALISTO.— ¡O señora mía, esperança de mi gloria, descanso e aliuio de mi pena, alegría de mi coraçón! ¿Qué lengua será bastante para te dar yguales gracias a la sobrada e incomparable merced, que en este punto, de tanta congoxa para mí, me has quesido hazer en querer que vn tan flaco e indigno hombre pueda gozar de tu suauíssimo amor? Del qual, avnque muy desseoso, siempre me juzgaua indigno, mirando tu grandeza, considerando tu estado, remirando tu perfeción, contemplando tu gentileza, acatando mi poco merescer e tu alto merescimiento, tus estremadas gracias, tus loadas e manifiestas virtudes. Pues, ¡o alto Dios!, ¿cómo te podré ser ingrato, que tan milagrosamente has obrado comigo tus singulares marauillas? ¡O quántos días antes de agora passados me fue venido este pensamiento a mi coraçón e por impossible le rechaçaua de mi memoria, hasta que ya los rayos ylustrantes de tu muy claro gesto dieron luz en mis ojos, encendieron mi coraçón, despertaron mi lengua, estendieron mi merecer, acortaron mi couardía, destorcieron mi encogimiento, doblaron mis fuerças, desadormescieron mis pies e manos, finalmente, me dieron tal osadía, que me han traydo con su mucho poder a este sublimado estado en que agora me veo, oyendo de grado tu suaue voz! La qual, si ante de agora no conociese e no sintiesse tus saludables olores, no podría creer que careciessen de engaño tus palabras. Pero, como soy cierto de tu limpieza de sangre e fechos, me estoy remirando si soy yo Calisto, a quien tanto bien se le haze.

MELIBEA.— Señor Calisto, tu mucho merecer, tus estremadas gracias, tu alto nascimiento han obrado que, después que de ti houe entera noticia, ningún momento de mi coraçón te partiesses. E avnque muchos días he pugnado por lo dissimular, no he podido tanto, que, en tornándome aquella muger tu dulce nombre a la memoria, no descubriesse mi desseo e viniesse a este lugar e tiempo, donde te suplico ordenes e dispongas de mi persona segund querrás. Las puertas impiden nuestro gozo, las quales yo maldigo e sus fuertes cerrojos e mis flacas fuerças, que ni tú estarías quexoso ni yo descontenta.

CALISTO.— ¿Cómo, señora mía, e mandas que consienta a vn palo impedir nuestro gozo? Nunca yo pensé que demás de tu voluntad lo pudiera cosa estoruar. ¡O molestas e enojosas puertas! Ruego a Dios que tal huego os abrase, como a mí da guerra: que con la tercia parte seríades en vn punto quemadas. Pues, por Dios, señora mía, permite que llame a mis criados para que las quiebren.

PÁRMENO.— ¿No oyes, no oyes, Sempronio? A buscarnos quiere venir para que nos den mal año. No me agrada cosa esta venida. ¡En mal punto creo que se empeçaron estos amores! Yo no espero más aquí.

SEMPRONIO.— Calla, calla, escucha, que ella no consiente que vamos allá.

MELIBEA.— ¿Quieres, amor mío, perderme a mí e dañar mi fama? No sueltes las riendas a la voluntad. La esperança es cierta, el tiempo breue, quanto tú ordenares. E pues tú sientes tu pena senzilla e yo la de entramos, tu solo dolor, yo el tuyo e el mío, conténtate con venir mañana a esta hora por las paredes de mi huerto. Que si agora quebrasses las crueles puertas, avnque al presente no fuessemos sentidos, amanescería en casa de mi padre terrible sospecha de mi yerro. E pues sabes que tanto mayor es el yerro, quanto mayor es el que yerra, en vn punto será por la cibdad publicado.

SEMPRONIO.— ¡Enoramala acá esta noche venimos! Aquí nos ha de amanescer, según el espacio, que nuestro amo lo toma. Que, avnque más la dicha nos ayude, nos han en tanto tiempo de sentir de su casa o vezinos.

PÁRMENO.— Ya ha dos horas, que te requiero que nos vamos, que no faltará vn achaque.

CALISTO.— ¡O mi señora e mi bien todo! ¿Por qué llamas yerro aquello, que por los sanctos de Dios me fue concedido? Rezando oy ante el altar de la Madalena, me vino con tu mensaje alegre aquella solícita muger.

PÁRMENO.— ¡Desuariar, Calisto, desuariar! Por fe tengo, hermano, que no es cristiano. Lo que la vieja traydora con sus pestíferos hechizos ha rodeado e fecho dize que los sanctos de Dios se lo han concedido e impetrado. E con esta confiança quiere quebrar las puertas. E no haurá dado el primer golpe, quando sea sentido e tomada por los criados de su padre, que duermen cerca.

SEMPRONIO.— Ya no temas, Pármeno, que harto desuiados estamos. En sintiendo bullicio, el buen huyr nos ha de valer. Déxale hazer, que si mal hiziere, él lo pagará.

PÁRMENO.— Bien hablas, en mi coraçón estás. Assí se haga. Huygamos la muerte, que somos moços. Que no querer morir ni matar no es couardía, sino buen natural. Estos escuderos de Pleberio son locos: no desean tanto comer ni dormir, como questiones e ruydos. Pues más locura sería esperar pelea con enemigo, que no ama tanto la vitoria e vencimiento, como la continua guerra e contienda. ¡O si me viesses, hermano, como estó, plazer haurías! A medio lado, abiertas las piernas, el pie ysquierdo adelante puesto en huyda, las faldas en la cinta, la adarga arrollada e so el sobaco, porque no me empache. ¡Que, por Dios, que creo corriesse como vn gamo, según el temor tengo d' estar aquí!

SEMPRONIO.— Mejor estó yo, que tengo liado el broquel e el espada con las correas, porque no se me caygan al correr, e el caxquete en la capilla.

PÁRMENO.— ¿E las piedras, que trayas en ella?

SEMPRONIO.— Todas las vertí por yr más liuiano. Que harto tengo que lleuar en estas coraças, que me hiziste vestir por importunidad; que bien las rehusaua de traer, porque me parescían para huyr muy pesadas. ¡Escucha, escucha! ¿Oyes, Pármeno? ¡A malas andan! ¡Muertos somos! Bota presto, echa hazia casa de Celestina, no nos atajen por nuestra casa.

PÁRMENO.— Huye, huye, que corres poco. ¡O pecador de mí!, si nos han de alcançar, dexa broquel e todo.

PÁRMENO.— No sé, no me digas nada; corre e calla, que el menor cuydado mio es esse.

SEMPRONIO.— ¡Ce!, ¡ce! ¡Pármeno! Torna, torna callando, que no es sino la gente del aguazil, que passaua haziendo estruendo por la otra calle.

PÁRMENO.— Míralo bien. No te fíes en los ojos, que se antoja muchas veces vno por otro. No me auían dexado gota de sangre. Tragada tenía ya la muerte, que me parescía que me yuan dando en estas espaldas golpes. En mi vida me acuerdo hauer tan gran temor ni verme en tal afrenta, avnque he andado por casas agenas harto tiempo e en lugares de harto trabajo. Que nueue años seruí a los frayles de Guadalupe, que mill vezes nos apuñeauamos yo e otros. Pero nunca como esta vez houe miedo de morir.

SEMPRONIO.— ¿E yo no seruí al cura de Sant Miguel e al mesonero de la plaça e a Mollejar, el ortelano? E también yo tenía mis questiones con los que tirauan piedras a los páxaros, que assentauan en vn álamo grande que tenía, porque dañauan la ortaliza. Pero guárdete Dios de verte con armas, que aquel es el verdadero temor. No en balde dizen: cargado de hierro e cargado de miedo. Buelue, buelue, que el aguazil es, cierto.

MELIBEA.— Señor Calisto, ¿qué es esso que en la calle suena? Parescen vozes de gente, que van en huyda. Por Dios, mírate, que estás a peligro.

CALISTO.— Señora, no temas, que a buen seguro vengo. Los míos deuen de ser, que son unos locos e desarman a quantos passan e huyríales alguno.

MELIBEA.— ¿Son muchos los que traes?

CALISTO.— No, sino dos; pero, avnque sean seys sus contrarios, no recebirán mucha pena para les quitar las armas e hazerlos huyr, según su esfuerço. Escogidos son, señora, que no vengo a lumbre de pajas. Si no fuesse por lo que a tu honrra toca, pedaços harían estas puertas. E si sentidos fuessemos, a ti e a mí librarían de toda la gente de tu padre.

MELIBEA.— ¡O por Dios, no se cometa tal cosa! Pero mucho plazer tengo que de tan fiel gente andas acompañado. Bienempleado es el pan, que tan esforçados siruientes comen. Por mi amor, señor, pues tal gracia la natura les quiso dar, sean de ti bientratados e galardonados, porque en todo te guarden secreto. E quando sus osadías e atreuimientos les corregieres, a bueltas del castigo mezcla fauor. Porque los ánimos esforçados no sean con encogimiento diminutos e yrritados en el osar a sus tiempos.

PÁRMENO.— ¡Ce!, ¡ce!, señor, quítate presto dende, que viene mucha gente con hachas e serás visto e conoscido, que no hay donde te metas.

CALISTO.— ¡O mezquino yo e como es forçado, señora, partirme de ti! ¡Por cierto, temor de la muerte no obrara tanto, como el de tu honrra! Pues que assí es, los ángeles queden con tu presencia. Mi venida será, como ordenaste, por el huerto.

MELIBEA.— Assí sea e vaya Dios contigo.

PLEBERIO.— Señora muger, ¿duermes?

ALISA.— Señor, no.

PLEBERIO.— ¿No oyes bullicio en el retraimiento de tu hija?

ALISA.— Sí oyo. ¡Melibea! ¡Melibea!

PLEBERIO.— No te oye; yo la llamaré más rezio. ¡Hija mía Melibea!

MELIBEA.— ¡Señor!

PLEBERIO.— ¿Quién da patadas e haze bullicio en tu cámara?

MELIBEA.— Señor, Lucrecia es, que salió por vn jarro de agua para mí, que hauía gran sed.

PLEBERIO.— Duerme, hija, que pensé que era otra cosa.

SEMPRONIO.— ¿Si han muerto ya a nuestro amo?

LUCRECIA.— Poco estruendo los despertó. Con gran pauor hablauan.

MELIBEA.— No ay tan manso animal, que con amor o temor de sus hijos no asperece. Pues ¿qué harían, si mi cierta salida supiessen?

CALISTO.— Cerrad essa puerta, hijos. E tú, Pármeno, sube vna vela arriba.

SEMPRONIO.— Deues, señor, reposar e dormir esto que queda d' aquí al día.

CALISTO.— Plázeme, que bien lo he menester. ¿Qué te parece, Pármeno, de la vieja, que tú me desalabauas? ¿Qué obra ha salido de sus manos? ¿Qué fuera hecha sin ella?

PÁRMENO.— Ni yo sentía tu gran pena ni conoscía la gentileza e merescimiento de Melibea e assí no tengo culpa. Conoscía a Celestina e sus mañas. Auisáuate como a señor; pero ya me parece que es otra. Todas las ha mudado.

CALISTO.— ¿E cómo mudado?

PÁRMENO.— Tanto que, si no lo ouiesse visto, no lo creería; mas assí viuas tú como es verdad.

CALISTO.— ¿Pues aués oydo lo que con aquella mi señora he passado? ¿Qué hazíades? ¿Teníades temor?

SEMPRONIO.— ¿Temor, señor, o qué? Por cierto, todo el mundo no nos le hiziera tener. ¡Fallado auías los temerosos! Allí estouimos esperándote muy aparejados e nuestras armas muy a mano.

CALISTO.— ¿Aués dormido algún rato?

SEMPRONIO.— ¿Dormir, señor? ¡Dormilones son los moços! Nunca me assenté ni avn junté por Dios los pies, mirando a todas partes para, en sintiendo porqué, saltar presto e hazer todo lo que mis fuerças me ayudaran. Pues Pármeno, que te parecía que no te seruía hasta aquí de buena gana, assí se holgó, quando vido los de las hachas, como lobo, quando siente poluo de ganado, pensando poder quitárleslas, hasta que vido que eran muchos.

CALISTO.— No te marauilles, que procede de su natural ser osado e, avnque no fuesse por mí, hazíalo porque no pueden los tales venir contra su vso, que avnque muda el pelo la raposa, su natural no despoja. Por cierto yo dixe a mi señora Melibea lo que en vosotros ay e quán seguras tenía mis espaldas con vuestra ayuda e guarda. Fijos, en mucho cargo vos soy. Rogad a Dios por salud, que yo os galardonaré más conplidamente vuestro buen seruicio. Yd con Dios a reposar.

PÁRMENO.— ¿Adonde yremos, Sempronio? ¿A la cama a dormir o a la cozina a almorzar?

SEMPRONIO.— Ve tú donde quisieres; que, antes que venga el día, quiero yo yr a Celestina a cobrar mi parte de la cadena. Que es vna puta vieja. No le quiero dar tienpo en que fabrique alguna ruyndad con que nos escluya.

PÁRMENO.— Bien dizes. Oluidado lo auía. Vamos entramos e, si en esso se pone, espantémosla de manera que le pese. Que sobre dinero no ay amistad.

SEMPRONIO.— ¡Ce!, ¡ce! Calla, que duerme cabo esta ventanilla. Tha, tha, señora Celestina, ábrenos.

CELESTINA.— ¿Quién llama?

SEMPRONIO.— Abre, que son tus hijos.

CELESTINA.— No tengo yo hijos, que anden a tal hora.

SEMPRONIO.— Ábrenos a Pármeno e Sempronio, que nos venimos acá almorzar contigo.

CELESTINA.— ¡O locos trauiesos! Entrad, entrad. ¿Cómo venís a tal hora, que ya amanesce? ¿Qué haués hecho? ¿Qué os ha passado? ¿Despidiose la esperança de Calisto o viue todavía con ella o cómo queda?

SEMPRONIO.— ¿Cómo, madre? Si por nosotros no fuera, ya andouiera su alma buscando posada para siempre. Que, si estimarse pudiesse a lo que de allí nos queda obligado, no sería su hazienda bastante a complir la debda, si verdad es lo que dizen, que la vida e persona es más digna e de más valor que otra cosa ninguna.

CELESTINA.— ¡Jesú! ¿Qué en tanta afrenta os haués visto? Cuéntamelo, por Dios.

SEMPRONIO.— Mira qué tanta, que por mi vida la sangre me hierue en el cuerpo en tornarlo a pensar.

CELESTINA.— Reposa, por Dios, e dímelo.

PÁRMENO.— Cosa larga le pides, según venimos alterados e cansados del enojo, que hauemos hauido. Farías mejor aparejarnos a él e a mí de almorzar: quiçá nos amansaría algo la alteración que traemos. Que cierto te digo que no quería ya topar hombre, que paz quisiesse. Mi gloria sería agora hallar en quien vengar la yra, que no pude en los que nos la causaron, por su mucho huyr.

CELESTINA.— ¡Landre me mate, si no me espanto en verte tan fiero! Creo que burlas. Dímelo agora, Sempronio, tú, por mi vida: ¿qué os ha passado?

SEMPRONIO.— Por Dios, sin seso vengo, desesperado; avnque para contigo por demás es no templar la yra e todo enojo e mostrar otro semblante, que con los hombres. Jamás me mostré poder mucho con los que poco pueden. Traygo, señora, todas las armas despedaçadas, el broquel sin aro, la espada como sierra, el caxquete abollado en la capilla. Que no tengo con que salir vn passo con mi amo, quando menester me aya. Que quedó concertado de yr esta noche, que viene, a uerse por el huerto. ¿Pues comprarlo de nueuo? No mando vn marauedí en que caya muerto.

CELESTINA.— Pídelo, hijo, a tu amo, pues en su seruicio se gastó e quebró. Pues sabes que es persona, que luego lo complirá. Que no es de los que dizen: Viue comigo e busca quien te mantenga. Él es tan franco, que te dará para esso e para más.

SEMPRONIO.— ¡Ha! Trae también Pármeno perdidas las suyas. A este cuento en armas se le yrá su hazienda. ¿Cómo quieres que le sea tan importuno en pedirle más de lo que él de su propio grado haze, pues es arto? No digan por mí que dando vn palmo pido quatro. Dionos las cient monedas, dionos después la cadena. A tres tales aguijones no terná cera en el oydo. Caro le costaría este negocio. Contentémonos con lo razonable, no lo perdamos todo por querer más de la razón, que quien mucho abarca, poco suele apretar.

CELESTINA.— ¡Gracioso es el asno! Por mi vejez que, si sobre comer fuera, que dixera que hauíamos todos cargado demasiado. ¿Estás en tu seso, Sempronio? ¿Qué tiene que hazer tu galardón con mi salario, tu soldada con mis mercedes? ¿Só yo obligada a soldar vuestras armas, a complir vuestras faltas? A osadas, que me maten, si no te has asido a vna palabrilla, que te dixe el otro día, viniendo por la calle, que quanto yo tenía era tuyo e que, en quanto pudiesse con mis pocas fuerças, jamás te faltaría, e que, si Dios me diesse buena manderecha con tu amo, que tú no perderías nada. Pues ya sabes, Sempronio, que estos ofrescimientos, estas palabras de buen amor no obligan. No ha de ser oro quanto reluze; si no más barato valdría. ¿Dime, estoy en tu coraçón, Sempronio? Verás si, avnque soy vieja, si acierto lo que tú puedes pensar. Tengo, hijo, en buena fe, más pesar, que se me quiere salir esta alma de enojo. Di a esta loca de Elicia, como vine de tu casa, la cadenilla, que traxe para que se holgasse con ella e no se puede acordar donde la puso. Que en toda esta noche ella ni yo no auemos dormido sueño de pesar. No por su valor de la cadena, que no era mucho; pero por su mal cobro della e de mi mala dicha. Entraron vnos conoscidos e familiares míos en aquella sazón aquí: temo no la ayan leuado, diziendo: si te vi, burleme etc. Así que, hijos, agora que quiero hablar con entramos, si algo vuestro amo a mí me dio, deués mirar que es mío; que de tu jubón de brocado no te pedí yo parte ni la quiero. Siruamos todos, que a todos dará, según viere que lo merescen. Que si me ha dado algo, dos vezes he puesto por él mi vida al tablero. Más herramienta se me ha embotado en su seruicio, que a vosotros, más materiales he gastado. Pues aués de pensar, hijos, que todo me cuesta dinero e avn mi saber, que no lo he alcançado holgando. De lo qual fuera buen testigo su madre de Pármeno. Dios aya su alma. Esto trabajé yo; a vosotros se os deue essotro. Esto tengo yo por oficio e trabajo; vosotros por recreación e deleyte. Pues assí, no aués vosotros de auer ygual galardón de holgar, que yo de penar. Pero avn con todo lo que he dicho, no os despidays, si mi cadena parece, de sendos pares de calças de grana, que es el ábito que mejor en los mancebos paresce. E si no, recebid la voluntad, que yo me callaré con mi pérdida. E todo esto, de buen amor, porque holgastes que houiesse yo antes el prouecho destos passos, que no otra. E si no os contentardes, de vuestro daño farés.

SEMPRONIO.— No es esta la primera vez que yo he dicho quánto en los viejos reyna este vicio de cobdicia. Quando pobre, franca; quando rica, auarienta. Assí que aquiriendo cresce la cobdicia e la pobreza cobdiciando e ninguna cosa haze pobre al auariento, sino la riqueza. ¡O Dios, e cómo cresce la necessidad con la abundancia! ¡Quién la oyó esta vieja dezir que me lleuasse yo todo el prouecho, si quisiesse, deste negocio, pensando que sería poco! Agora, que lo vee crescido, no quiere dar nada, por complir el refrán de los niños, que dizen: de lo poco, poco; de lo mucho, nada.

PÁRMENO.— Déte lo que prometió o tomémosselo todo. Harto te dezía yo quién era esta vieja, si tú me creyeras.

CELESTINA.— Si mucho enojo traés con vosotros o con vuestro amo o armas, no lo quebreys en mí. Que bien sé donde nasce esto, bien sé e barrunto de qué pie coxqueays. No cierto de la necessidad, que teneys de lo que pedís, ni avn por la mucha cobdicia, que lo teneys; sino pensando que os he de tener toda vuestra vida atados e catiuos con Elicia e Areusa, sin quereros buscar otras, moueysme estas amenazas de dinero, poneysme estos temores de la partición. Pues callá, que quien estas os supo acarrear, os dará otras diez agora, que ay más conoscimiento e más razón e más merecido de vuestra parte. E si sé complir lo que prometo en este caso, dígalo Pármeno. Dilo, dilo, no ayas empacho de contar cómo nos passó, quando a la otra dolía la madre.

SEMPRONIO.— Yo dígole que se vaya y abáxasse las bragas: no ando por lo que piensas. No entremetas burlas a nuestra demanda, que con esse galgo no tomarás, si yo puedo, más liebres. Déxate comigo de razones. A perro viejo no cuz cuz. Danos las dos partes por cuenta de quanto de Calisto has recebido, no quieras que se descubra quién tú eres. A los otros, a los otros, con essos halagos, vieja.

CELESTINA.— ¿Quién só yo, Sempronio? ¿Quitásteme de la putería? Calla tu lengua, no amengües mis canas, que soy vna vieja qual Dios me hizo, no peor que todas. Viuo de mi oficio, como cada qual oficial del suyo, muy limpiamente. A quien no me quiere no le busco. De mi casa me vienen a sacar, en mi casa me ruegan. Si bien o mal viuo, Dios es el testigo de mi coraçón. E no pienses con tu yra maltratarme, que justicia ay para todos: a todos es ygual. Tan bien seré oyda, avnque muger, como vosotros, muy peynados. Déxame en mi casa con mi fortuna. E tú, Pármeno, no pienses que soy tu catiua por saber mis secretos e mi passada vida e los casos, que nos acaescieron a mí e a la desdichada de tu madre. E avn assí me trataua ella, quando Dios quería.

PÁRMENO.— No me hinches las narizes con essas memorias; si no, embiart'e con nueuas a ella, donde mejor te puedas quexar.

CELESTINA.— ¡Elicia! ¡Elicia! Leuántate dessa cama, daca mi manto presto, que por los sanctos de Dios para aquella justicia me vaya bramando como vna loca. ¿Qué es esto? ¿Qué quieren dezir tales amenazas en mi casa? ¿Con una oueja mansa tenés vosotros manos e braueza? ¿Con vna gallina atada? ¿Con una vieja de sesenta años? ¡Allá, allá, con los hombres como vosotros, contra los que ciñen espada, mostrá vuestras yras; no contra mi flaca rueca! Señal es de gran couardía acometer a los menores e a los que poco pueden. Las suzias moxcas nunca pican sino los bueyes magros e flacos, los guzques ladradores a los pobres peregrinos aquexan con mayor ímpetu. Si aquella, que allí está en aquella cama, me ouiesse a mi creydo, jamás quedaría esta casa de noche sin varón ni dormiríemos a lumbre de pajas; pero por aguardarte, por serte fiel, padescemos esta soledad. E como nos veys mugeres, hablays e pedís demasías. Lo qual, si hombre sintiessedes en la posada, no haríades. Que como dizen: el duro aduersario entibia las yras e sañas.

SEMPRONIO.— ¡O vieja auarienta, garganta muerta de sed por dinero!, ¿no serás contenta con la tercia parte de lo ganado?

CELESTINA.— ¿Qué tercia parte? Vete con Dios de mi casa tú. E essotro no dé vozes, no allegue la vezindad. No me hagays salir de seso. No querays que salgan a plaza las cosas de Calisto e vuestras.

SEMPRONIO.— Da bozes o gritos, que tú complirás lo que prometiste o complirán oy tus días.

ELICIA.— Mete, por Dios, el espada. Tenle, Pármeno, tenle, no la mate esse desuariado.

CELESTINA.— ¡Justicia!, ¡justicia!, ¡señores vezinos! ¡Justicia!, ¡que me matan en mi casa estos rufianes!

SEMPRONIO.— ¿Rufianes o qué? Esperá, doña, hechizera, que yo te haré yr al infierno con cartas.

CELESTINA.— ¡Ay, que me ha muerto! ¡Ay, ay! ¡Confessión, confessión!

PÁRMENO.— Dále, dále, acábala, pues començaste. ¡Que nos sentirán! ¡Muera!, ¡muera! De los enemigos los menos.

CELESTINA.— ¡Confessión!

ELICIA.— ¡O crueles enemigos! ¡En mal poder os veays! ¡E para quién touistes manos! Muerta es mi madre e mi bien todo.

SEMPRONIO.— ¡Huye!, ¡huye! Pármeno, que carga mucha gente. ¡Guarte!, ¡guarte!, que viene el alguazil.

PÁRMENO.— ¡O pecador de mí!, que no ay por dó nos vamos, que está tomada la puerta.

SEMPRONIO.— Saltemos destas ventanas. No muramos en poder de justicia.

PÁRMENO.— Salta, que tras ti voy.

El trezeno aucto

ARGUMENTO DEL TREZENO AUTO:

Despertando Calisto de dormir está hablando consigo mismo. Dende vn poco está llamando a Tristán e a otros sus criados. Torna a dormir Calisto. Pónese Tristán a la puerta. Viene Sosia llorando. Preguntado de Tristán, Sosia cuéntale la muerte de Sempronio e Pármeno. Van a dezir las nueuas a Calisto, el qual sabiendo la verdad faze grande lamentación.

CALISTO, TRISTÁN, SOSIA.

CALISTO.— ¡O cómo he dormido tan a mi plazer, después de aquel açucarado rato, después de aquel angélico razonamiento! Gran reposo he tenido. El sossiego e descanso ¿proceden de mi alegría o causó el trabajo corporal mi mucho dormir o la gloria e plazer del ánimo? E no me marauillo que lo vno e lo otro se juntassen a cerrar los candados de mis ojos, pues trabajé con el cuerpo e persona e holgué con el espíritu e sentido la passada noche. Muy cierto es que la tristeza acarrea pensamiento e el mucho pensar impide el sueño, como a mí estos días es acaescido con la desconfiança, que tenía, de la mayor gloria, que ya poseo. ¡O señora e amor mío, Melibea! ¿Qué piensas agora? ¿Si duermes o estás despierta? ¿Si piensas en mí o en otro? ¿Si estás leuantada o acostada? ¡O dichoso e bienandante Calisto, si verdad es que no ha sido sueño lo pasado! ¿Soñelo o no? ¿Fue fantaseado o passó en verdad? Pues no estuue solo; mis criados me acompañaron. Dos eran. Si ellos dizen que passó en verdad, creerlo he segund derecho. Quiero mandarlos llamar para más firmar mi gozo. ¡Tristanico!, ¡moços!, ¡Tristanico! Leuantate de ay.

TRISTÁN.— Señor, leuantado estoy.

CALISTO.— Corre, llámame a Sempronio e a Pármeno.

TRISTÁN.— Ya voy, señor.

CALISTO:
Duerme e descansa, penado,
desde agora:
pues te ama tu señora
de tu grado.
Vençe plazer al cuydado
e no le vea,
pues te ha fecho su priuado
Melibea.

TRISTÁN.— Señor, no ay ningún moço en casa.

CALISTO.— Pues abre essas ventanas, verás qué hora es.

TRISTÁN.— Señor, bien de día.

CALISTO.— Pues tórnalas a cerrar e déxame dormir hasta que sea hora de comer.

TRISTÁN.— Quiero baxarme a la puerta, porque duerma mi amo sin que ninguno le inpida e a quantos le buscaren se le negará. ¡O qué grita suena en el mercado! ¿Qué es esto? Alguna justicia se haze o madrugaron a correr toros. No sé qué me diga de tan grandes vozes como se dan. De allá viene Sosia, el moço d' espuelas. Él me dirá qué es esto. Desgreñado viene el vellaco. En alguna tauerna se deue hauer rebolcado. E si mi amo le cae en el rastro, mandarle ha dar dos mil palos. Que, aynque es algo loco, la pena le hará cuerdo. Parece que viene llorando. ¿Qué es esto, Sosia? ¿Por qué lloras? ¿De dó vienes?

SOSIA.— ¡O malauenturado yo e qué pérdida tan grande! ¡O desonrra de la casa de mi amo! ¡O qué mal día amanesció éste! ¡O desdichados mancebos!

TRISTÁN.— ¿Qué es? ¿Qué has? ¿Por qué te matas? ¿Qué mal es éste?

SOSIA.— Sempronio e Pármeno…

TRISTÁN.— ¿Qué dizes, Sempronio e Pármeno? ¿Qué es esto, loco? Aclárate más, que me turbas.

SOSIA.— Nuestros compañeros, nuestros hermanos…

TRISTÁN.— O tú estás borracho o has perdido el seso o traes alguna mala nueua. ¿No me dirás qué es esto, que dizes, destos moços?

SOSIA.— Que quedan degollados en la plaça.

TRISTÁN.— ¡O mala fortuna la nuestra, si es verdad! ¿Vístelos cierto o habláronte?

SOSIA.— Ya sin sentido yuan; pero el uno con harta difficultad, como me sintió que con lloro le miraua, hincó los ojos en mí, alçando las manos al cielo, quasi dando gracias a Dios e como preguntándome qué sentía de su morir. Y en señal de triste despedida abaxó su cabeça con lágrimas en los ojos, dando bien a entender que no me auía de ver más hasta el día del gran juyzio.

TRISTÁN.— No sentiste bien; que sería preguntarte si estaua presente Calisto. E pues tan claras señas traes deste cruel dolor, vamos presto con las tristes nueuas a nuestro amo.

SOSIA.— ¡Señor!, ¡señor!

CALISTO.— ¿Qué es esso, locos? ¿No os mandé que no me recordásedes?

SOSIA.— Recuerda e leuanta, que si tú no buelues por los tuyos, de cayda vamos. Sempronio e Pármeno quedan descabeçados en la plaça, como públicos malhechores, con pregones que manifestauan su delito.

CALISTO.— ¡O válasme Dios! ¿E qué es esto que me dizes? No sé si te crea tan acelerada e triste nueua. ¿Vístelos tú?

SOSIA.— Yo los vi.

CALISTO.— Cata, mira qué dizes, que esta noche han estado comigo.

SOSIA.— Pues madrugaron a morir.

CALISTO.— ¡O mis leales criados! ¡O mis grandes seruidores! ¡O mis fieles secretarios e consejeros! ¿Puede ser tal cosa verdad? ¡O amenguado Calisto! Desonrrado quedas para toda tu vida. ¿Qué será de ti, muertos tal par de criados? Dime, por Dios, Sosia, ¿qué fue la causa? ¿Qué dezía el pregón? ¿Dónde los tomaron? ¿Qué justicia lo hizo?

SOSIA.— Señor, la causa de su muerte publicaua el cruel verdugo a vozes, diziendo: Manda la justicia que mueran los violentos matadores.

CALISTO.— ¿A quién mataron tan presto? ¿Qué puede ser esto? No ha quatro horas que de mí se despidieron. ¿Cómo se llamaua el muerto?

SOSIA.— Señor, vna muger, que se llamaua Celestina.

CALISTO.— ¿Qué me dizes?

SOSIA.— Esto que oyes.

CALISTO.— Pues si esso es verdad, mátame tú a mí, yo te perdono: que más mal ay, que viste ni puedes pensar, si Celestina, la de la cuchillada, es la muerta.

SOSIA.— Ella mesma es. De más de treynta estocadas la vi llagada, tendida en su casa, llorándola vna su criada.

CALISTO.— ¡O tristes moços! ¿Cómo yuan? ¿Viéronte? ¿Habláronte?

SOSIA.— ¡O señor!, que, si los vieras, quebraras el coraçón de dolor. El vno lleuaua todos los sesos de la cabeça de fuera, sin ningún sentido; el otro quebrados entramos braços e la cara magullada. Todos llenos de sangre. Que saltaron de vnas ventanas muy altas por huyr del aguazil. E assí casi muertos les cortaron las cabeças, que creo que ya no sintieron nada.

CALISTO.— Pues yo bien siento mi honrra. Pluguiera a Dios que fuera yo ellos e perdiera la vida e no la honrra, e no la esperança de conseguir mi començado propósito, que es lo que más en este caso desastrado siento. ¡O mi triste nombre e fama, cómo andas al tablero de boca en boca! ¡O mis secretos más secretos, quán públicos andarés por las plaças e mercados! ¿Qué será de mí? ¿Adónde yré? ¿Que salga allá?: a los muertos no puedo ya remediar. ¿Que me esté aquí?: parescerá couardía. ¿Qué consejo tomaré? Dime, Sosia, ¿qué era la causa porque la mataron?

SOSIA.— Señor, aquella su criada, dando vozes, llorando su muerte, la publicaua a quantos la querían oyr, diziendo que porque no quiso partir con ellos vna cadena de oro, que tú le diste.

CALISTO.— ¡O día de congoxa! ¡O fuerte tribulación! ¡E en qué anda mi hazienda de mano en mano e mi nombre de lengua en lengua! Todo será público quanto con ella e con ellos hablaua, quanto de mí sabían, el negocio en que andauan. No osaré salir ante gentes. ¡O pecadores de mancebos, padecer por tan súpito desastre! ¡O mi gozo, cómo te vas diminuiendo! Prouerbio es antigo, que de muy alto grandes caydas se dan. Mucho hauía anoche alcançado; mucho tengo oy perdido. Rara es la bonança en el piélago. Yo estaua en título de alegre, si mi ventura quisiera tener quedos los ondosos vientos de mi perdición. ¡O fortuna, quánto e por quántas partes me has combatido! Pues, por más que sigas mi morada e seas contraria a mi persona, las aduersidades con ygual ánimo se han de sofrir e en ellas se prueua el coraçón rezio o flaco. No ay mejor toque para conocer qué quilates de virtud o esfuerço tiene el hombre. Pues por más mal e daño que me venga, no dexaré de complir el mandado de aquella por quien todo esto se ha causado. Que más me va en conseguir la ganancia de la gloria que espero, que en la pérdida de morir los que murieron. Ellos eran sobrados e esforzados: agora o en otro tiempo de pagar hauían. La vieja era mala e falsa, según parece que hazía trato con ellos e assí que riñieron sobre la capa del justo. Permissión fue diuina que assí acabasse en pago de muchos adulterios, que por su intercessión o causa son cometidos. Quiero hazer adereçar a Sosia e a Tristanico. Yrán comigo este tan esperado camino. Lleuarán escalas, que son muy altas las paredes. Mañana haré que vengo de fuera, si pudiere vengar estas muertes; si no, pagaré mi inocencia con mi fingida absencia o me fingiré loco, por mejor gozar deste sabroso deleyte de mis amores, como hizo aquel gran capitán Ulixes por euitar la batalla troyana e holgar con Penélope su muger.

ARGUMENTO DEL QUATORZENO AUTO:

Está Melibea muy afligida hablando con Lucrecia sobre la tardança de Calisto, el qual le auía hecho voto de venir en aquella noche a visitalla, lo qual cumplió, e con él vinieron Sosia e Tristán. E despues que cumplió su voluntad boluieron todos a la posada y Calisto se retrae en su palacio e quéxase por auer estado tan poca quantidad de tiempo con Melibea e ruega a Febo que cierre sus rayos, para hauer de restaurar su desseo.

MELIBEA, LUCRECIA, SOSIA, TRISTÁN, CALISTO.

MELIBEA.— Mucho se tarda aquel cauallero que esperamos. ¿Qué crees tú o sospechas de su estada, Lucrecia?

LUCRECIA.— Señora, que tiene justo impedimiento e que no es en su mano venir más presto.

MELIBEA.— Los ángeles sean en su guarda, su persona esté sin peligro, que su tardanza no me es pena. Mas, cuytada, pienso muchas cosas, que desde su casa acá le podrían acaecer. ¿Quién sabe, si él, con voluntad de venir al prometido plazo en la forma que los tales mancebos a las tales horas suelen andar, fue topado de los alguaziles noturnos e sin le conocer le han acometido, el qual por se defender los offendió o es dellos offendido? ¿O si por caso los ladradores perros con sus crueles dientes, que ninguna differencia saben hazer ni acatamiento de personas, le ayan mordido? ¿O si ha caydo en alguna callada o hoyo, donde algún daño le viniesse? ¡Mas, o mezquina de mí! ¿Qué son estos inconuenientes, que el concebido amor me pone delante e los atribulados ymaginamientos me acarrean? No plega a Dios que ninguna destas cosas sea, antes esté quanto le plazerá sin verme. Mas escucha, que passos suenan en la calle e avn parece que hablan destotra parte del huerto.

SOSIA.— Arrima essa escalera, Tristán, que este es el mejor lugar, avnque alto.

TRISTÁN.— Sube, señor. Yo yré contigo, porque no sábemos quién está dentro. Hablando están.

CALISTO.— Quedaos, locos, que yo entraré solo, que a mi señora oygo.

MELIBEA.— Es tu sierua, es tu catiua, es la que más tu vida que la suya estima. ¡O mi señor!, no saltes de tan alto, que me moriré en verlo; baxa, baxa poco a poco por el escala; no vengas con tanta pressura.

CALISTO.— ¡O angélica ymagen! ¡O preciosa perla, ante quien el mundo es feo! ¡O mi señora e mi gloria! En mis braços te tengo e no lo creo. Mora en mi persona tanta turbación de plazer, que me haze no sentir todo el gozo, que posseo.

MELIBEA.— Señor mío, pues me fié en tus manos, pues quise complir tu voluntad, no sea de peor condición por ser piadosa, que si fuera esquiua e sin misericordia; no quieras perderme por tan breue deleyte e en tan poco espacio. Que las malfechas cosas, después de cometidas, más presto se pueden reprehender que emendar. Goza de lo que yo gozo, que es ver e llegar a tu persona; no pidas ni tomes aquello que, tomado, no será en tu mano boluer. Guarte, señor, de dañar lo que con todos tesoros del mundo no se restaura.

CALISTO.— Señora, pues por conseguir esta merced toda mi vida he gastado, ¿qué sería, quando me la diessen, desechalla? Ni tú, señora, me lo mandarás ni yo podría acabarlo comigo. No me pidas tal couardía. No es fazer tal cosa de ninguno, que hombre sea, mayormente amando como yo. Nadando por este fuego de tu desseo toda mi vida, ¿no quieres que me arrime al dulce puerto a descansar de mis passados trabajos?

MELIBEA.— Por mi vida, que avnque hable tu lengua quanto quisiere, no obren las manos quanto pueden. Está quedo, señor mío. Bástete, pues ya soy tuya, gozar de lo esterior, desto que es propio fruto de amadores; no me quieras robar el mayor don, que la natura me ha dado. Cata que del buen pastor es propio tresquillar sus ouejas e ganado; pero no destruyrlo y estragarlo.

CALISTO.— ¿Para qué, señora? ¿Para que no esté queda mi passión? ¿Para penar de nueuo? ¿Para tornar el juego de comienço? Perdona, señora, a mis desuergonçadas manos, que jamás pensaron de tocar tu ropa con su indignidad e poco merecer; agora gozan de llegar a tu gentil cuerpo e lindas e delicadas carnes.

MELIBEA.— Apártate allá, Lucrecia.

CALISTO.— ¿Por qué, mi señora? Bien me huelgo que estén semejantes testigos de mi gloria.

MELIBEA.— Yo no los quiero de mi yerro. Si pensara que tan desmesuradamente te auías de hauer comigo, no fiara mi persona de tu cruel conuersación.

SOSIA.— Tristán, bien oyes lo que passa. ¡En qué términos anda el negocio!

TRISTÁN.— Oygo tanto, que juzgo a mi amo por el más bienauenturado hombre que nasció. E por mi vida que, avnque soy mochacho, que diesse tan buena cuenta como mi amo.

SOSIA.— Para con tal joya quienquiera se ternía manos; pero con su pan se la coma, que bien caro le cuesta: dos moços entraron en la salsa destos amores.

TRISTÁN.— Ya los tiene oluidados. ¡Dexaos morir siruiendo a ruynes, hazed locuras en confiança de su defensión! Viuiendo con el Conde, que no matase al hombre, me daua mi madre por consejo. Veslos a ellos alegres e abraçados e sus seruidores con harta mengua degollados.

MELIBEA.— ¡O mi vida e mi señor! ¿Cómo has quisido que pierda el nombre e corona de virgen por tan breue deleyte? ¡O pecadora de mi madre, si de tal cosa fueses sabidora, cómo tomarías de grado tu muerte e me la darías a mí por fuerça! ¡Cómo serías cruel verdugo de tu propia sangre! ¡Cómo sería yo fin quexosa de tus días! ¡O mi padre honrrado, cómo he dañado tu fama e dado causa e lugar a quebrantar tu casa! ¡O traydora de mí, cómo no miré primero el gran yerro que seguía de tu entrada, el gran peligro que esperaua!

SOSIA.— ¡Ante quisiera yo oyrte esos miraglos! Todas sabes essa oración, después que no puede dexar de ser hecho. ¡E el bouo de Calisto, que se lo escucha!

CALISTO.— Ya quiere amanecer. ¿Qué es esto? No me paresce que ha vna hora, que estamos aquí, e da el relox las tres.

MELIBEA.— Señor, por Dios, pues ya todo queda por ti, pues ya soy tu dueña, pues ya no puedes negar mi amor, no me niegues tu vista de día, passando por mi puerta; de noche donde tú ordenares. Sea tu venida por este secreto lugar a la mesma ora, porque siempre te espere apercebida del gozo con que quedo, esperando las venideras noches. E por el presente te ve con Dios, que no serás visto, que haze muy escuro, ni yo en casa sentida, que avn no amanesce.

CALISTO.— Moços, poné el escala.

SOSIA.— Señor, vesla aquí. Baxa.

MELIBEA.— Lucrecia, vente acá, que estoy sola. Aquel señor mío es ydo. Comigo dexa su coraçón, consigo lleua el mío. ¿Asnos oydo?

LUCRECIA.— No, señora, dormiendo he estado.

SOSIA.— Tristán, deuemos yr muy callando, porque suelen leuantarse a esta hora los ricos, los cobdiciosos de temporales bienes, los deuotos de templos, monesterios e yglesias, los enamorados como nuestro amo, los trabajadores de los campos e labranças, e los pastores que en este tiempo traen las ouejas a estos apriscos a ordeñar, e podría ser que cogiessen de pasada alguna razón, por do toda su honrra e la de Melibea se turbasse.

TRISTÁN.— ¡O simple rascacauallos! ¡Dizes que callemos e nombras su nombre della! Bueno eres para adalid o para regir gente en tierra de moros de noche. Así que, prohibiendo, permites; encubriendo, descubres; asegurando, offendes; callando, bozeas e pregonas; preguntando, respondes. Pues tan sotil e discreto eres, ¿no me dirás en qué mes cae Santa María de Agosto, Porque sepamos si ay harta paja en casa que comas ogaño?

CALISTO.— Mis cuydados e los de vosotros no son todos vnos. Entrad callando, no nos sientan en casa. Cerrad essa puerta e vamos a reposar, que yo me quiero sobir solo a mi camara. Yo me desarmaré. Id vosotros a vuestras camas.

CALISTO.— ¡O mezquino yo!, quanto me es agradable de mi natural la solicitud e silencio e escuridad. No sé si lo causa que me vino a la memoria la trayción, que fize en me despartir de aquella señora, que tanto amo, hasta que más fuera de día, o el dolor de mi deshonrra. ¡Ay, ay!, que esto es. Esta herida es la que siento agora, que se ha resfriado. Agora que está elada la sangre, que ayer heruía; agora que veo la mengua de mi casa, la falta de mi seruicio, la perdición de mi patrimonio, la infamia que tiene mi persona de la muerte, que de mis criados se ha seguido. ¿Qué hize? ¿En qué me detuue? ¿Cómo me puedo soffrir, que no me mostré luego presente, como hombre injuriado, vengador, soberuio e acelerado de la manifiesta injusticia que me fue hecha? ¡O mísera suauidad desta breuíssima vida! ¿Quién es de ti tan cobdicioso que no quiera más morir luego, que gozar vn año de vida denostado e prorogarle con deshonrra, corrompiendo la buena fama de los passados? Mayormente que no ay hora cierta ni limitada ni avn vn solo momento. Deudores somos sin tiempo, contino estamos obligados a pagar luego. ¿Por qué no salí a inquirir siquiera la verdad de la secreta causa de mi manifiesta perdición? ¡O breue deleyte mundano! ¡Cómo duran poco e cuestan mucho tus dulçores! No se compra tan caro el arrepentir. ¡O triste yo! ¿Quando se restaurará tan grande pérdida? ¿Qué haré? ¿Qué consejo tomaré? ¿A quién descobriré mi mengua? ¿Por qué lo celo a los otros mis seruidores e parientes? Tresquílanme en concejo e no lo saben en mi casa. Salir quiero; pero, si salgo para dezir que he estado presente, es tarde; si absente, es temprano. E para proueer amigos e criados antiguos, parientes e allegados, es menester tiempo e para buscar armas e otros aparejos de vengança. ¡O cruel juez!, ¡e qué mal pago me has dado del pan, que de mi padre comiste! Yo pensaua que pudiera con tu fauor matar mill hombres sin temor de castigo, iniquo falsario, perseguidor de verdad, hombre de baxo suelo. Bien dirán de ti que te hizo alcalde mengua de hombres buenos. Mirarás que tú e los que mataste, en seruir a mis passados e a mí, érades compañeros; mas, quando el vil está rico, no tiene pariente ni amigo. ¿Quién pensara que tú me auías de destruyr? No ay, cierto, cosa más empecible, qu' el incogitado enemigo. ¿Por qué quesiste que dixessen: del monte sale con que se arde e que crié cueruo que me sacasse el ojo? Tú eres público delinquente e mataste a los que son priuados. E pues sabe que menor delito es el priuado que el público, menor su vtilidad, según las leyes de Atenas disponen. Las quales no son escritas con sangre; antes muestran que es menor yerro no condenar los malhechores, que punir los innocentes. ¡O quan peligroso es seguir justa causa delante injusto juez! Quánto más este excesso de mis criados, que no carescía de culpa. Pues mira, si mal has hecho, que ay sindicado en el cielo y en la tierra: assí que a Dios e al rey serás reo e a mí capital enemigo. ¿Qué peccó el vno por lo que hizo el otro, que por solo ser su compañero los mataste a entrambos? ¿Pero qué digo? ¿Con quién hablo? ¿Estoy en mi seso? ¿Qué es esto, Calisto? ¿Soñauas, duermes o velas? ¿Estás en pie o acostado? Cata que estás en tu cámara. ¿No vees que el offendedor no está presente? ¿Con quién lo has? Torna en ti. Mira que nunca los absentes se hallaron justos. Oye entrambas partes para sentenciar. ¿No vees que por executar la justicia no auía de mirar amistad ni deudo ni criança? ¿No miras que la ley tiene de ser ygual a todos? Mira que Rómulo, el primer cimentador de Roma, mató a su propio hermano, porque la ordenada ley traspassó. Mira a Torcato romano, cómo mató a su hijo, porque excedió la tribunicia constitución. Otros muchos hizieron lo mesmo. Considera que, si aquí presente él estouiese, respondería que hazientes e consintientes merecen ygual pena; avnque a entrambos matasse por lo que el vno pecó. E que, si aceleró en su muerte, que era crimen notorio e no eran necessarias muchas prueuas e que fueron tomados en el acto del matar: que ya estaua el vno muerto de la cayda que dio. E también se deue creer que aquella lloradera moça, que Celestina tenía en su casa, le dio rezia priessa con su triste llanto e él, por no hazer bullicio, por no me disfamar, por no esperar a que la gente se leuantasse e oyessen el pregón, del qual gran infamia se me siguía, los mandó justiciar tan de mañana, pues era forçoso el verdugo e bozeador para la execución e su descargo. Lo qual todo, assí como creo es hecho, antes le quedo deudor e obligado para quanto biua, no como a criado de mi padre, pero como a verdadero hermano. E puesto caso que assí no fuesse, puesto caso que no echasse lo passado a la mejor parte, acuérdate, Calisto, del gran gozo passado. Acuérdate de tu señora e tu bien todo. E pues tu vida no tienes en nada por su seruicio, no has de tener las muertes de otros, pues ningún dolor ygualará con el rescebido plazer.

»¡O mi señora e mi vida! Que jamás pensé en absencia offenderte. Que paresce que tengo en poca estima la merced, que me has hecho. No quiero pensar en enojo, no quiero tener ya con la tristeza amistad. ¡O bien sin comparación! ¡O insaciable contentamiento! ¿E quándo pidiera yo más a Dios por premio de mis méritos, si algunos son en esta vida, de lo que alcançado tengo? ¿Por qué no estoy contento? Pues no es razón ser ingrato a quien tanto bien me ha dado. ¡Quiérolo conocer, no quiero con enojo perder mi seso, porque perdido no cayga de tan alta possessión! No quiero otra honrra; ni otra gloria, no otras riquezas, no otro padre ni madre, no otros deudos no parientes. De día estaré en mi cámara, de noche en aquel parayso dulce, en aquel alegre vergel, entre aquellas suaues plantas e fresca verdura. ¡O noche de mi descanso, si fuesses ya tornada! ¡O luziente Febo, date priessa a tu acostumbrado camino! ¡O deleytosas estrellas, apareceos ante de la continua orden! ¡O espacioso relox, avn te vea yo arder en biuo fuego de amor! Que si tú esperasses lo que yo, quando des doze, jamás estarías arrendado a la voluntad del maestro, que te compuso. Pues ¡vosotros, inuernales meses, que agora estays escondidos!: ¡viniessedes con vuestras muy complidas noches a trocarlas por estos prolixos días! Ya me paresce hauer vn año, que no he visto aquel suaue descanso, aquel deleytoso refrigerio de mis trabajos. ¿Pero qué es lo que demando? ¿Qué pido, loco, sin sufrimiento? Lo que jamás fue ni puede ser. No aprenden los cursos naturales a rodearse sin orden, que a todos es vn ygual curso, a todos vn mesmo espacio para muerte y vida, un limitado término a los secretos mouimientos del alto firmamento celestial de los planetas y norte, de los crescimientos e mengua de la menstrua luna. Todo se rige con vn freno ygual, todo se mueue con igual espuela: cielo, tierra, mar, fuego, viento, calor, frío ¿Qué me aprouecha a mí que dé doze horas el relox de hierro, si no las ha dado el del cielo? Pues, por mucho que madrugue, no amanesce más ayna.

»Pero tú, dulce ymaginacion, tú que puedes, me acorre. Trae a mi fantasía la presencia angélica de aquella ymagen luziente, buelue a mis oydos el suaue son de sus palabras, aquellos desuíos sin gana, aquel apártate allá, señor, no llegues a mí, aquel no seas descortés, que con sus rubicundos labrios vía sonar, aquel no quieras mi perdición, que de rato en rato proponía, aquellos amorosos abraços entre palabra e palabra, aquel soltarme e prenderme, aquel huyr e llegarse, aquellos açucarados besos, aquella final salutacion con que se me despidió. ¡Con quanta pena salió por su boca! ¡Con quantos desperezos! ¡Con quantas lágrimas, que parescían granos de aljofar, que sin sentir se le cayan de aquellos claros e resplandecientes ojos!

SOSIA.— Tristán, ¿qué te paresce de Calisto, qué dormir ha hecho? Que son ya las quatro de la tarde e no nos ha llamado ni ha comido.

TRISTÁN.— Calla, que el dormir no quiere priessa. Demás desto, aquéxale por vna parte la tristeza de aquellos moços, por otra le alegra el muy gran plazer de lo que con su Melibea ha alcançado. Assí que, dos tan rezios contrarios verás qué tal pararán vn flaco subjecto, donde estuuieren aposentados.

SOSIA.— ¿Piénsaste tú que le penan a él mucho los muertos? Si no le penasse más a aquella, que desde esta ventana veo yo yr por la calle, no lleuaría las tocas de tal color.

TRISTÁN.— ¿Quién es, hermano?

SOSIA.— Llégate acá e verla has antes que trasponga. Mira aquella lutosa, que se limpia agora las lágrimas de los ojos. Aquélla es Elicia, criada de Celestina e amiga de Sempronio. Vna muy bonita moça; avnque queda agora perdida la pecadora, porque tenía a Celestina por madre e a Sempronio por el principal de sus amigos. E aquella casa, donde entra, allí mora vna hermosa muger, muy graciosa e fresca, enamorada, medio ramera; pero no se tiene por poco dichoso quien la alcança tener por amiga sin grande escote e llámase Areusa. Por la cual sé yo que ouo el triste de Pármeno más de tres noches malas e avn que no le plaze a ella con su muerte.

El décimoquinto aucto

ARGUMENTO DEL DÉCIMOQUINTO AUCTO:

Areusa dize palabras injuriosas a vn rufián, llamado Centurio, el qual se despide della por la venida de Elicia, la qual cuenta a Areusa las muertes que sobre los amores de Calisto e Melibea se auían ordenado, e conciertan Areusa y Elicia que Centurio aya de vengar las muertes de los tres en los dos enamorados. En fin, despídese Elicia de Areusa, no consintiendo en lo que le ruega, por no perder el buen tiempo que se daua, estando en su asueta casa.

AREUSA, CENTURIO, ELICIA.

ELICIA.— ¿Qué bozear es este de mi prima? Si ha sabido las tristes nueuas que yo le traygo, no auré yo las albricias de dolor, que por tal mensaje se ganan. Llore, llore, vierta lágrimas, pues no se hallan tales hombres a cada rincón. Plázeme que assí lo siente. Messe aquellos cabellos como yo triste he fecho, sepa que es perder buena vida más trabajo que la misma muerte. ¡O quanto más la quiero que hasta aquí, por el gran sentimiento que muestra!

AREUSA.— Vete de mi casa, rufián, vellaco, mentiroso, burlador, que me traes engañada, boua, con tus offertas vanas. Con tus ronces e halagos hasme robado quanto tengo. Yo te di, vellaco, sayo e capa, espada e broquel, camisas de dos en dos a las mill marauillas labradas, yo te di armas e cauallo, púsete con señor que no le merescías descalçar; agora vna cosa que te pido que por mí fagas pónesme mill achaques.

CENTURIO.— Hermana mía, mándame tú matar con diez hombres por tu seruicio e no que ande vna legua de camino a pie.

AREUSA.— ¿Por qué jugaste tú el cauallo, tahúr vellaco? Que si por mí no ouiesse sido, estarías tú ya ahorcado. Tres vezes te he librado de la justicia, quatro vezes desempeñado en los tableros. ¿Por qué lo hago? ¿Por qué soy loca? ¿Por qué tengo fe con este couarde? ¿Por qué creo sus mentiras? ¿Por qué le consiento entrar por mis puertas? ¿Qué tiene bueno? Los cabellos crespos, la cara acuchillada, dos vezes açotado, manco de la mano del espada, treynta mugeres en la putería. Salte luego de ay. No te vea yo más, no me hables ni digas que me conoces; si no, por los huesos del padre que me hizo e de la madre que me parió, yo te haga dar mill palos en essas espaldas de molinero. Que ya sabes que tengo quien lo sepa hazer y, hecho, salirse con ello.

CENTURIO.— ¡Loquear, bouilla! Pues si yo me ensaño, alguna llorará. Mas quiero yrme e çofrirte, que no sé quien entra, no nos oyan.

ELICIA.— Quiero entrar, que no es son de buen llanto donde ay amenazas e denuestos.

AREUSA.— ¡Ay triste yo! ¿Eres tú, mi Elicia? ¡Jesú, Jesú!, no lo puedo creer. ¿Qué es esto? ¿Quién te me cubrió de dolor? ¿Qué manto de tristeza es este? Cata, que me espantas, hermana mía. Dime presto qué cosa es, que estoy sin tiento, ninguna gota de sangre has dexado en mi cuerpo.

ELICIA.— ¡Gran dolor, gran pérdida! Poco es lo que muestro con lo que siento y encubro; más negro traygo el coraçón que el manto, las entrañas, que las tocas. ¡Ay hermana, hermana, que no puedo fablar! No puedo de ronca sacar la boz del pecho.

AREUSA.— ¡Ay triste! ¿Qué me tienes suspensa? Dímelo, no te messes, no te rascuñes ni maltrates. ¿Es común de entrambas este mal? ¿Tócame a mí?

ELICIA.— ¡Ay prima mía e mi amor! Sempronio e Pármeno ya no biuen, ya no son en el mundo. Sus ánimas ya están purgando su yerro. Ya son libres desta triste vida.

AREUSA.— ¿Qué me cuentas? No me lo digas. Calla por Dios, que me caeré muerta.

ELICIA.— Pues más mal ay que suena. Oye a la triste, que te contará más quexas. Celestina, aquella que tú bien conosciste, aquella que yo tenía por madre, aquella que me regalaua, aquella que me encubría, aquella con quien yo me honrraua entre mis yguales, aquella por quien yo era conoscida en toda la ciudad e arrabales, ya está dando cuenta de sus obras. Mill cuchilladas le vi dar a mis ojos: en mi regaço me la mataron.

AREUSA.— ¡O fuerte tribulación! ¡O dolorosas nueuas, dignas de mortal lloro! ¡O acelerados desastres! ¡O pérdida incurable! ¿Cómo ha rodeado atan presto la fortuna su rueda? ¿Quién los mató? ¿Cómo murieron? Que estoy enuelesada, sin tiento, como quien cosa impossible oye. No ha ocho días que los vide biuos e ya podemos dezir: perdónelos Dios. Cuéntame, amiga mía, cómo es acaescido tan cruel e desastrado caso.

ELICIA.— Tú lo sabrás. Ya oyste dezir, hermana, los amores de Calisto e la loca de Melibea. Bien verías cómo Celestina auía tomado el cargo, por intercessión de Sempronio, de ser medianera, pagándole su trabajo. La qual puso tanta diligencia e solicitud, que a la segunda açadonada sacó agua. Pues, como Calisto tan presto vido buen concierto en cosa que jamás lo esperaua, a bueltas de otras cosas dio a la desdichada de mi tía vna cadena de oro. E como sea de tal calidad aquel metal, que mientra más beuemos dello más sed nos pone, con sacrílega hambre, quando se vido tan rica, alçóse con su ganancia e no quiso dar parte a Sempronio ni a Pármeno dello, lo qual auía quedado entre ellos que partiessen lo que Calisto diesse. Pues, como ellos viniessen cansados vna mañana de acompañar a su amo toda la noche, muy ayrados de no sé qué questiones que dizen que auían auido, pidieron su parte a Celestina de la cadena para remediarse. Ella púsose en negarles la conuención e promesa e dezir que todo era suyo lo ganado e avn descubriendo otras cosillas de secretos, que como dizen: riñen las comadres etc. Assí que ellos muy enojados, por vna parte los aquexaua la necessidad, que priua todo amor; por otra, el enojo grande e cansancio que trayan, que acarrea alteración; por otra, auían la fe quebrada de su mayor esperança. No sabían qué hazer. Estuuieron gran rato en palabras. Al fin, viéndola tan cobdiciosa, perseuerando en su negar, echaron mano a sus espadas e diéronle mill cuchilladas.

AREUSA.— ¡O desdichada de muger! ¡Y en esto auía su vejez de fenescer! ¿E dellos, qué me dizes? ¿En qué pararon?

ELICIA.— Ellos, como ouieron hecho el delicto, por huyr de la justicia, que acaso passaua por allí, saltaron de las ventanas e quasi muertos los prendieron e sin más dilación los degollaron.

AREUSA.— ¡O mi Pármeno e mi amor! ¡Y quanto dolor me pone su muerte! Pésame del grande amor que con él tan poco tiempo auía puesto, pues no me auía más de durar. Pero pues ya este mal recabdo es hecho, pues ya esta desdicha es acaescida, pues ya no se pueden por lágrimas comprar ni restaurar sus vidas, no te fatigues tú tanto, que cegarás llorando. Que creo que poca ventaja me lleuas en sentimiento e verás con quanta paciencia lo çuffro y passo.

ELICIA.— ¡Ay que rauio! ¡Ay mezquina, que salgo de seso! ¡Ay, que no hallo quien lo sienta como yo! No hay quien pierda lo que yo pierdo. ¡O quánto mejores y más honestas fueran mis lágrimas en passión ajena, que en la propia mía! ¿A dónde yré, que pierdo madre, manto y abrigo; pierdo amigo y tal que nunca faltaua de mi marido? ¡O Celestina sabia, honrrada y autorizada, quántas faltas me encobrías con tu buen saber! Tú trabajauas, yo holgaua; tú salías fuera, yo estaua encerrada; tú rota, yo vestida; tú entrauas contino como abeja por casa, yo destruya, que otra cosa no sabía hazer. ¡O bien y gozo mundano, que mientra eres posseydo eres menospreciado e jamás te consientes conocer hasta que te perdemos! ¡O Calisto y Melibea, causadores de tantas muertes! ¡Mal fin ayan vuestros amores, en mal sabor se conuiertan vuestros dulces plazeres! Tórnese lloro vuestra gloria, trabajo vuestro descanso. Las yeruas deleytosas, donde tomays los hurtados solazes, se conuiertan en culebras, los cantares se os tornen lloro, los sombrosos árboles del huerto se sequen con vuestra vista, sus flores olorosas se tornen de negra color.

AREUSA.— Calla, por Dios, hermana, pon silencio a tus quexas, ataja tus lágrimas, limpia tus ojos, torna sobre tu vida. Que quando vna puerta se cierra, otra suele abrir la fortuna y este mal, avnque duro, se soldará. E muchas cosas se pueden vengar que es impossible remediar y esta tiene el remedio dudoso e la vengança en la mano.

ELICIA.— ¿De quién se ha de auer enmienda, que la muerta y los matadores me han acarreado esta cuyta? No menos me fatiga la punición de los delinquentes, que el yerro cometido. ¿Qué mandas que haga, que todo carga sobre mí? Pluguiera a Dios que fuera yo con ellos e no quedara para llorar a todos. Y de lo que más dolor siento es ver que por esso no dexa aquel vil de poco sentimiento de ver y visitar festejando cada noche a su estiércol de Melibea y ella muy vfana en ver sangre vertida por su seruicio.

AREUSA.— Si esso es verdad ¿de quién mejor se puede tomar vengança? De manera que quien lo comió, aquel lo escote. Déxame tú, que si yo les caygo en el rastro, quándo se veen e cómo, por dónde e a qué hora, no me ayas tú por hija de la pastellera vieja, que bien conosciste, si no hago que les amarguen los amores. E si pongo en ello a aquel con quien me viste que reñía quando entrauas, si no sea él peor verdugo para Calisto, que Sempronio de Celestina. Pues, ¡qué gozo auría agora él en que le pusiesse yo en algo por mi seruicio, que se fue muy triste de verme que le traté mal! E vería él los cielos abiertos en tornalle yo a hablar e mandar. Por ende, hermana, dime tú de quien pueda yo saber el negocio cómo passa, que yo le haré armar vn lazo con que Melibea llore quanto agora goza.

ELICIA.— Yo conozco, amiga, otro compañero de Pármeno, moço de cauallos, que se llama Sosia, que le acompaña cada noche. Quiero trabajar de se lo sacar todo el secreto e este será buen camino para lo que dizes.

AREUSA.— Mas hazme este plazer, que me embíes acá esse Sosia. Yo le halagaré e diré mill lisonjas e offrescimientos hasta que no le dexe en el cuerpo de lo hecho e por hazer. Después a él e a su amo haré reuessar el plazer comido. E tú, Elicia, alma mía, no recibas pena. Passa a mi casa tu ropa e alhajas e vente a mi compañía, que estarás muy sola e la tristeza es amiga de la soledad. Con nueuo amor oluidarás los viejos. Vn hijo que nasce restaura la falta de tres finados: con nueuo sucessor se pierde la alegre memoria e plazeres perdidos del passado. De vn pan, que yo tenga, ternás tú la meytad. Más lástima tengo de tu fatiga, que de los que te la ponen. Verdad sea, que cierto duele más la pérdida de lo que hombre tiene, que da plazer la esperança de otro tal, avnque sea cierta. Pero ya lo hecho es sin remedio e los muertos irrecuperables. E como dizen: mueran e biuamos. A los biuos me dexa a cargo, que yo te les daré tan amargo xarope a beuer, qual ellos a ti han dado. ¡Ay prima, prima, como sé yo, quando me ensaño, reboluer estas tramas, avnque soy moça! E de ál me vengue Dios, que de Calisto Centurio me vengará.

ELICIA.— Cata que creo que, avnque llame el que mandas, no aurá effecto lo que quieres, porque la pena de los que murieron por descobrir el secreto porná silencio al biuo para guardarle. Lo que me dizes de mi venida a tu casa te agradesco mucho. E Dios te ampare e alegre en tus necessidades, que bien muestras el parentesco e hermandad no seruir de viento, antes en las aduersidades aprouechar. Pero, avnque lo quiera hazer, por gozar de tu dulce compañía, no podrá ser por el daño que me vernía. La causa no es necessario dezir, pites hablo con quien me entiende. Que allí, hermana, soy conoscida, allí estoy aparrochada. Jamás perderá aquella casa el nombre de Celestina, que Dios aya. Siempre acuden allí moças conoscidas e allegadas, medio parientas de las que ella crió. Allí hazen sus conciertos, de donde se me seguirá algún prouecho. E también essos pocos amigos, que me quedan, no me saben otra morada. Pues ya sabes quán duro es dexar lo vsado e que mudar costumbre es a par de muerte e piedra mouediza que nunca moho la cobija. Allí quiero estar, siquiera porque el alquile de la casa, que está pagado por ogaño, no se vaya em balde. Assí que, avnque cada cosa no abastasse por sí, juntas aprouechan e ayudan. Ya me paresce que es hora de yrme. De lo dicho me lleuo el cargo. Dios quede contigo, que me voy.

El decimosesto aucto

ARGUMENTO DEL DECIMOSESTO AUCTO:

Pensando Pleberio e Alisa tener su hija Melibea el don de la virginidad conseruado, lo qual, según ha parescido, está en contrario, y están razonando sobre el casamiento de Melibea; e en tan gran quantidad le dan pena las palabras, que de sus padres oye, que embía a Lucrecia para que sea causa de su silencio en aquel propósito.

PLEBERIO, ALISA, LUCRECIA, MELIBEA.

PLEBERIO.— Alisa, amiga, el tiempo, según me parece, se nos va, como dizen, entre las manos. Corren los días como agua de río. No hay cosa tan ligera para huyr como la vida. La muerte nos sigue e rodea, de la qual somos vezinos e hazia su vandera nos acostamos, según natura. Esto vemos muy claro, si miramos nuestros yguales, nuestros hermanos e parientes en derredor. Todos los come ya la tierra, todos están en sus perpetuas moradas. E pues somos inciertos quándo auemos de ser llamados, viendo tan ciertas señales, deuemos echar nuestras baruas en remojo e aparejar nuestros fardeles para andar este forçoso camino; no nos tome improuisos ni de salto aquella cruel boz de la muerte. Ordenemos nuestras ánimas con tiempo, que más vale preuenir que ser preuenidos. Demos nuestra hazienda a dulce sucessor, acompañemos nuestra vnica hija con marido, qual nuestro estado requiere, porque vamos descansados e sin dolor deste mundo. Lo qual con mucha diligencia deuemos poner desde agora por obra e lo que otras vezes auemos principiado en este caso, agora aya execución. No quede por nuestra negligencia nuestra hija en manos de tutores, pues parescerá ya mejor en su propia casa que en la nuestra. Quitarla hemos de lenguas de vulgo, porque ninguna virtut ay tan perfecta, que no tenga vituperadores e maldizientes. No ay cosa con que mejor se conserue la limpia fama en las vírgines, que con temprano casamiento. ¿Quién rehuyría nuestro parentesco en toda la ciudad? ¿Quién no se hallará gozoso de tomar tal joya en su compañía? ¿En quien caben las quatro principales cosas que en los casamientos se demandan, conuiene a saber: lo primero discrición, honestidad e virginidad: segundo, hermosura; lo terçero el alto origen e parientes; lo final, riqueza? De todo esto la dotó natura. Qualquiera cosa que nos pidan hallarán bien complida.

ALISA.— Dios la conserue, mi señor Pleberio, porque nuestros desseos veamos complidos en nuestra vida. Que antes pienso que faltará ygual a nuestra hija, según tu virtut e tu noble sangre, que no sobrarán muchos que la merezcan. Pero como esto sea officio de los padres e muy ageno a las mugeres, como tú lo ordenares, seré yo alegre, e nuestra hija obedecerá, según su casto biuir e honesta, vida y humildad.

LUCRECIA.— ¡Avn si bien lo supiesses, rebentarías! ¡Ya!, ¡ya! ¡Perdido es lo mejor! ¡Mal año se os apareja a la vejez! Lo mejor Calisto lo lleua. No ay quien ponga virgos, que ya es muerta Celestina. Tarde acordays y más auíades de madrugar. ¡Escucha!, ¡escucha! señora Melibea.

MELIBEA.— ¿Qué hazes ay escondida, loca?

LUCRECIA.— Llégate aquí, señora, oyrás a tus padres la priessa que traen por te casar.

MELIBEA.— Calla, por Dios, que te oyrán. Déxalos parlar, déxalos deuaneen. Vn mes há que otra cosa no hazen ni en otra cosa entienden. No parece sino que les dize el coraçón el gran amor que a Calisto tengo e todo lo que con él vn mes há he passado. No sé si me han sentido, no sé qué se sea aquexarles más agora este cuydado que nunca. Pues mándoles yo trabajar en vano. Por demás es la cítola en el molino. ¿Quién es el que me ha de quitar mi gloria? ¿Quién apartarme mis plazeres? Calisto es mi ánima, mi vida, mi señor, en quien yo tengo toda mi sperança. Conozco dél que no biuo engañada. Pues él me ama, ¿con qué otra cosa le puedo pagar? Todas las debdas del mundo resciben compensación en diuerso género; el amor no admite sino solo amor por paga. En pensar en él me alegro, en verlo me gozo, en oyrlo me glorifico. Haga e ordene de mí a su voluntad. Si passar quisiere la mar, con él yré; si rodear el mundo, lléueme consigo; si venderme en tierra de enemigos, no rehuyré su querer. Déxenme mis padres gozar d'él, si ellos quieren gozar de mí. No piensen en estas vanidades ni en estos casamientos: que más vale ser buena amiga que mala casada. Déxenme gozar mi mocedad alegre, si quieren gozar su vejez cansada; si no, presto podrán aparejar mi perdición e su sepultura. No tengo otra lástima, sino por el tiempo que perdí de no gozarlo, de no conoscerlo, después que a mí me sé conoscer. No quiero marido, no quiero ensuziar los ñudos del matrimonio ni las maritales pisadas de ageno hombre repisar, como muchas hallo en los antiguos libros que ley o que hizieron más discretas que yo, más subidas en estado e linaje. Las quales algunas eran de la gentilidad tenidas por diosas, assí como Venus, madre de Eneas e de Cupido, el dios del amor, que siendo casada corrompió la prometida fe marital. E avn otras, de mayores fuegos encendidas, cometieron nefarios e incestuosos yerros, como Mirra con su padre, Semíramis con su hijo, Canasce con su hermano e avn aquella forjada Thamar, hija del rey Dauid. Otras avn más cruelmente traspassaron las leyes de natura, como Pasiphe, muger del rey Minos, con el toro. Pues reynas eran e grandes señoras, debaxo de cuyas culpas la razonable mía podrá passar sin denuesto. Mi amor fue con justa causa. Requerida e rogada, catiuada de su merescimiento, aquexada por tan astuta maestra como Celestina, seruida de muy peligrosas visitaciones, antes que concediesse por entero en su amor. Y después vn mes há, como has visto, que jamás noche ha faltado sin ser nuestro huerto escalado como fortaleza e muchas auer venido em balde e por esso no me mostrar más pena ni trabajo. Muertos por mí sus seruidores, perdiéndose su hazienda, fingiendo absencia con todos los de la ciudad, todos los días encerrado en casa con esperança de verme a la noche. ¡Afuera, afuera la ingratitud, afuera las lisonjas e el engaño con tan verdadero amador, que ni quiero marido ni quiero padre ni parientes! Faltándome Calisto, me falte la vida, la qual, porque él de mí goze, me aplaze.

LUCRECIA.— Calla, señora, escucha, que todavía perseueran.

PLEBERIO.— Pues, ¿qué te parece, señora muger? ¿Deuemos hablarlo a nuestra hija, deuemos darle parte de tantos como me la piden, para que de su voluntad venga, para que diga quál le agrada? Pues en esto las leyes dan libertad a los hombres e mugeres, avnque estén so el paterno poder, para elegir.

ALISA.— ¿Qué dizes? ¿En qué gastas tiempo? ¿Quién ha de yrle con tan grande nouedad a nuestra Melibea, que no la espante? ¡Cómo! ¿E piensas que sabe ella qué cosa sean hombres? ¿Si se casan o qué es casar? ¿O que del ayuntamiento de marido e muger se procreen los hijos? ¿Piensas que su virginidad simple le acarrea torpe desseo de lo que no conosce ni ha entendido jamás? ¿Piensas que sabe errar avn con el pensamiento? No lo creas, señor Pleberio, que si alto o baxo de sangre o feo o gentil de gesto le mandaremos tomar, aquello será su plazer, aquello aurá por bueno. Que yo sé bien lo que tengo criado en mi guardada hija.

MELIBEA.— Lucrecia, Lucrecia, corre presto, entra por el postigo en la sala y estóruales su hablar, interrúmpeles sus alabanças con algún fingido mensaje, si no quieres que vaya yo dando bozes como loca, según estoy enojada del concepto engañoso, que tienen de mi ignorancia.

LUCRECIA.— Ya voy, señora.

El décimo séptimo aucto

ARGUMENTO DEL DÉCIMO SÉPTIMO AUCTO:

Elicia, caresciendo de la castimonia de Penélope, determina de despedir el pesar e luto que por causa de los muertos trae, alabando el consejo de Areusa en este propósito; la qual va a casa de Areusa, adonde viene Sosia, al qual Areusa con palabras fictas saca todo el secreto que está entre Calisto e Melibea.

ELICIA, AREUSA, SOSIA.

ELICIA.— Mal me va con este luto. Poco se visita mi casa, poco se passea mi calle. Ya no veo las músicas de la aluorada, ya no las canciones de mis amigos, ya no las cuchilladas ni ruydos de noche por mi causa e, lo que peor siento, que ni blanca ni presente veo entrar por mi puerta. De todo esto me tengo yo la culpa, que si tomara el consejo de aquella que bien me quiere, de aquella verdadera hermana, quando el otro día le lleué las nueuas deste triste negocio, que esta mi mengua ha acarreado, no me viera agora entre dos paredes sola, que de asco ya no ay quien me vea. El diablo me da tener dolor por quien no sé si, yo muerta, lo tuuiera. A osadas, que me dixo ella a mí lo cierto: nunca, hermana, traygas ni muestres más pena por el mal ni muerte de otro, que él hiziera por ti. Sempronio holgara, yo muerta; pues ¿por qué, loca, me peno yo por él degollado? ¿E qué sé si me matara a mí, conio era acelerado e loco, como hizo a aquella vieja, que tenía yo por madre? Quiero en todo seguir su consejo de Areusa, que sabe más del mundo que yo e verla muchas vezes e traer materia cómo biua. ¡O qué participación tan suaue, qué conuersación tan gozosa e dulce! No en balde se dize: que vale más vn día del hombre discreto, que toda la vida del nescio e simple. Quiero pues deponer el luto, dexar tristeza, despedir las lágrimas, que tan aparejadas han estado a salir. Pero como sea el primer officio, que en nasciendo hazemos, llorar, no me marauilla ser más ligero de començar e de dexar más duro. Mas para esto es el buen seso, viendo la pérdida al ojo, viendo que los atauíos hazen la muger hermosa, avnque no lo sea, tornan de vieja moça e a la moça más. No es otra cosa la color e aluayalde, sino pegajosa liga en que se trauan los hombres. Ande pues mi espejo e alcohol, que tengo dañados estos ojos; anden mis tocas blancas, mis gorgueras labradas, mis ropas de plazer. Quiero adereçar lexía para estos cabellos, que perdían ya la ruuia color y, esto hecho, contaré mis gallinas, haré mi cama, porque la limpieza alegra el coraçón, barreré mi puerta e regaré la calle, porque los que passaren vean que es ya desterrado el dolor. Mas primero quiero yr a visitar mi prima, por preguntarle si ha ydo allá Sosia e lo que con él ha passado, que no lo he visto después que le dixe cómo le querría hablar Areusa. Quiera Dios que la halle sola, que jamás está desacompañada de galanes, como buena tauerna de borrachos.

ELICIA.— Cerrada está la puerta. No deue estar allá hombre. Quiero llamar. Tha, tha.

AREUSA.— ¿Quién es?

ELICIA.— Abre, amiga; Elicia soy.

AREUSA.— Entra, hermana mía. Véate Dios, que tanto plazer me hazes en venir como vienes, mudado el hábito de tristeza. Agora nos gozaremos juntas, agora te visitaré, vernos hemos en mi casa y en la tuya. Quiçá por bien fue para entrambas la muerte de Celestina, que yo ya siento la mejoría más que antes. Por esto se dize que los muertos abren los ojos de los que biuen, a vnos con haziendas, a otros con libertad, como a ti.

ELICIA.— A tu puerta llaman. Poco espacio nos dan para hablar, que te querría preguntar si auía venido acá Sosia.

AREUSA.— No ha venido; después hablaremos. ¡Qué porradas que dan! Quiero yr abrir, que o es loco o priuado. ¿Quién llama?

SOSIA.— Abreme, señora. Sosia soy, criado de Calisto.

AREUSA.— Por los santos de Dios, el lobo es en la conseja. Escóndete, hermana, tras esse paramento e verás quál te lo paro lleno de viento de lisonjas, que piense, quando se parta de mí, que es él e otro no. E sacarle he lo suyo e lo ageno del buche con halagos, como él saca el poluo con la almohaça a los cauallos.

AREUSA.— ¿Es mi Sosia, mi secreto amigo? ¿El que yo me quiero bien sin que él lo sepa? ¿El que desseo conoscer por su buena fama? ¿El fiel a su amo? ¿El buen amigo de sus compañeros? Abraçarte quiero, amor, que agora, que te veo, creo que ay más virtudes en ti, que todos me dezían. Andacá, entremos a assentarnos, que me gozo en mirarte, que me representas la figura del desdichado de Pármeno. Con esto haze oy tan claro día que auías tú de venir a uerme. Dime, señor, ¿conoscíasme antes de agora?

SOSIA.— Señora, la fama de tu gentileza, de tus gracias e saber buela tan alto por esta ciudad, que no deues tener en mucho ser de más conoscida que conosciente, porque ninguno habla en loor de hermosas, que primero no se acuerde de ti, que de quantas son.

ELICIA.— (*Aparte. Escondida.*) ¡O hideputa el pelón e cómo se desasna! ¡Quién le ve yr al agua con sus cauallos en cerro e sus piernas de fuera, en sayo, e agora en verse medrado con calças e capa, sálenle alas e lengua!

AREUSA.— Ya me correría con tu razón, si alguno estuuiesse delante, en oyrte tanta burla como de mí hazes; pero, como todos los hombres traygays proueydas essas razones, essas engañosas alabanças, tan comunes para todas, hechas de molde, no me quiero de ti espantar. Pero hágote cierto, Sosia, que no tienes dellas necessidad; sin que me alabes te amo y sin que me ganes de nueuo me tienes ganada. Para lo que te embié a rogar que me vieses, son dos cosas, las quales, si más lisonja o engaño en ti conozco, te dexaré de dezir, avnque sean de tu prouecho.

SOSIA.— Señora mía, no quiera Dios que yo te haga cautela. Muy seguro venía de la gran merced, que me piensas hazer e hazes. No me sentía digno para descalçarte. Guía tú mi lengua, responde por mí a tus razones, que todo lo avré por rato e firme.

AREUSA.— Amor mío, ya sabes quánto quise a Pármeno, e como dizen: quien bien quiere a Beltrán a todas sus cosas ama. Todos sus amigos me agradauan, el buen seruicio de su amo, como a él mismo, me plazía. Donde vía su daño de Calisto, le apartaua. Pues como esto assí sea, acordé dezirte, lo vno, que conozcas el amor que te tengo e quánto contigo e con tu visitación siempre me alegrarás e que en esto no perderás nada, si yo pudiere, antes te verná prouecho. Lo otro e segundo, que pues yo pongo mis ojos en ti, e mi amor e querer, auisarte que te guardes de peligros e más de descobrir tu secreto a ninguno, pues ves quanto daño vino a Pármeno e a Sempronio de lo que supo Celestina, porque no querría verte morir mallogrado como a tu compañero. Harto me basta auer llorado al vno. Porque has de saber que vino a mí vna persona e me dixo que le auías tú descubierto los amores de Calisto e Melibea e cómo la auía alcançado e cómo yuas cada noche a le acompañar e otras muchas cosas, que no sabría relatar. Cata, amigo, que no guardar secreto es propio de las mugeres. No de todas; sino de las baxas e de los niños. Cata que te puede venir gran daño. Que para esto te dio Dios dos oydos e dos ojos e no más de vna lengua, porque sea doblado lo que vieres e oyeres, que no el hablar. Cata no confíes que tu amigo te ha de tener secreto de lo que le dixeres, pues tú no le sabes a ti mismo tener. Quando ouieres de yr con tu amo Calisto a casa de aquella señora, no hagas bullicio, no te sienta la tierra, que otros me dixeron que yuas cada noche dando bozes como loco de plazer.

SOSIA.— ¡O cómo son sin tiento e personas desacordadas las que tales nueuas, señora, te acarrean! Quien te dixo que de mi boca lo hauía oydo, no dize verdad. Los otros de verme yr con la luna de noche a dar agua a mis cauallos, holgando e auiendo plazer, diziendo cantares por oluidar el trabajo e desechar enojo y esto antes de las diez, sospechan mal y de la sospecha hazen certidumbre, affirman lo que barruntan. Sí, que no estaua Calisto loco, que a tal hora auía de yr a negocio de tanta affrenta, sin esperar que repose la gente, que descansen todos en el dulçor del primer sueño. Ni menos auía de yr cada noche, que aquel officio no çufre cotidiana visitación. Y si más clara quieres, señora, ver su falsedad, como dizen, que toman antes al mentiroso que al que coxquea, en vn mes no auemos ydo ocho vezes y dizen los falsarios reboluedores que cada noche.

AREUSA.— Pues por mi vida, amor mío, porque yo los acuse y tome en el lazo del falso testimonio me dexes en la memoria los días que aueys concertado de salir e, si yerran, estaré segura de tu secreto y cierta de su leuantar. Porque no siendo su mensaje verdadero, será tu persona segura de peligro e yo sin sobresalto de tu vida. Pues tengo esperança de gozarme contigo largo tiempo.

SOSIA.— Señora, no alarguemos los testigos. Para esta noche en dando el relox las doze está hecho el concierto de su visitación por el huerto. Mañana preguntarás lo que han sabido, de lo qual, si alguno te diere señas, que me tresquilen a mí a cruzes.

AREUSA.— ¿E por qué parte, alma mía, porque mejor los pueda contradezir, si anduuieren errados vacilando?

SOSIA.— Por la calle del vicario gordo, a las espaldas de su casa.

ELICIA.— (*Aparte. Escondida.*) ¡Tiénente, don handrajoso! ¡No es más menester! ¡Maldito sea el que en manos de tal azemilero se confía! ¡Qué desgoznarse haze el badajo!

AREUSA.— Hermano Sosia, esto hablado, basta para que tome cargo de saber tu innocencia e la maldad de tus aduersarios. Vete con Dios, que estoy ocupada en otro negocio y me he detenido mucho contigo.

ELICIA.— (*Aparte.*) ¡O sabia muger! ¡O despidiente propio, qual le merece el asno que ha vaziado su secreto tan de ligero!

SOSIA.— Graciosa e suaue señora, perdóname si te he enojado con mi tardança. Mientra holgares con mi seruicio, jamás hallarás quien tan de grado auenture en él su vida. E queden los ángeles contigo.

AREUSA.— Dios te guíe. ¡Allá yras, azemilero! ¡Muy vfano vas por tu vida! Pues toma para tu ojo, vellaco, e perdona, que te la doy de espaldas. ¿A quién digo? Hermana, sal acá. ¿Qué te parece, quál le embío? Assí sé yo tratar los tales, assí salen de mis manos los asnos, apaleados como este e los locos corridos e los discretos espantados e los deuotos alterados e los castos encendidos. Pues, prima, aprende, que otra arte es esta que la de Celestina; avnque ella me tenía por boua, porque me quería yo serlo. E pues ya tenemos deste hecho sabido quanto desseáuamos, deuemos yr a casa de aquellotro cara de ahorcado, que el jueues eché delante de ti baldonado de mi casa e haz tú como que nos quieres fazer amigos e que rogaste que fuesse a verlo.

El décimo octuauo aucto

ARGUMENTO DEL DÉCIMO OCTAUO AUCTO:

Elicia determina de fazer las amistades entre Areusa e Centurio por precepto de Areusa e vanse a casa de Centurio, onde ellas le ruegan que aya de vengar las muertes en Calisto e Melibea; el qual lo prometió delante dellas. E como sea natural a estos no hazer lo que prometen, escúsase como en el proceso paresce.

CENTURIO, ELICIA, AREUSA.

ELICIA.— ¿Quién está en su casa?

CENTURIO.— Mochacho, corre, verás quién osa entrar sin llamar a la puerta. Torna, torna acá, que ya he visto quién es. No te cubras con el manto, señora: ya no te puedes esconder, que, quando vi adelante entrar a Elicia, vi que no podía traer consigo mala compañía ni nueuas que me pesassen, sino que me auían de dar plazer.

AREUSA.— No entremos, por mi vida, más adentro, que se estiende ya el vellaco, pensando que le vengo a rogar. Que más holgara con la vista de otras como él, que con la nuestra. Boluamos, por Dios, que me fino en ver tan mal gesto. ¿Paréscete, hermana, que me traes por buenas estaciones e que es cosa justa venir de bísperas y entrarnos a uer vn desuellacaras que ay está?

ELICIA.— Torna por mi amor, no te vayas; si no, en mis manos dexarás el medio manto.

CENTURIO.— Tenla, por Dios, señora, tenla no se te suelte.

ELICIA.— Marauillada estoy, prima, de tu buen seso. ¿Quál hombre ay tan loco e fuera de razón, que no huelgue de ser visitado, mayormente de mugeres? Llégate acá, señor Centurio, que en cargo de mi alma por fuerça haga que te abrace, que yo pagaré la fruta.

AREUSA.— Mejor lo vea yo en poder de justicia e morir a manos de sus enemigos, que yo tal gozo le dé. ¡Ya, ya hecho ha conmigo para quanto biua! ¿E por quál carga de agua le tengo de abraçar ni ver a esse enemigo? Porque le rogué estotro día que fuesse vna jornada de aquí, en que me yua la vida e dixo de no.

CENTURIO.— Mándame tú, señora, cosa que yo sepa hazer, cosa que sea de mi officio. Vn desafío con tres juntos e si más vinieren: que no huya por tu amor. Matar vn hombre, cortar vna pierna o braço, harpar el gesto de alguna que se aya ygualado contigo: estas tales cosas, antes serán hechas, que encomendadas. No me pidas que ande camino ni que te dé dinero, que bien sabes que no dura conmigo, que tres saltos daré sin que me se cayga blanca. Ninguno da lo que no tiene. En vna casa biuo qual vees, que rodará el majadero por toda ella sin que tropiece. Las alhajas que tengo es el axuar de la frontera, vn jarro desbocado, vn assador sin punta. La cama en que me acuesto está armada sobre aros de broqueles, vn rimero de malla rota por colchones, vna talega de dados por almohada. Que, avnque quiero dar collación, no tengo qué empeñar, sino esta capa harpada, que traygo acuestas.

ELICIA.— Assí goze, que sus razones me contentan a marauilla. Como vn santo está obediente, como ángel te habla, a toda razón se allega; ¿qué más le pides? Por mi vida que le hables e pierdas enojo, pues tan de grado se te offresce con su persona.

CENTURIO.— ¿Offrescer dizes, señora? Yo te juro por el sancto martilogio de pe a pa, el braço me tiembla de lo que por ella entiendo hazer, que contino pienso cómo la tenga contenta e jamás acierto. La noche passada soñaua que hazía armas en vn desafío por su seruicio con quatro hombres, que ella bien conosce, e maté al vno. E de los otros que huyeron el que más sano se libró me dexó a los pies vn braço yzquierdo. Pues muy mejor lo haré despierto de día, quando alguno tocare en su chapín.

AREUSA.— Pues aquí te tengo, a tiempo somos. Yo te perdono, con condición que me vengues de vn cauallero, que se llama Calisto, que nos ha enojado a mí e a mi prima.

CENTURIO.— ¡O!, reñiego de la condición. Dime luego si está confessado.

AREUSA.— No seas tú cura de su ánima.

CENTURIO.— Pues sea assí. Embiémosle a comer al infierno sin confessión.

AREUSA.— Escucha, no atajes mi razón. Esta noche lo tomarás.

CENTURIO.— No me digas más, al cabo estoy. Todo el negocio de sus amores sé e los que por su causa ay muertos e lo que os tocaua a vosotras, por donde va e a qué hora e con quién es. Pero dime, ¿quántos son los que le acompañan?

AREUSA.— Dos moços.

CENTURIO.— Pequeña presa es essa, poco ceuo tiene ay mi espada. Mejor ceuara ella en otra parte esta noche, que estaua concertada.

AREUSA.— Por escusarte lo hazes. A otro perro con esse huesso. No es para mí essa dilación. Aquí quiero ver si dezir e hazer si comen juntos a tu mesa.

CENTURIO.— Si mi espada dixesse lo que haze, tiempo le faltaría para hablar. ¿Quién sino ella puebla los más cimenterios? ¿Quién haze ricos los cirujanos desta tierra? ¿Quién da contino quehazer a los armeros? ¿Quién destroça la malla muy fina? ¿Quién haze riça de los broqueles de Barcelona? ¿Quién reuana los capacetes de Calatayud, sino ella? Que los caxquetes de Almazén assí los corta, como si fuessen hechos de melón. Veynte años há que me da de comer. Por ella soy temido de hombres e querido de mugeres; sino de ti. Por ella me dieron Centurio por nombre a mi abuelo e Centurio se llamó mi padre e Centurio me llamo yo.

ELICIA.— Pues ¿qué hizo el espada por que ganó tu abuelo esse nombre? Dime, ¿por ventura fue por ella capitán de cient hombres?

CENTURIO.— No; pero fue rufián de cient mugeres.

AREUSA.— No curemos de linaje ni hazañas viejas. Si has de hazer lo que te digo, sin dilación determina, porque nos queremos yr.

CENTURIO.— Más desseo ya la noche por tenerte contenta, que tú por verte vengada. E porque más se haga todo a tu voluntad, escoge qué muerte quieres que le dé. Allí te mostraré vn reportorio en que ay sietecientas e setenta species de muertes: verás quál más te agradare.

ELICIA.— Areusa, por mi amor, que no se ponga este fecho en manos de tan fiero hombre. Más vale que se quede por hazer, que no escandalizar la ciudad, por donde nos venga más daño de lo passado.

AREUSA.— Calla, hermana, díganos alguna, que no sea de mucho bullicio.

CENTURIO.— Las que agora estos días yo vso e más traygo entre manos son espaldarazos sin sangre o porradas de pomo de espada o reués mañoso; a otros agujero como harnero a puñaladas, tajo largo, estocada temerosa, tiro mortal. Algún día doy palos por dexar holgar mi espada.

ELICIA.— No passe, por Dios, adelante; déle palos, porque quede castigado e no muerto.

CENTURIO.— Juro por el cuerpo santo de la letanía, no es más en mi braço derecho dar palos sin matar, que en el sol dexar de dar bueltas al cielo.

AREUSA.— Hermana, no seamos nosotras lastimeras; haga lo que quisiere, mátele como se le antojare. Llore Melibea como tú has hecho. Dexémosle. Centurio, da buena cuenta de lo encomendado. De qualquier muerte holgarémos. Mira que no se escape sin alguna paga de su yerro.

CENTURIO.— Perdónele Dios, si por pies no se me va. Muy alegre quedo, señora mía, que se ha ofrecido caso, avnque pequeño, en que conozcas lo que yo sé hazer por tu amor.

AREUSA.— Pues Dios te dé buena manderecha e a él te encomiendo, que nos vamos.

CENTURIO.— Él te guíe e te dé más paciencia con los tuyos.

CENTURIO.— Allá yrán estas putas atestadas de razones. Agora quiero pensar cómo me escusaré de lo prometido, de manera que piensen que puse diligencia con ánimo de executar lo dicho e no negligencia, por no me poner en peligro. Quiérome hazer doliente; pero ¿qué aprouecha? Que no se apartarán de la demanda, quando sane. Pues si digo que fui allá e que les hize huyr, pedirme han señas de quién eran e quántos yuan y en qué lugar los tomé e qué vestidos lleuauan; yo no las sabré dar. ¡Helo todo perdido! Pues ¿qué consejo tomaré, que cumpla con mi seguridad e su demanda? Quiero embiar a llamar a Traso, el coxo, e a sus dos compañeros e dezirles que, porque yo estoy occupado esta noche en otro negocio, vaya a dar vn repiquete de broquel a manera de leuada, para oxear vnos garçones, que me fue encomendado, que todo esto es passos seguros e donde no consiguirán ningún daño, más de fazerlos huyr e boluerse a dormir.

El décimonono aucto

ARGUMENTO DEL DÉCIMONONO AUCTO:

Yendo Calisto con Sosia e Tristán al huerto de Pleberio a visitar a Melibea, que lo estaua esperando e con ella Lucrecia, cuenta Sosia lo que le aconteció con Areusa. Estando Calisto dentro del huerto con Melibea, viene Traso e otros por mandado de Centurio a complir lo que auía prometido a Areusa e a Elicia, a los quales sale Sosia; e oyendo Calisto desde el huerto, onde estaua con Melibea, el ruydo que trayan, quiso salir fuera, la qual salida fue causa que sus días peresciessen, porque los tales este don resciben por galardón e por esto han de saber desamar los amadores.

SOSIA, TRISTÁN, CALISTO, MELIBEA, LUCRECIA.

SOSIA.— Muy quedo, para que no seamos sentidos. Desde aquí al huerto de Pleberio te contaré, hermano Tristán, lo que con Areusa me ha passado oy, que estoy el más alegre hombre del mundo. Sabrás que ella por las buenas nueuas, que de mí auía oydo, estaua presa de mi amor y embiome a Elicia, rogándome que la visitasse. E dexando aparte otras razones de buen consejo que passamos, mostró al presente ser tanto mía, quanto algún tiempo fue de Pármeno. Rogome que la visitasse siempre, que ella pensaua gozar de mi amor por tiempo. Pero yo te juro por el peligroso camino en que vamos, hermano, e assí goze de mí, que estuue dos o tres vezes por me arremeter a ella, sino que me empachaua la vergüença de verla tan hermosa e arreada e a mí con vna capa vieja ratonada. Echaua de sí en bulliendo vn olor de almizque; yo hedía al estiercol, que lleuaua dentro de los çapatos. Tenía vnas manos como la nieue, que, quando las sacaua de rato en rato de un guante, parecía que se derramaua azahar por casa. Assí por esto, como porque tenía vn poco ella quehacer, se quedó mi atreuer para otro día. E avn porque a la primera vista todas las cosas no son bien tratables e quanto más se comunican mejor se entienden en su participación.

TRISTÁN.— Sosia amigo, otro seso más maduro y esperimentado, que no el mío, era necessario para darte consejo en este negocio; pero lo que con mi tierna edad e mediano natural alcanço al presente te diré. Esta muger es marcada ramera, según tú me dixiste: quanto con ella te passó has de creer que no caresce de engaño. Sus offrecimientos fueron falsos e no sé yo a qué fin. Porque amarte por gentilhombre ¿quántos más terná ella desechados? Si por rico, bien sabe que no tienes más del poluo, pues si se pega del almohaça. Si por hombre de linaje, ya sabrá que te llaman Sosia e a tu padre llamaron Sosia, nascido e criado en vna aldea, quebrando terrones con vn arado, para lo qual eres tú más dispuesto, que para enamorado. Mira, Sosia, e acuérdate bien si te quería sacar algún punto del secreto deste camino, que agora vamos, para con que lo supiesse reboluer a Calisto e Pleberio, de embidia del plazer de Melibea. Cata que la embidia es vna incurable enfermedad donde assienta, huésped que fatiga la posada: en lugar de galardón, siempre goza del mal ageno. Pues si esto es assí, ¡o cómo te quiere aquella maluada hembra engañar con su alto nombre, del qual todas se arrean! Con su vicio ponçoñoso quería condenar el ánima por complir su apetito, reboluer tales casas para contentar su dañada voluntad. ¡O arufianada muger, e con qué blanco pan te daua çaraças! Quería vender su cuerpo a trueco de contienda. Óyeme e, si assí presumes que sea, ármale trato doble, qual yo te diré: que quién engaña al engañador… ya me entiendes. E si sabe mucho la raposa, más el que la toma. Contramínale sus malos pensamientos, escala sus ruyndades, quando más segura la tengas, e cantarás después en tu establo: vno piensa el vayo e otro el que lo ensilla.

SOSIA.— ¡O Tristán, discreto mancebo! Mucho más me has dicho, que tu edad demanda. Astuta sospecha has remontado e creo que verdadera. Pero, porque ya llegamos al huerto e nuestro amo se nos acerca, dexemos este cuento, que es muy largo, para otro día.

CALISTO.— Poned, moços, la escala e callad, que me paresce que está hablando mi señora de dentro. Sobiré encima de la pared y en ella estaré escuchando, por ver si oyré alguna buena señal de mi amor en absencia.

MELIBEA.— Canta más, por mi vida, Lucrecia, que me huelgo en oyrte, mientra viene aquel señor, e muy passo entre estas verduricas, que no nos oyrán los que passaren.

LUCRECIA:

¡O quién fuesse la ortelana
de aquestas viciosas flores,
por prender cada mañana
al partir a tus amores!
Vístanse nueuas collores
los lirios y el açucena;
derramen frescos olores,
quando entre por estrena.

MELIBEA.— ¡O quan dulce me es oyrte! De gozo me deshago. No cesses, por mi amor.

LUCRECIA:

Alegre es la fuente clara
a quien con gran sed la vea;
mas muy más dulce es la cara
de Calisto a Melibea.
Pues, avnque más noche sea,
con su vista gozará.
¡O quando saltar le vea,
qué de abraços te dará!
Saltos de gozo infinitos
da el lobo viendo ganado;
con las tetas los cabritos,
Melibea con su amado.
Nunca fue más desseado
amado de su amiga,
ni huerto más visitado,
ni noche más sin fatiga.

MELIBEA.— Quanto dizes, amiga Lucrecia, se me representa delante, todo me parece que lo veo con mis ojos. Procede, que a muy buen son lo dizes e ayudarte he yo.

LUCRECIA, MELIBEA:

Dulces árboles sombrosos,
humilláos quando veays
aquellos ojos graciosos
del que tanto desseays.
Estrellas que relumbrays,
norte e luzero del día,
¿por qué no le despertays,
si duerme mi alegría?

MELIBEA.—Óyeme, tú, por mi vida, que yo quiero cantar sola.

Papagayos, ruyseñores,
que cantays al aluorada,
lleuad nueua a mis amores,
como espero aquí asentada.
La media noche es passada,
e no viene.
sabedme si ay otra amada

que lo detiene.

CALISTO.— Vencido me tiene el dulçor de tu suaue canto; no puedo más suffrir tu penado esperar. ¡O mi señora e mi bien todo! ¿Quál muger podía auer nascida, que despriuasse tu gran merecimiento? ¡O salteada melodía! ¡O gozoso rato! ¡O coraçón mío! ¿E cómo no podiste más tiempo sufrir sin interrumper tu gozo e complir el desseo de entrambos?

MELIBEA.— ¡O sabrosa trayción! ¡O dulce sobresalto! ¿Es mi señor de mi alma? ¿Es él? No lo puedo creer. ¿Dónde estauas, luziente sol? ¿Dónde me tenías tu claridad escondida? ¿Auía rato que escuchauas? ¿Por qué me dexauas echar palabras sin seso al ayre, con mi ronca boz de cisne? Todo se goza este huerto con tu venida. Mira la luna quán clara se nos muestra, mira las nuues cómo huyen. Oye la corriente agua desta fontezica, ¡quánto más suaue murmurio su río lleua por entre las frescas yeruas! Escucha los altos cipreses, ¡cómo se dan paz unos ramos con otros por intercessión de vn templadico viento que los menea! Mira sus quietas sombras, ¡quán escuras están e aparejadas para encobrir nuestro deleyte! Lucrecia, ¿qué sientes, amiga? ¿Tórnaste loca de plazer? Déxale, no me le despedaces, no le trabajes sus miembros con tus pesados abraços. Déxame gozar lo que es mío, no me ocupes mi plazer.

CALISTO.— Pues, señora e gloria mía, si mi vida quieres, no cesse tu suaue canto. No sea de peor condición mi presencia, con que te alegras, que mi absencia, que te fatiga.

MELIBEA.— ¿Qué quieres que cante, amor mío? ¿Cómo cantaré, que tu desseo era el que regía mi son e hazía sonar mi canto? Pues conseguida tu venida, desapareciose el desseo, destemplose el tono de mi boz. Y pues tú, señor, eres el dechado de cortesía e buena criança, ¿cómo mandas a mi lengua hablar e no a tus manos que estén quedas? ¿Por qué no oluidas estas mañas? Mándalas estar sossegadas e dexar su enojoso vso e conuersación incomportable. Cata, ángel mío, que assí como me es agradable tu vista sossegada, me es enojoso tu riguroso trato; tus honestas burlas me dan plazer, tus deshonestas manos me fatigan, quando passan de la razón. Dexa estar mis ropas en su lugar e, si quieres ver si es el hábito de encima de seda o de paño, ¿para qué me tocas en la camisa? Pues cierto es de lienço. Holguemos e burlemos de otros mill modos, que yo te mostraré, no me destroces ni maltrates como sueles. ¿Qué prouecho te trae dañar mis vestiduras?

CALISTO.— Señora, el que quiere comer el aue, quita primero las plumas.

LUCRECIA.— (Aparte.) Mala landre me mate, si más los escucho. ¿Vida es esta? ¡Que me esté yo deshaziendo de dentera y ella esquiuándose porque la rueguen! Ya, ya apaziguado es el ruydo: no ouieron menester despartidores. Pero también me lo haría yo, si estos necios de sus criados me fablassen entre día; pero esperan que los tengo de yr a buscar.

MELIBEA.— ¿Señor mío, quieres que mande a Lucrecia traer alguna colación?

CALISTO.— No ay otra colación para mí, sino tener tu cuerpo e belleza en mi poder. Comer e beuer, donde quiera se da por dinero, en cada tiempo se puede auer e qualquiera lo puede alcançar; pero lo no vendible, lo que en toda la tierra no ay ygual que en este huerto, ¿cómo mandas que se me passe ningún momento que no goze?

LUCRECIA.— (Aparte.) Ya me duele a mí la cabeça d' escuchar e no a ellos de hablar ni los braços de retoçar ni las bocas de besar. ¡Andar!, ya callan: a tres me parece que va la vencida.

CALISTO.— Jamás querría, señora, que amaneciesse, según la gloria e descanso que mi sentido recibe de la noble conuersación de tus delicados miembros.

MELIBEA.— Señor, yo soy la que gozo, yo la que gano; tú, señor, el que me hazes con tu visitación incomparable merced.

SOSIA.— ¿Assí, vellacos, rufianes, veníades a asombrar a los que no os temen? Pues yo juro que si esperárades, que yo os hiziera yr como merecíades.

CALISTO.— Señora, Sosia es aquel que da bozes. Déxame yr a valerle, no le maten, que no está sino vn pajezico con él. Dame presto mi capa, que está debaxo de ti.

MELIBEA.— ¡O triste de mi ventura! No vayas allá sin tus coraças; tórnate a armar.

CALISTO.— Señora, lo que no haze espada e capa e coraçón, no lo fazen coraças e capaçete e couardía.

SOSIA.— ¿Avn tornays? Esperadme. Quiçá venís por lana.

CALISTO.— Déxame, por Dios, señora, que puesta está el escala.

MELIBEA.— ¡O desdichada yo!, ¿e como vas tan rezio e con tanta priessa e desarmado a meterte entre quién no conosces? Lucrecia, ven presto acá, que es ydo Calisto a vn ruydo. Echémosle sus coraças por la pared, que se quedan acá.

TRISTÁN.— Tente, señor, no baxes, que ydos son; que no era sino Traso el coxo e otros vellacos, que passauan bozeando. Que ya se torna Sosia. Tente, tente, señor, con las manos al escala.

CALISTO.— ¡O!, ¡válame Santa María! ¡Muerto soy! ¡Confessión!

TRISTÁN.— Llégate presto, Sosia, que el triste de nuestro amo es caydo del escala e no habla ni se bulle.

SOSIA.— ¡Señor, señor! ¡A essotra puerta! ¡Tan muerto es como mi abuelo! ¡O gran desuentura!

LUCRECIA.— ¡Escucha, escucha!, ¡gran mal es este!

MELIBEA.— ¿Qué es esto? ¿Qué oygo?, ¡amarga de mí!

TRISTÁN.— ¡O mi señor e mi bien muerto! ¡O mi señor despeñado! ¡O triste muerte sin confessión! Coge, Sosia, essos sesos de essos cantos, júntalos con la cabeça del desdichado amo nuestro. ¡O día de aziago! ¡O arrebatado fin!

MELIBEA.— ¡O desconsolada de mí! ¿Qué es esto? ¿Qué puede ser tan áspero acontecimiento como oygo? Ayúdame a sobir, Lucrecia, por estas paredes, veré mi dolor; si no, hundiré con alaridos la casa de mi padre. ¡Mi bien e plazer, todo es ydo en humo! ¡Mi alegría es perdida! ¡Consumiose mi gloria!

LUCRECIA.— Tristán, ¿qué dizes, mi amor?, ¿qué es esso, que lloras tan sin mesura?

TRISTÁN.— ¡Lloro mi gran mal, lloro mis muchos dolores! Cayó mi señor Calisto del escala e es muerto. Su cabeça está en tres partes. Sin confessión pereció. Díselo a la triste e nueua amiga, que no espere más su penado amador. Toma tú, Sosia, dessos pies. Lleuemos el cuerpo de nuestro querido amo donde no padezca su honrra detrimento, avnque sea muerto en este lugar. Vaya con nosotros llanto, acompáñenos soledad, síganos desconsuelo, visítenos tristeza, cúbranos luto e dolorosa xerga.

MELIBEA.— ¡O la más de las tristes triste! ¡Tan tarde alcançado el plazer, tan presto venido el dolor!

LUCRECIA.— Señora, no rasgues tu cara ni meses tus cabellos. ¡Agora en plazer, agora en tristeza! ¿Qué planeta houo, que tan presto contrarió su operación? ¡Qué poco coraçón es este! Leuanta, por Dios, no seas hallada de tu padre en tan sospechoso lugar, que serás sentida. Señora, señora, ¿no me oyes? No te amortezcas, por Dios. Ten esfuerço para sofrir la pena, pues touiste osadía para el plazer.

MELIBEA.— ¿Oyes lo que aquellos moços van hablando? ¿Oyes sus tristes cantares? ¡Rezando lleuan con responso mi bien todo! ¡Muerta lleuan mi alegría! ¡No es tiempo de yo biuir! ¿Cómo no gozé más del gozo? ¿Cómo tuue en tan poco la gloria, que entre mis manos toue? ¡O ingratos mortales! ¡Jamás conocés vuestros bienes, sino quando dellos caresceys!

LUCRECIA.— Abíuate, abiua, que mayor mengua será hallarte en el huerto, que plazer sentiste con la venida ni pena con ver que es muerto. Entremos en la cámara, acostarte as. Llamaré a tu padre e fingiremos otro mal, pues este no es para poderse encobrir.

El veynteno aucto

ARGUMENTO DEL VEYNTENO AUTO:

Lucrecia llama a la puerta de la cámara de Pleberio. Pregúntale Pleberio lo que quiere. Lucrecia le da priessa que vaya a uer a su hija Melibea. Leuantado Pleberio, va a la cámara de Melibea. Consuélala, preguntando qué mal tiene. Finge Melibea dolor de coraçón. Embía Melibea a su padre por algunos instrumentos músicos. Sube ella e Lucrecia en vna torre. Embía de sí a Lucrecia. Cierra tras ella la puerta. Llégase su padre al pie de la torre. Descúbrele Melibea todo el negocio, que hauía passado. En fin, déxase caer de la torre abaxo.

PLEBERIO, LUCRECIA, MELIBEA.

PLEBERIO.— ¿Qué quieres, Lucrecia? ¿Qué quieres tan presurosa? ¿Qué pides con tanta importunidad e poco sosiego? ¿Qué es lo que mi hija ha sentido? ¿Qué mal tan arrebatado puede ser, que no aya yo tiempo de me vestir ni me des avn espacio a me leuantar?

LUCRECIA.— Señor, apresúrate mucho, si la quieres ver viua, que ni su mal conozco de fuerte ni a ella ya de desfigurada.

PLEBERIO.— Vamos presto, anda allá, entra adelante, alça essa antepuerta e abre bien essa ventana, porque le pueda ver el gesto con claridad. ¿Qué es esto, hija mía? ¿Qué dolor e sentimiento es el tuyo? ¿Qué nouedad es esta? ¿Qué poco esfuerço es este? Mírame, que soy tu padre. Fabla comigo, cuéntame la causa de tu arrebatada pena. ¿Qué has? ¿Qué sientes? ¿Qué quieres? Hablame, mírame, dime la razón de tu dolor, porque presto sea remediado. No quieras embiarme con triste postrimería al sepulcro. Ya sabes que no tengo otro bien, sino a ti. Abre essos alegres ojos e mírame.

MELIBEA.— ¡Ay dolor!

PLEBERIO.— ¿Qué dolor puede ser, que yguale con ver yo el tuyo? Tu madre está sin seso en oyr tu mal. No pudo venir a verte de turbada. Esfuerça tu fuerça, abiua tu coraçón, arréziate de manera que puedas tú comigo yr a visitar a ella. Dime, ánima mía, la causa de tu sentimiento.

MELIBEA.— ¡Pereció mi remedio!

PLEBERIO.— Hija, mi bienamada e querida del viejo padre, por Dios, no te ponga desesperación el cruel tormento desta tu enfermedad e passión, que a los flacos coraçones el dolor los arguye. Si tú me cuentas tu mal, luego será remediado. Que ni faltarán medicinas ni médicos ni siruientes para buscar tu salud, agora consista en yeruas o en piedras o en palabras o esté secreta en cuerpos de animales. Pues no me fatigues más, no me atormentes, no me hagas salir de mi seso e dime ¿qué sientes?

MELIBEA.— Vna mortal llaga en medio del coraçón, que no me consiente hablar. No es ygual a los otros males; menester es sacarle para ser curada, que está en lo más secreto dél.

PLEBERIO.— Temprano cobraste los sentimientos de la vegez. La moçedad toda suele ser plazer e alegría, enemiga de enojo. Levántate de ay. Vamos a uer los frescos ayres de la ribera: alegrarte has con tu madre, descansará tu pena. Cata, si huyes de plazer, no ay cosa más contraria a tu mal.

MELIBEA.— Vamos donde mandares. Subamos, señor, al açotea alta, porque desde allí goze de la deleytosa vista de los nauíos: por ventura afloxará algo mi congoxa.

PLEBERIO.— Subamos e Lucrecia con nosotros.

MELIBEA.— Mas, si a ti plazerá, padre mío, mandar traer algún instrumento de cuerdas con que se sufra mi dolor o tañiendo o cantando, de manera que, avnque aquexe por vna parte la fuerça de su acidente, mitigarlo han por otra los dulces sones e alegre armonía.

PLEBERIO.— Esso, hija mía, luego es hecho. Yo lo voy a mandar aparejar.

MELIBEA.— Lucrecia, amiga mía, muy alto es esto. Ya me pesa por dexar la compañía de mi padre. Baxa a él e dile que se pare al pie desta torre, que le quiero dezir vna palabra, que se me oluidó que fablasse a mi madre.

LUCRECIA.— Ya voy, señora.

MELIBEA.— De todos soy dexada. Bien se ha adereçado la manera de mi morir. Algún aliuio siento en ver que tan presto seremos juntos yo e aquel mi querido amado Calisto. Quiero cerrar la puerta, porque ninguno suba a me estoruar mi muerte. No me impidan la partida, no me atajen el camino, por el qual en breue tiempo podré visitar en este día al que me visitó la passada noche. Todo se ha hecho a mi voluntad. Buen tiempo terné para contar a Pleberio mi señor la causa de mi ya acordado fin. Gran sinrazón hago a sus canas, gran ofensa a su vegez. Gran fatiga le acarreo con mi falta. En gran soledad le dexo. Y caso que por mi morir a mis queridos padres sus días se diminuyessen, ¿quién dubda que no aya auido otros más crueles contra sus padres? Bursia, rey de Bitinia, sin ninguna razón, no aquexándole pena como a mí, mató su propio padre. Tolomeo, rey de Egypto, a su padre e madre e hermanos e muger, por gozar de vna manceba. Orestes a su madre Clistenestra. El cruel emperador Nero a su madre Agripina por solo su plazer hizo matar. Estos son dignos de culpa, estos son verdaderos parricidas, que no yo; que con mi pena, con mi muerte purgo la culpa, que de su dolor se me puede poner. Otros muchos crueles ouo, que mataron hijos e hermanos, debaxo de cuyos yerros el mío no parescerá grande. Philipo, rey de Macedonia; Herodes, rey de Judea; Constantino, emperador de Roma; Laodice, reyna de Capadocia, e Medea, la nigromantesa. Todos estos mataron hijos queridos e amados, sin ninguna razón, quedando sus personas a saluo. Finalmente, me ocurre aquella gran crueldad de Phrates, rey de los Parthos, que, porque no quedasse sucessor después dél, mató a Orode, su viejo padre e a su vnico hijo e treynta hermanos suyos. Estos fueron delictos dignos de culpable culpa, que, guardando sus personas de peligro, matauan sus mayores e descendientes e hermanos. Verdad es que, avnque todo esto assí sea, no auía de remedarlos en lo que malhizieron; pero no es más en mi mano. Tú, Señor, que de mi habla eres testigo, ves mi poco poder, ves quán catiua tengo mi libertad, quán presos mis sentidos de tan poderoso amor del muerto cauallero, que priua al que tengo con los viuos padres.

PLEBERIO.— Hija mía Melibea, ¿qué hazes sola? ¿Qué es tu voluntad dezirme? ¿Quieres que suba allá?

MELIBEA.— Padre mío, no pugnes ni trabajes por venir adonde yo estó, que estoruaras la presente habla, que te quiero fazer. Lastimado, serás breuemente con la muerte de tu vnica fija. Mi fin es llegado, llegado es mi descanso e tu passión, llegado es mi aliuio e tu pena, llegada es mi acompañada hora e tu tiempo de soledad. No haurás, honrrado padre, menester instrumentos para aplacar mi dolor, sino campanas para sepultar mi cuerpo. Si me escuchas sin lágrimas, oyrás la causa desesperada de mi forçada e alegre partida. No la interrumpas con lloro ni palabras; si no, quedarás más quexoso en no saber por qué me mato, que doloroso por verme muerta. Ninguna cosa me preguntes ni respondas, más de lo que de mi grado dezirte quisiere. Porque, quando el coraçón está embargado de passión, están cerrados los oydos al consejo e en tal tiempo las frutuosas palabras, en lugar de amansar, acrecientan la saña. Oye, padre mío, mis vltimas palabras e, si como yo espero las recibes, no culparás mi yerro. Bien vees e oyes este triste e doloroso sentimiento, que toda la ciudad haze. Bien vees este clamor de campanas, este alarido de gentes, este aullido de canes, este grande estrépito de armas. De todo esto fuy yo la causa. Yo cobrí de luto e xergas en este día quasi la mayor parte de la cibdadana cauallería, yo dexé, oy muchos siruientes descubiertos de señor, yo quité muchas raciones e limosnas a pobres e enuergonçantes, yo fuy ocasión que los muertos touiessen compañía del más acabado hombre, que en gracia nasció, yo quité a los viuos el dechado de gentileza, de inuenciones galanas, de atauíos e brodaduras, de habla, de andar, de cortesía, de virtud, yo fuy causa que la tierra goze sin tiempo el más noble cuerpo e más fresca juuentud, que al mundo era en nuestra edad criada. E porque estarás espantado con el son de mis no acostumbrados delitos, te quiero más aclarar el hecho. Muchos días son passados, padre mío, que penaua por amor vn cauallero, que se llamaua Calisto, el qual tú bien conosciste. Conosciste assimismo sus padres e claro linaje: sus virtudes e bondad a todos eran manifiestas. Era tanta su pena de amor e tan poco el lugar para hablarme, que descubrió su passión a vna astuta e sagaz muger, que llamauan Celestina. La qual, de su parte venida a mí, sacó mi secreto amor de mi pecho. Descubría a ella lo que a mi querida madre encobría. Touo manera cómo ganó mi querer, ordenó cómo su desseo e el mío houiessen efeto. Si él mucho me amaua, no viuía engañado. Concertó el triste concierto de la dulce e desdichada execución de su voluntad. Vencida de su amor, dile entrada en tu casa. Quebrantó con escalas las paredes de tu huerto, quebrantó mi propósito. Perdí mi virginidad. Del qual deleytoso yerro de amor gozamos quasi vn mes. E como esta passada noche viniesse, según era acostumbrado, a la buelta de su venida, como de la fortuna mudable estouiesse dispuesto e ordenado, según su desordenada costumbre, como las paredes eran altas, la noche escura, la escala delgada, los siruientes que traya no diestros en aquel género de seruicio e él baxaua pressuroso a uer vn ruydo, que con sus criados sonaua en la calle, con el gran ímpetu que leuaua, no vido bien los passos, puso el pie en vazío e cayó. De la triste cayda sus más escondidos sesos quedaron repartidos por las piedras e paredes. Cortaron las hadas sus hilos, cortáronle sin confessión su vida, cortaron su esperança, cortaron mi gloria, cortaron mi compañía. Pues ¿qué crueldad sería, padre mío, muriendo él despeñado, que viuiese yo penada? Su muerte combida a la mía, combídame e fuerça que sea presto, sin dilación, muéstrame que ha de ser despeñada por seguille en todo. No digan por mí: a muertos e a ydos… E assí contentarle he en la muerte, pues no tuue tiempo en la vida. ¡O mi amor e señor Calisto! Espérame, ya voy; detente, si me esperas; no me incuses la tardança que hago, dando esta vltima cuenta a mi viejo padre, pues le deuo mucho más. ¡O padre mío muy amado! Ruégote, si amor en esta passada e penosa vida me has tenido, que sean juntas nuestras sepulturas: juntas nos hagan nuestras obsequias. Algunas consolatorias palabras te diría antes de mi agradable fin, coligidas e sacadas de aquellos antigos libros, que tú por más aclarar mi ingenio me mandauas leer; sino que ya la dañada memoria con la grand turbación me las ha perdido e avn porque veo tus lágrimas malsofridas decir por tu arrugada haz. Salúdame a mi cara e amada madre: sepa de ti largamente la triste razón porque muero. ¡Gran plazer lleuo de no la ver presente! Toma, padre viejo, los dones de tu vegez. Que en largos días largas se sufren tristezas. Rescibe las arras de tu senectud antigua, rescibe allá tu amada hija. Gran dolor lleuo de mí, mayor de ti, muy mayor de mi vieja madre. Dios quede contigo e con ella. A él ofrezco mi ánima. Pon tú en cobro este cuerpo, que allá baxa.

El veynte e vn aucto

ARGUMENTO DEL VEYNTE E VN AUTO:

PLEBERIO, tornado a su cámara con grandíssimo llanto, preguntale Alisa su muger la causa de tan súpito mal. Cuéntale la muerte de su hija Melibea, mostrándole el cuerpo della todo hecho pedaços e haziendo su planto concluye.
PLEBERIO, ALISA.

ALISA.— ¿Qué es esto, señor Pleberio? ¿Por qué son tus fuertes alaridos? Sin seso estaua adormida del pesar que oue, quando oy dezir que sentía dolor nuestra hija; agora oyendo tus gemidos, tus vozes tan altas, tus quexas no acostumbradas, tu llanto e congoxa de tanto sentimiento, en tal manera penetraron mis entrañas, en tal manera traspasaron mi coraçón, assí abiuaron mis turbados sentidos, que el ya rescibido pesar alançé de mí. Vn dolor sacó otro, vn sentimiento otro. Dime la causa de tus quexas. ¿Por qué maldizes tu honrrada vegez? ¿Por qué pides la muerte? ¿Por qué arrancas tus blancos cabellos? ¿Por qué hieres tu honrrada cara? ¿Es algún mal de Melibea? Por Dios, que me lo digas, porque si ella pena, no quiero yo viuir.

PLEBERIO.— ¡Ay, ay, noble muger! Nuestro gozo en el pozo. Nuestro bien todo es perdido. ¡No queramos más biuir! E porque el incogitado dolor te dé más pena, todo junto sin pensarle, porque más presto vayas al sepulcro, porque no llore yo solo la pérdida dolorida de entramos, ves allí a la que tú pariste e yo engendré, hecha pedaços. La causa supe della; más la he sabido por estenso desta su triste siruienta. Ayúdame a llorar nuestra llagada postremería. ¡O gentes, que venís a mi dolor! ¡O amigos e señores, ayudáme a sentir mi pena! ¡O mi hija e mi bien todo! Crueldad sería que viua yo sobre ti. Más dignos eran mis sesenta años, de la sepultura, que tus veynte. Turbose la orden del morir con la tristeza, que te aquexaua. ¡O mis canas, salidas para auer pesar! Mejor gozara de vosotras la tierra, que de aquellos ruuios cabellos, que presentes veo. Fuertes días me sobran para viuir; ¿quexarme he de la muerte? ¿Incusarle he su dilación? Quanto tiempo me dexare solo después de ti, fálteme la vida, pues me faltó tu agradable compañía. ¡O muger mía! Leuántate de sobre ella e, si alguna vida te queda, gástala comigo en tristes gemidos, en quebrantamiento e sospirar. E si por caso tu espíritu reposa con el suyo, si ya has dexado esta vida de dolor, ¿por qué quesiste que lo passe yo todo? En esto tenés ventaja las hembras a los varones, que puede vn gran dolor sacaros del mundo sin lo sentir o a lo menos perdeys el sentido, que es parte de descanso. ¡O duro coraçón de padre! ¿Cómo no te quiebras de dolor, que ya quedas sin tu amada heredera? ¿Para quien edifiqué torres? ¿Para quien adquirí honrras? ¿Para quien planté árboles? ¿Para quien fabriqué nauíos? ¡O tierra dura!, ¿cómo me sostienes? ¿Adonde hallará abrigo mi desconsolada vegez? ¡O fortuna variable, ministra e mayordoma de los temporales bienes!, ¿por qué no executaste tu cruel yra, tus mudables ondas, en aquello que a ti es subjeto? ¿Por qué no destruyste mi patrimonio? ¿Por qué no quemaste mi morada? ¿Por qué no asolaste mis grandes heredamientos? Dexárasme aquella florida planta, en quien tú poder no tenías; diérasme, fortuna flutuosa, triste la mocedad con vegez alegre, no peruertieras la orden. Mejor sufriera persecuciones de tus engaños en la rezia e robusta edad, que no en la flaca postremería.

»¡O vida de congoxas llena, de miserias acompañada! ¡O mundo, mundo! Muchos mucho de ti dixeron, muchos en tus qualidades metieron la mano, a diuersas cosas por oydas te compararon; yo por triste esperiencia lo contaré, como a quien las ventas e compras de tu engañosa feria no prósperamente sucedieron, como aquel, que mucho ha fasta agora callado tus falsas propiedades, por no encender con odio tu yra, porque no me secasses sin tiempo esta flor, que este día echaste de tu poder. Pues agora sin temor, como quien no tiene qué perder, como aquel a quien tu compañía es ya enojosa, como caminante pobre, que sin temor de los crueles salteadores va cantando en alta boz. Yo pensaua en mi más tierna edad que eras y eran tus hechos regidos por alguna orden; agora visto el pro e la contra de tus bienandanças, me pareces vn laberinto de errores, vn desierto espantable, vna morada de fieras, juego de hombres que andan en corro, laguna llena de cieno, región llena de espinas, monte alto, campo pedregoso, prado lleno de serpientes, huerto florido e sin fruto, fuente de cuydados, río de lágrimas, mar de miserias, trabajo sin prouecho, dulce ponçoña, vana esperança, falsa alegría, verdadero dolor. Céuasnos, mundo falso, con el manjar de tus deleytes; al mejor sabor nos descubres el anzuelo: no lo podemos huyr, que nos tiene ya caçadas las voluntades. Prometes mucho, nada no cumples; échasnos de ti, porque no te podamos pedir que mantengas tus vanos prometimientos. Corremos por los prados de tus viciosos vicios, muy descuydados, a rienda suelta; descúbresnos la celada, quando ya no ay lugar de boluer. Muchos te dexaron con temor de tu arrebatado dexar: bienauenturados se llamarán, quando vean el galardón, que a este triste viejo as dado en pago de tan largo seruicio. Quiébrasnos el ojo e vntasnos con consuelos el caxco. Hazes mal a todos, porque ningún triste se halle solo en ninguna aduersidad, diziendo que es aliuio a los míseros, como yo, tener compañeros en la pena. Pues desconsolado viejo, ¡qué solo estoy!

»Yo fui lastimado sin hauer ygual compañero de semejante dolor; avnque más en mi fatigada memoria rebueluo presentes e passados. Que si aquella seueridad e paciencia de Paulo Emilio me viniere a consolar con pérdida de dos hijos muertos en siete días, diziendo que su animosidad obró que consolasse él al pueblo romano e no el pueblo a él, no me satisfaze, que otros dos le quedauan dados en adobción. ¿Qué compañía me ternán en mi dolor aquel Pericles, capitán ateniense, ni el fuerte Xenofón, pues sus pérdidas fueron de hijos absentes de sus tierras? Ni fue mucho no mudar su frente e tenerla serena e el otro responder al mensajero, que las tristes albricias de la muerte de su hijo le venía a pedir, que no recibiesse él pena, que él no sentía pesar. Que todo esto bien diferente es a mi mal.

»Pues menos podrás dezir, mundo lleno de males, que fuimos semejantes en pérdida aquel Anaxágoras e yo, que seamos yguales en sentir e que responda yo, muerta mi amada hija, lo que el su vnico hijo, que dijo: como yo fuesse mortal, sabía que hauía de morir el que yo engendraua. Porque mi Melibea mató a sí misma de su voluntad a mis ojos con la gran fatiga de amor, que la aquexaba; el otro matáronle en muy lícita batalla. ¡O incomparable pérdida! ¡O lastimado viejo! Que quanto más busco consuelos, menos razón fallo para me consolar. Que, si el profeta e rey Dauid al hijo, que enfermo lloraua, muerto no quiso llorar, diziendo que era quasi locura llorar lo irrecuperable, quedáuanle otros muchos con que soldase su llaga; e yo no lloro triste a ella muerta, pero la causa desastrada de su morir. Agora perderé contigo, mi desdichada hija, los miedos e temores, que cada día me espauorecían: sola tu muerte es la que a mí me haze seguro de sospecha.

»¿Qué haré, quando entre en tu cámara e retraymiento e la halle sola? ¿Qué haré de que no me respondas, si te llamo? ¿Quién me podrá cobrir la gran falta, que tú me hazes? Ninguno perdió lo que yo el día de oy, avnque algo conforme parescía la fuerte animosidad de Lambas de Auria, duque de los ginoveses, que a su hijo herido con sus braços desde la nao echó en la mar. Porque todas estas son muertes que, si roban la vida, es forçado de complir con la fama. Pero ¿quién forjó a mi hija a morir, sino la fuerte fuerça de amor? Pues, mundo, halaguero, ¿qué remedio das a mi fatigada vegez? ¿Cómo me mandas quedar en ti, conosciendo tus falacias, tus lazos, tus cadenas e redes, con que pescas nuestras flacas voluntades? ¿A dó me pones mi hija? ¿Quién acompañará mi desacompañada morada? ¿Quién terná en regalos mis años, que caducan?

»¡O amor, amor! ¡Que no pensé que tenías fuerça ni poder de matar a tus subjectos! Herida fue de ti mi juuentud, por medio de tus brasas passé: ¿cómo me soltaste, para me dar la paga de la huyda en mi vegez? Bien pensé que de tus lazos me auía librado, quando los quarenta años toqué, quando fui contento con mi conjugal compañera, quando me vi con el fruto, que me cortaste el día de oy. No pensé que tomauas en los hijos la venganza de los padres. Ni sé si hieres con hierro ni si quemas con fuego. Sana dexas la ropa; lastimas el coraçón. Hazes que feo amen e hermoso les parezca. ¿Quién te dio tanto poder? ¿Quién te puso nombre, que no te conuiene? Si amor fuesses, amarías a tus siruientes. Si los amasses, no les darías pena. Si alegres viuiessen, no se matarían, como agora mi amada hija. ¿En qué pararon tus siruientes e sus ministros? La falsa alcahueta Celestina murió a manos de los más fieles compañeros, que ella para su seruicio enponçoñado, jamás halló. Ellos murieron degollados. Calisto, despeñado. Mi triste hija quiso tomar la misma muerte por seguirle. Esto todo causas. Dulce nombre te dieron; amargos hechos hazes. No das yguales galardones. Iniqua es la ley, que a todos ygual no es. Alegra tu sonido; entristece tu trato. Bienauenturados los que no conociste o de los que no te curaste. Dios te llamaron otros, no sé con qué error de su sentido traydos. Cata que Dios mata los que crió; tú matas los que te siguen. Enemigo de toda razón, a los que menos te siruen das mayores dones, hasta tenerlos metidos en tu congoxosa dança. Enemigo de amigos, amigo de enemigos, ¿por qué te riges sin orden ni concierto? Ciego te pintan, pobre e moço. Pónente vn arco en la mano, con que tiras a tiento; más ciegos son tus ministros, que jamás sienten ni veen el desabrido galardón, que saca de tu seruicio. Tu fuego es de ardiente rayo, que jamás haze señal dó llega. La leña, que gasta tu llama, son almas e vidas de humanas criaturas. Las quales son tantas, que de quien començar pueda, apenas me ocurre. No solo de christianos; mas de gentiles e judíos e todo en pago de buenos seruicios. ¿Qué me dirás de aquel Macías de nuestro tiempo, cómo acabó amando, cuyo triste fin tú fuiste la causa? ¿Qué hizo por ti Paris? ¿Qué Elena? ¿Qué hizo Ypermestra? ¿Qué Egisto? Todo el mundo lo sabe. Pues a Sapho, Ariadna, Leandro, ¿qué pago les diste? Hasta Dauid e Salomón no quisiste dexar sin pena. Por tu amistad Sansón pagó lo que mereció, por creerse de quien tú le forçaste a darle fe. Otros muchos, que callo, porque tengo harto que contar en mi mal.

»Del mundo me quexo, porque en sí me crió, porque no me dando vida, no engendrara en él a Melibea, no nascida no amara, no amando cessara mi quexosa e desconsolada postrimería. ¡O mi compañera buena! ¡O mi hija despedaçada! ¿Por qué no quesiste que estoruasse tu muerte? ¿Por qué no houiste lástima de tu querida e amada madre? ¿Por qué te mostraste tan cruel con tu viejo padre? ¿Por qué me dexaste, quando yo te havía de dexar? ¿Por qué me dexaste penado? ¿Por qué me dexaste triste e solo *in hac lachrymarum valle*?»

Concluye el autor

Aplicando la obra al propósito por que la acabó

Pues aquí vemos quan mal fenescieron
aquestos amantes, huygamos su dança,
amemos a aquel, que espinas y lança,
açotes y clauos su sangre vertieron.
Los falsos judíos su haz escupieron,
vinagre con hiel fue su potación;
porque nos lleue con el buen ladrón,
de dos que a sus santos lados pusieron.
No dudes ni ayas verguença, lector,
narrar lo lasciuo, que aquí se te muestra:
que siendo discreto verás qu' es la muestra:
por donde se vende la honesta lauor.
De nuestra vil massa con tal lamedor
consiente coxquillas de alto consejo
con motes e trufas del tiempo más viejo;
escriptas a bueltas le ponen sabor.
Y assí no me juzgues por esso liuiano;
más antes zeloso de limpio biuir,
zeloso de amar, temer y seruir
al alto Señor y Dios soberano.
Por ende, si vieres turuada mi mano,
turuias con claras mezclando razones,
dexa las burlas, qu' es paja e grançones,
sacando muy limpio d' entr' ellas el grano.

Alonso de Proaza corrector de la impresión

Al lector

La harpa de Orpheo e dulce armonía
forçaua las piedras venir a su són,
abríe los palacios del triste Plutón,
las rápidas aguas parar las hazía.
Ni aue bolaua mi bruto pascía,
ella assentaua en los muros troyanos
las piedras e froga sin fuerça de manos,
según la dulçura con que se tañía.
Prosigue e aplica

Pues mucho más puede tu lengua hazer,
lector, con la obra que aquí te refiero,
que a vn coraçón más duro que azero
bien la leyenda harás liquescer:
harás al que ama amar no querer,
harás no ser triste al triste penado,
al que sin auiso, harás auisado:
assí que no es tanto las piedras mouer.
Prosigue

No debuxó la comica mano
de Neuio ni Plauto, varones prudentes,
Tan bien los engaños de falsos siruientes
Y malas mugeres en metro romano,
Cratino y Menandro y Magnes anciano
Esta materia supieron apenas
Pintar en estilo primero de Athenas,
Como este poeta en su castellano.
Dize el modo que se ha de tener leyendo esta tragicomedia

Si amas y quieres a mucha atención
leyendo a Calisto mouer los oyentes,
cumple que sepas hablar entre dientes,
a vezes con gozo, esperança y passión,
a vezes ayrado con gran turbación.
Finge leyendo mil artes y modos,
pregunta y responde por boca de todos,
llorando y riyendo en tiempo y sazón.
Declara vn secreto que el autor encubrió en los metros que puso al principio del
libro

No quiere mi pluma ni manda razón
que quede la fama de aqueste gran hombre
ni su digna fama ni su claro nombre
cubierto de oluido por nuestra ocasión.
Por ende juntemos de cada renglón
de sus onze coplas la letra primera,

las quales descubren por sabia manera
su nombre, su tierra, su clara nación.
Toca como se deuía la obra llamar, tragicomedia e no comedia

Penados amantes jamás conseguieron
d' empressa tan alta tan prompta victoria,
como estos de quien recuenta la hystoria,
ni sus grandes penas tan bien succedieron.
Mas, como firmeza nunca touieron
los gozos de aqueste mundo traydor,
supplico que llores, discreto lector,
el trágico fin que todos ouieron.
Descriue el tiempo y lugar en que la obra primeramente se imprimió acabada

El carro Phebeo después de auer dado
mill e quinientas bueltas en rueda,
ambos entonces los hijos de Leda
a Phebo en su casa teníen possentado,
quando este muy dulce y breue tratado,
después de reuisto e bien corregido,
con gran vigilancia puntado e leydo,
fue en Salamanca impresso acabado.
TRAGICOMEDIA DE CALISTO E ME-

LIBEA. AGORA NUEUAMENTE REUI-

STA E CORREGIDA CON LOS ARGU-
MENTOS DE CADA AUTO EN
PRINCIPIO ACABASSE CON
DILIGENCIA STUDIO IM-
PRESSA EN LA INSIGNA

CIUDAD DE VALÉNCIA

POR JUAN JOFFRE

A XXI DE FEB-
RERO DE M
y. D. y. XIIII
ANOS.

23345002R00064

Made in the USA
San Bernardino, CA
23 January 2019